MRS KRISTAL

Lead You,
MR. KICKER!

Sportroman

Impressum

© 2024 MRS KRISTAL

Bibliografische Information der Deutschen Nationalbibliothek:

Die Deutsche Nationalbibliothek verzeichnet diese Publikation in der Deutschen Nationalbibliografie; detaillierte bibliografische Daten sind im Internet über

http://dnb.dnb.de abrufbar.

Korrektorat: Lektorat Meerblick

Cover: Acelya Soylu Grafik– und Design

Illustrationen: CrescentKat

Verlag: BoD • Books on Demand GmbH, In de Tarpen 42,

22848 Norderstedt

Druck: Libri Plureos GmbH, Friedensallee 273, 22763

Hamburg

ISBN: 978-3-7597-2305-5

1. KAPITEL

Savannah

Flankiert von zwei Security Mitarbeitern bin ich auf dem Weg in die Kabine der Heimmannschaft, um nachzufragen, was zum Teufel ich mir die letzten Stunden ansehen musste.

Vierundzwanzig zu drei haben wir verloren gegen die San Francisco Rushers.

Vierundzwanzig zu drei! Ein mickriges Field Goal haben sie zu Stande bekommen und das war auch mehr den günstigen Windverhältnissen geschuldet als einem anständigen Kick!

Meine Eltern haben das Stadion frühzeitig verlassen, weil mein Dad sich diese Schmach in seiner letzten Saison als Besitzer der Berkeley Bees nicht mitansehen konnte.

Nächste Saison will er mir den Club und die Führung der Franchise komplett überschreiben. Das bedeutet für mich, dass ich bereits dieses

Jahr den Großteil seiner Aufgaben übernehmen muss. Dazu gehört auch der Gang in die Kabine nach einem verlorenen Spiel. Nach einem Sieg fällt einem dieser Gang deutlich leichter. Mir ist bewusst, dass man ein Spiel immer verlieren kann. Die Spieler sind auch nur Menschen.

Menschen machen Fehler und verlieren Spiele.

Sowie vorletzte Saison, als wir den Super Bowl verloren haben nach einem Missverständnis zwischen unserem Quarterback Dalton Meyers und Fullback Damien O'Riley.

Wir waren alle am Boden zerstört, aber es war ein Fehler, der passieren kann.

Doch das heute, das war kein Fehler, der passieren kann. Wir sind die amtierenden Super Bowl Champions und lassen uns derart von den San Francisco Rushers im eigenen Stadion bloßstellen, dass ich die Gesänge derer Fans immer noch hören kann.

»Ms. Belfast.« Defense Coordinator Franklin sieht mich überrascht an. »Was machen Sie denn hier?«

Ich sehe dem Mann, den ich seit meiner frühen Jugend kenne, an, dass er ins Schwitzen gerät. Sie haben mit meinem Vater gerechnet und einem besonnenen Gespräch. Dad hat immer versucht einen väterlichen Kontakt zu den Spielern zu pflegen und ein ruhiges Gespräch einem Anschiss vorzuziehen. Allerdings ist er auch eine Persönlichkeit, der die Spieler ihren Respekt zollen. Bei mir sieht das alles etwas anders aus. Ich bin in ihrem Alter, vielleicht ein wenig älter oder jünger. Sie sehen in mir noch nicht ihre Chefin, die hier ab sofort die Zügel in der Hand hat, sondern eine Bekannte.

Mein Dad und ich sind unterschiedliche Menschen mit unterschiedlichen Persönlichkeiten. So führen wir die Bees auch.

Noch dazu ist die NFL eine von alten Männern dominierte Liga, die sich von einer Frau Mitte zwanzig ungern die Butter vom Brot nehmen lassen. Gut aussehen und lächeln bei wichtigen Ereignissen an der Seite meines Mannes, der stellvertretend als Schwiegersohn den Club führt, das erwarten sie von mir. Es wäre sogar die ideale Vorstellung der meisten Owner und auch vieler Head Coaches.

Seit meiner Kindheit bereite ich mich darauf vor, die Berkeley Bees eines Tages zu übernehmen, um sie zum Erfolg zu führen. Dieser Club ist mein Leben, das Spiel ist in meiner DNA sowie es in der DNA jedes einzelnen Spielers, meines Dads und der Coaches ist.

»Coach Franklin«, begrüße ich ihn.

»Wo ist Ihr Vater?«, will er sogleich wissen.

»Er ist zu Hause, weil er sich dieses Spiel nicht bis zum Ende anschauen wollte«, antworte ich und werfe ihm einen entschiedenen Blick zu.

Er sieht mich mit großen Augen an und blinzelt einmal.

»Darf ich?« Mit einem Nicken deute ich auf die geschlossene Kabinentür.

»Ich kündige Sie an.«

»Warum?«, frage ich und lege den Kopf leicht schief. »Müssen die Spieler gewarnt werden?«

»Nein.« Er räuspert sich. »Aber sie sollten zumindest angezogen sein oder minimal mit einem

Handtuch bedeckt sein, wenn ihre Chefin reinkommt.«

Ich nicke stumm.

Natürlich kann ich nicht einfach in die Kabine stürmen, wie mein Dad es getan hat. Dort drin warten dreiundfünfzig Männer auf mich, die selbstverständlich gerade aus der Dusche gestiegen sind und sich umziehen. Ich bin alles andere als scharf darauf, die Schwänze meiner Angestellten oder Freunde und Männer meiner Freundinnen zu sehen.

Dass Dalton und Desmond mit meinen Kindheitsfreundinnen zusammen sind und Damien die kleine Schwester meines Kumpels Caleb Turner datet, macht es auch nicht einfacher mit ihnen umzugehen.

Aber all das gehört für mich zum Job. Sagt mein Dad und damit hat er recht. Ich darf nicht über persönliche Verbindungen nachdenken, wenn ich sie in mein Büro zitiere.

»Kommen Sie rein, Ms. Belfast.«

Ich gehe an Coach Franklin vorbei und stehe in der Kabine der Bees.

Die Spieler schauen mich angespannt an und ich erwidere ihre Blicke.

Dalton und Desmond sind schon fast angezogen, wohingegen Damien noch mit einem Handtuch um die Hüften dasitzt. Ihre Blicke sind größtenteils leer.

»Guten Abend«, begrüße ich sie. »Sind wir vollzählig?«

Dalton hebt den Kopf und will etwas erwidern, als das Patschen von nassen Füßen meine

Aufmerksamkeit erregt. Ich drehe den Kopf in Richtung Duschräume und bereue es sogleich.

Paco Alvarez schlendert in aller Seelenruhe zurück in die Kabine. Seine knapp schulterlangen schwarzen Haare sind noch nass vom Wasser und kleben an seinem Gesicht. Die Wassertropfen, die von seinen Spitzen abperlen, treffen auf seine durchtrainierte Brust. Sie laufen über die glatte Haut und werden vom weißen Saum des viel zu tief sitzenden Handtuchs geschluckt. Die sexy V-Linie fesselt meinen Blick viel zu sehr und der Streifen feiner schwarzer Haare, der unter seinem Bauchnabel thront, zieht meine Aufmerksamkeit weiter an.

Scheiße, ich starre meinen Spieler an.

Das ist nicht gut, das ist gar nicht gut.

»Mr. Alvarez«, sage ich. »Sie sind zu spät.«

Paco hebt den Kopf und grinst mich an. Seine Mundwinkel ziehen sich amüsiert nach oben und seine Augen funkeln mich an. Ihm gefällt die Situation viel zu gut.

»Entschuldigen Sie«, meint er. »Ich musste mir ein Handtuch suchen.«

Ein Raunen geht durch den Raum und ich wende meinen Blick von Paco ab und sehe die Spieler an, die sofort verstummen.

»Setzen Sie sich«, ordne ich an und sehe im Augenwinkel, dass er sich vor seinen Spind setzt und die Unterarme auf seinen Oberschenkeln ablegt. Ich atme innerlich tief durch und versuche zu ignorieren, wie arrogant und sexy er dasitzt.

Keiner meiner Spieler interessiert mich, wirklich nicht. Aber er … scheiße!

Ich dachte nie, dass ich einmal einen meiner Spieler mehr als heiß finden werde. Obwohl Paco und ich noch nie eine richtige Konversation geführt haben. Das ist doch verrückt. Er redet nicht viel und wenn, dann auf keinen Fall mit mir.

Ich bin sein Boss.

Zugegebenermaßen suche ich den Kontakt zu ihm auch nicht, denn das könnte schnell ein falsches Bild auf mich werfen. Sie sind meine Angestellten und mich zu freundschaftlich auf sie einzulassen, ist nicht gut. Alles, was an Gedankengut darüber hinausgeht, ist sowieso absolut inakzeptabel.

Das Problem ist nur, dass Paco etwas in mir freisetzt, das ich auch bei keinem anderen Mann in meinem Umfeld spüre. Mein Bauch kribbelt in seiner Anwesenheit und wenn seine dunklen Augen mich mustern, schlägt mein Herz schneller.

»Savannah?«, spricht Coach Dixon mich an. »Du hast das Wort.«

»Danke«, sage ich und hoffe, dass niemand aufgefallen ist, dass ich in Gedanken versunken war.

»Ich muss keinem von Ihnen sagen, dass das heutige Ergebnis in keinster Weise meinem Vater, mir oder irgendwem, der es mit den Bees hält, gefallen hat«, sage ich.

Die Spieler schweigen. Teilweise starren sie unter sich und trauen sich nicht, mir in die Augen zu sehen. Sie alle wissen, wie beschissen sie gespielt haben heute.

»Drei Punkte gegen San Francisco«, fahre ich fort und sehe nun Paco an. Sein Blick erwidert meinen und mein Herzschlag beschleunigt sich auf eine sehr unangenehme Art und Weise. Irgendwas sagt mir, dass ich nicht weitersprechen sollte, aber ich muss. Das ist mein Job. »Sind nicht der Anspruch, den die Fans an den amtierenden Super Bowl Champion haben.«

Er hält meinem Blick stand und ich atme tief durch.

»Sollten die Leistungen sich in den nächsten Spielen nicht bessern, werden wir Spieler entlassen und personelle Entscheidungen treffen«, spreche ich das Unvermeidliche aus.

Nun rucken alle Köpfe nach oben und sie sehen einander mehr oder weniger ratlos an. Aber ja, ich gebe keine Millionen für Spieler aus, die am Ende keine Leistung bringen. Für Spieler, die mich nicht dahin bringen, wo ich hinwill.

Ich will den Super Bowl als Eigentümerin der Berkeley Bees gewinnen. Nicht weniger ist mein Anspruch und nicht weniger sollte es der Anspruch meines Teams sein. Wenn das bedeutet, dass dafür Spieler entlassen werden und wir das Team verstärken müssen, ist das so.

Dalton räuspert sich und steht auf. Er ist ein Hüne und trotz meiner High Heels muss ich zu ihm aufsehen.

»Ich versichere Ihnen, dass wir uns in den nächsten Wochen steigern werden, Ms. Belfast.«

Einvernehmliches Nicken geht durch die Kabine.

»Das werden wir«, pflichtet Desmond ihm bei.

»Was Sie mir versichern, interessiert mich nicht«, entgegne ich. »Fakt ist, was auf dem Platz passiert, und das gefällt mir nicht. Beim nächsten Spiel, in dem nur drei Punkte erzielt werden, mehr Yards Strafen erspielt als erlaufen und generell fast schon Arbeitsverweigerung auf dem Play Sheet steht, werden wir uns alle hier in dieser Runde nicht mehr wiedersehen. Das wollen weder Sie noch ich, meine Herren.«

Ich atme tief durch und sehe Dalton erneut an. Er nimmt es nicht persönlich und ist lange genug im Business, um zu wissen, wie es läuft und was die Owner erwarten.

»Wir steigern uns, Ms. Belfast«, verspricht er mir.

»Das sollten Sie«, sage ich. »Einen schönen Abend noch.«

Damit mache ich auf dem Absatz kehrt und verlasse die Kabine wieder.

Mein Herz rast in meiner Brust und ich lege meine Hand darauf, um zu prüfen, ob es wirklich derart schnell schlägt. Ich mag es nicht, ihnen die Meinung zu sagen und die strenge Chefin zu sein, die ich sein muss. Genauso mag ich es nicht, die Ratlosigkeit in ihren Gesichtern zu sehen, weil es diese nicht geben sollte. Wir sind ein erstklassiges Team, haben den Super Bowl gewonnen. Die Leistungen in dieser Saison sind so nicht akzeptabel.

»Savannah.« Ich zucke zusammen und drehe mich zu Sophie Turner herum. Sie ist nicht nur die Verlobte von Damien, sondern auch Eigentümerin des >Berkeley Express<. »Alles okay?«

»Wie okay man sich fühlt, wenn man seinen Freunden den Arsch aufreißt.« Ich zucke mit den Schultern und verschränke die Arme vor der Brust.

»Sie waren wirklich schlecht«, stellt sie fest. »Die Rushers haben sie vom Platz gefegt.«

»Danke für deine Einschätzung«, brumme ich.

Jeder im Team weiß, dass ihr Footballherz für die Mannschaft auf der anderen Seite der Bay schlägt.

»Sorry«, meint sie. »Ich wollte nicht noch mehr Salz in die Wunde streuen.«

»Nicht?« Ich schmunzle und schaue sie an. »Dabei bist du doch Rushers Fan.«

Ich tippe auf die kleine Anstecknadel an ihrem Blazer. Sophie kichert und betrachtet sie ebenfalls.

»Dieses eine Spiel im Jahr«, antwortet sie. »Damien versteht es sogar.«

»Schon gut.« Ich winke ab. »In diesen Momenten hasse ich meinen Job.«

»Frag mich mal.« Sie sieht mich verständnisvoll an. »Ich musste letzte Woche Linus, meinen Freund, entlassen.«

»O fuck«, bricht es aus mir heraus.

Sophie nickt traurig.

»Er hat immer zu mir gestanden, wir mögen uns wirklich sehr, aber in den letzten Wochen hat er sich Dinge geleistet, die ich nicht mehr ignorieren konnte. Du kennst ja Caleb …«

Ich kenne ihren Bruder mehr als gut und weiß, dass er keine Freunde kennt, wenn es um sein Business geht. Mir geht es nicht anders, denn ich kenne auch keine Freunde, wenn es um die Bees geht.

»Wir müssen uns in dieses Boss-Ding noch reinfinden«, antworte ich und starre auf die geschlossene Tür der Kabine. »Es ist nicht so einfach. Vor allem, weil einige der Jungs mit euch zusammen sind. Ich bin ihr Boss und gleichzeitig die Freundin ihrer Frauen.«

Dalton und Melissa sind verheiratet, ihr Sohn Hector ist fast zwei Jahre alt, gleiches gilt für Kyra und Desmond, deren erstes gemeinsames Kind, ein Junge, kurz nach dem Super Bowl geboren ist. Die Bees sind eine Familie.

Leider bin ich die Matriarchin.

»Manchmal glaube ich, sie hassen mich«, wispere ich traurig.

»Das ist doch Quatsch, Sav«, sagt Sophie und drückt sanft meinen Arm. »Wir lieben dich.«

Ich versuche zu lächeln, aber es misslingt mir. Die Tür zur Kabine öffnet sich und die ersten Spieler kommen heraus. Freundlich nicken sie Sophie zu, aber meiden meinen Blick. Das würde ich auch tun, wenn man mir vor wenigen Minuten erklärt hätte, dass mein Job am seidenen Faden hängt.

Wobei sich die Superstars keine Gedanken machen müssen. Ohne sie funktioniert ein Team nicht. Dementsprechend entspannter sind Dalton, Desmond und Jackson auch, als sie die Kabine verlassen.

»Wenn ich es dir doch sage«, höre ich Paco sagen, der ihnen ebenfalls folgt und sehe auf. Er ist angezogen – leider. Halbnackt mit einem tiefsitzenden Handtuch gefiel er mir besser. Die schwarze zerrissene Jeans und das weiße T-Shirt stehen ihm dennoch gut. Die rote Lederjacke ist ein echter Hingucker.

Paco und Jackson verstummen, als sie uns sehen und nicken mir zu.

»Hi Sophie«, begrüßen sie Damiens Verlobte fröhlich und geben ihr einen Kuss auf die Wange.

»Don Juan«, schallt es hinter uns aus der Kabine. »Finger weg von meiner Frau.«

»Verlobte«, korrigiert Paco Damien sogleich und lässt Sophie grinsend los.

»Hey Sav«, sagt Damien an mich gerichtet und schließt Sophie in die Arme. »Hi Baby.«

Die beiden blenden uns sofort aus und versinken in einem innigen Kuss. Paco sieht zu mir rüber und lächelt, was ich erwidere. Hoffentlich sind sie mir nicht mehr böse, weil ich ihnen eine Ansage gemacht habe. Dieser Spagat zwischen Boss und guter Freundin ist gar nicht einfach.

»Hey Sophie«, begrüßt auch Jackson sie nun.

Ich stehe wie bestellt und nicht abgeholt daneben. »Ich muss los«, verabschiede ich mich kurz angebunden. »Bis die Tage.«

»Mach's gut und nimm's nicht so schwer«, erwidert Sophie.

»Danke«, murmle ich. »Euch noch einen schönen Abend.«

»Den werden wir haben«, meint Damien und zwinkert seiner Verlobten zu.

»Zu viel Information«, nuschelt Paco und schüttelt sich. Lachend sehe ich ihn an, was er mit hochgezogenen Augenbrauen kommentiert. »Findest du nicht?«

»Doch …« Ich werfe noch einen Blick auf Sophie und Damien. »Eigentlich schon.«

»Können wir?«, fragt Jackson. »Gina wartet bereits.«

Paco verzieht sichtbar den Mund und ich presse die Lippen aufeinander, um nicht aufzulachen. Meines Wissens sind Jackson und Paco Best Buddies. Aber mit Jacksons Ehefrau kommt niemand bei den Bees so richtig klar. Melissa und Kyra haben mal anklingen lassen, dass sie viele Leute von oben herab behandelt. Noch dazu redet Gina gern und viel mit der Presse über ihr Privatleben, aber auch mal über alles, was sie über die Bees weiß. Jackson durfte deswegen schon das ein oder andere Mal Rede und Antwort stehen, aber seine Frau stört das nicht.

»Bis dann, Leute«, meint Paco und folgt Jackson.

Ich wende mich noch einmal Sophie und Damien zu, bei denen ich mich ebenfalls verabschiede.

Dann trete ich den Weg zu meinem Auto an, um nach Hause zu fahren.

2. KAPITEL

Paco

Ich drehe das Bierglas in meiner Hand und starre auf die Theke vor mir. Das Spiel heute war mehr als zum Vergessen. Ein Field Goal haben wir auf die Reihe bekommen, und selbst das habe ich nicht gut getroffen. Savannah ist zu Recht stink-sauer und hat uns die Leviten gelesen. Dabei hat unser neuer Holder Paxton Parson den Ball gut platziert und ich habe ihn auch gut getroffen.

»Was ein beschissener Abend.« Jackson lässt sich auf dem Barhocker neben meinem nieder und nippt an seinem Bier.

»Du sagst es.« Mit dem Zeigefinger streiche ich gedankenverloren über den Rand des Glases. »Meinst du sie wird wirklich Spieler entlassen?«

Ich will es nicht aussprechen, dass ich Angst habe, dass die Belfasts mich bald in ihr Büro be-stellen und mir die Entlassungspapiere in die

Hand drücken. Es ist allgemein bekannt, dass der Kicker eine der Positionen ist, die am ehesten entlassen werden.

»Ich weiß es nicht.« Jackson klingt genauso ratlos wie ich. »Mit Jason und Asher haben wir nach dem Super Bowl Gewinn krasse Spieler verloren und seien wir ehrlich … sie haben uns keinen guten Ersatz besorgt.«

»Es ist auch verdammt dumm, den besten Center der Liga abzugeben.«

»Und einen der stärksten Defensive End«, brumme ich. »Wieso haben sie das gemacht? Asher war das Herzstück unserer Defense und Jason und Dalton verstanden sich blind. Mit Holden funktioniert nichts. Sie finden einfach nicht zueinander.«

»Siehst du«, meint er und zwinkert mir zu.

»Dennoch mache ich mir Gedanken«, gestehe ich ihm. »Holden ist ein Rookie. Frisch vom College. Auf ihn lädt man die Verantwortung nicht. Aber auf mich …« Ich lasse den Satz in der Luft hängen und trinke von meinem Bier.

»Was willst du damit sagen?«, hakt Jackson nach.

»Dass ich befürchte, dass sie mich traden.«

So jetzt habe ich es vor meinem besten Freund ausgesprochen, dass ich Angst habe, dass die Berkeley Bees mich loswerden wollen und einen besseren Kicker suchen. Vielleicht auch meinen Ersatzmann George am nächsten Wochenende spielen lassen.

»Hast du irgendwas genommen?« Entsetzt sieht er mich an. »Mal im Ernst, Paco! Spinnst du?«

»Nein ... aber sieh doch mal«, meine ich und deute mit meiner rechten Hand auf die Theke vor uns. Eine Geste, um ihm meinen Standpunkt zu verdeutlichen, obwohl dort eigentlich nichts ist. »Ich spiele schlecht und im Gegensatz zu Dalton oder euch Feldspielern kann ich nicht sagen, dass es an den neuen Spielern liegt und wir noch nicht eingespielt sind. Nein, bei mir ist es meine Leistung und sonst nichts.«

»Und deswegen glaubst du, dass sie dich traden?« Er kann es immer noch nicht glauben. »Das ist totaler Blödsinn, ehrlich. Du bist der beste Kicker der Liga.«

»Der Beste?«, frage ich und ziehe die Augenbrauen hoch. »Findest du nicht, dass du übertreibst?«

»Natürlich bist du das.« Jackson klopft mir auf die Schulter und sieht mir tief in die Augen. »Dein sechsundfünfzig Yards Field Goal hat uns das Championship Game gewinnen lassen und somit in den Super Bowl befördert. Dein Extrapunkt hat uns im Super Bowl in Führung gebracht. Ja, in diesem Team läuft einiges nicht rund diese Saison, aber du musst dir gar keine Sorgen machen. Lieber einen Kicker in der Krise, als einen Kicker der mit Parson nicht klarkommt.«

»Ich komme auch nicht gut mit ihm klar«, wende ich ein.

Mein alter Holder Dylan ist in Rente gegangen, um mit seiner Familie zurück nach Texas zu ziehen. Im Draft haben die Bees Paxton Parson ausgewählt. Er macht sich gut, und wir spielen uns immer besser ein, aber es läuft bei Weitem nicht so, wie wir es uns vorgestellt haben.

»Das wird schon. So, wie es zwischen Dalton und Holden wird.« Jackson lächelt mich an. »Glaub mir.«

»Was ist mit mir?« Dalton tritt neben uns, neben ihm seine Frau Melissa.

»Holden und du«, meint Jackson. »Ihr spielt euch immer besser ein.«

»Hör mir auf.« Er stöhnt auf und Melissa stößt ihm einen Ellenbogen in die Seite.

»Lass das«, meint sie. »Es ist seine erste Saison. Er ist unsicher.«

»Er hat einen verdammten Job, der ist es, einen Snap anzubringen und das kriegt er nicht hin«, antwortet Dalton verärgert.

»Trotzdem ist es nicht nett von dir, das zu sagen«, besteht Melissa auf ihrem Standpunkt und ich presse die Lippen zusammen. Die beiden sind ein schönes Paar. Sie ist die perfekte Frau für unseren Kapitän. Dass sie auf eher ungewöhnliche Art und Weise zusammengekommen sind, spielt heute keine Rolle mehr.

»Wie geht es Hector?«, frage ich.

»Gut!« Melissa strahlt mich an. »Er krabbelt.«

Dalton sieht sie liebevoll an und haucht ihr einen Kuss auf die Schläfe. Das muss wahre Liebe sein. So wie die beiden sich auch nach einem Jahr Ehe und zwei Jahren Beziehung noch ansehen.

»Worüber habt ihr überhaupt geredet?«, kommt Dalton auf unser eigentliches Thema zurück.

»Paco denkt, dass Savannah ihn tradet.«

»Spinnst du?«, kommt es von Melissa und Dalton unisono wie aus der Pistole geschossen. Beide schauen mich mit großen Augen an und haben mich wohl in den letzten Sekunden für verrückt erklärt.

»Ich meine doch nur«, wiegle ich ab. »Der Kicker muss immer als Erstes gehen, wenn es im Team nicht läuft.«

»Du bist der beste Kicker der NFL«, bläst Dalton mit Jackson in ein Horn. »Niemand wird dich rausschmeißen.«

Ich verdrehe die Augen.

»Glaubst du uns nicht?«, hakt unser Kapitän noch mal nach.

»Ich …« Seufzend sehe ich zwischen den Dreien hin und her. »Eigentlich glaube ich das nicht, nein.«

»Na also.«

»Aber trotzdem läuft diese Saison etwas verdammt schief in dieser Mannschaft und wir wissen einfach nicht was. Das liegt auch nicht an den Rookies.«

»Es liegt an den Abgängen«, meint Dalton und verschränkt die Arme vor der Brust. »Ich freue mich für Jason, dass er einen dermaßen fetten Vertrag in Chicago erhalten hat, aber ich vermisse die Routine.«

»So geht es mir auch«, bestätige ich.

»Ihr schafft das schon«, meint Melissa zuversichtlich und tatsächlich glaube ich es ihr. »Es läuft immer mal nicht so gut. Das ist doch normal. Für Sav ist es auch scheiße …«

Wir sehen sie fragend an.

»Ich meine … sie hat die Bees übernommen und muss sich beweisen und ihr Team kackt komplett ab«, erklärt sie. »Das ist total der miese Einstand.«

Unsere Blicke werden immer entsetzter, aber Melissa redet unbeirrt weiter darüber, was wir Savannah in ihrer ersten Saison als Berkeley Bees Eigentümerin antun.

»Babe«, unterbricht Dalton sie. »Du baust uns nicht auf.«

»Oh, ich …« Melissas Wangen färben sich rot. »Tut mir leid, Leute. Sav geht's echt nicht gut.«

Ich sage nichts dazu und widme mich wieder meinem Bier. Savannah Belfast steht unter Druck, ja. Aber für sie wird es niemals um ihren Job gehen. Sie erbt die Berkeley Bees und Mr. Belfast wird ihr das niemals nehmen. Dafür liebt er sie viel zu sehr und glaubt an sie. Ich denke auch nicht, dass es Savannahs Schuld ist, dass wir aktuell so stehen, wie wir stehen und alles schiefgeht, was wir anfassen.

Es ist, als seien die Footballs dieses Jahr verflucht. Und zwar alle. Ausnahmslos. Während letzte Saison noch jeder Pass zu Gold wurde, ist dieses Jahr jeder mit einem Haufen Scheiße behaftet.

»Es hat auch niemand behauptet, dass es Savannah mit der Situation gut geht«, meint Dalton versöhnlich und schenkt seiner Frau ein Lächeln. »Aber trotzdem steht für sie nicht ihr Job auf dem Spiel.«

»Für euch doch auch nicht.«

»Sie hat mit Rausschmissen gedroht, wenn sich nichts ändert«, mische ich mich wieder in das Gespräch ein. »Und es ist wohl klar, dass sie die Rookies, die sie sich im Draft ausgesucht hat, nicht rauswirft.«

»Aber ihr Starspieler?«, entgegnet Melissa verständnislos. »Sorry Paco, aber wenn jemand in diesem Kader absolut safe ist, seid das ihr drei und Desmond.«

»Mein Reden«, stimmt Jackson ihr zu. Ich stöhne auf. Als Starting-Quarterback und Running Back hat man auch gut reden.

»Die Kicker fliegen immer zuerst.«

»Hör auf so eine Scheiße zu labern, Paco!«, fährt Jackson mich an. »Savannah schmeißt dich nicht raus. Außerdem wird Coach Dixon das niemals zulassen. Apropos ... was er wohl morgen früh mit uns macht?«

Jackson lässt die Frage unbeantwortet und auch Dalton und ich sagen nichts dazu. Die Ärsche wird er uns aufreißen, und zwar ganz gehörig. Darüber hinaus ist er stinksauer, dass wir uns nach so einer Niederlage in einer Bar treffen, statt bereits alle zu Hause zu sitzen und uns Gedanken über unsere schäbigen Leistungen zu machen.

»Damit euer Schicksal morgen früh nicht noch schlimmer wird, wird mein Mann jetzt gehen.« Melissa sieht in die Runde. »Macht's gut.«

»Ciao«, erwidere ich und schlage mit Dalton ein, der sich ebenfalls von uns verabschiedet. »Bis morgen«, meint er und schlägt auch mit Jackson ein. »Schlaf gut«, erwidert mein bester Freund und wendet sich wieder mir zu.

»Willst du nicht auch nach Hause zu deiner Frau?«, hake ich nach und er verdreht die Augen. Die Ehe zwischen Jackson und Gina hängt mehr als am seidenen Faden. Ehrlich gesagt frage ich mich, wieso er nicht endlich die Scheidung einreicht und sie in die Wüste schickt. Sie passt nicht zu ihm. Mir ist es seit Jahren ein Rätsel, wieso er sie überhaupt geheiratet hat. Das war von Anfang an zum Scheitern verurteilt.

»Nein«, grummelt er und trinkt von seinem Bier. »Das will ich nicht.«

»Ich verstehe nicht, wieso du nicht endlich die Scheidung einreichst«, merke ich an.

»Dann schneid das Thema nicht immer wieder an«, zischt er.

»Sorry«, entschuldige ich mich. »Du hast ja recht, das ist nicht meine Baustelle.«

»Nein, ist es nicht.«

Oje, seine Laune deswegen wird wirklich immer schlimmer. Schöne Scheiße.

»Ich fahre heim.« Jackson knallt zwanzig Dollar auf den Tresen und steht auf.

»Ist das dein Ernst?«, will ich nun angesäuert wissen. »Es ist nicht meine Schuld, dass du keinen Bock mehr auf deine Ehe hast, aber keinen Schlussstrich ziehst.«

»Es geht dich nichts an, Paco«, knurrt er. »Gina und ich sind verheiratet. Das gibt man nicht einfach so auf. Wenn du eine Beziehung hättest, wüsstest du das auch.«

Ich nicke und reagiere nicht in selbem patzigen Ton. Er hat ja recht, aber trotzdem sehe ich doch, wie schlecht es ihm geht. Seit Jahren, aber er ändert einfach nichts daran. Als sein bester Freund verstehe ich das nicht.

»Bis morgen früh«, sage ich, doch Jackson dreht sich herum und stürmt aus der Bar.

Seufzend stecke ich die zwanzig Dollar von ihm ein, mit dem Vermerk, dass ich seine Getränke gleich mitbezahlen werde.

»Hallo«, spricht mich eine zarte Stimme an und ich drehe den Kopf nach rechts.

Überraschenderweise steht Savannah neben mir. Die Hände vor ihrem Körper gefaltet, lächelt sie mich schüchtern an. Der weiße Blazer, den sie bereits heute im Stadion trug, schmeichelt ihrer Taille und lässt ihre dunklen Locken hervorstechen.

»Hallo«, antworte ich.

»Darf ich?« Sie deutet auf den Hocker auf dem Jackson bis vor wenigen Minuten saß.

»Klar.« Ich nicke und sie setzt sich neben mich. Ihr süßliches Parfum weht mir um die Nase, das mir jedes Mal auffällt, wenn sie den Raum betritt. Fuck ... Savannah ist wohl die heißeste und gleichzeitig auch verbotenste Frau in meinem Umfeld.

Ich meine, sie ist mein Boss. Der Oberboss. Boss der Bosse bei den Berkeley Bees. Dass sie mich als Frau interessiert, ist eine absolut beschissene Idee.

»Was darf es sein?«, fragt der junge Kellner freundlich und wirft ihr ein flirtendes Lächeln zu. Automatisch richte ich mich weiter auf, und schließe die Faust fester um mein Bierglas. Sieht der Trottel denn nicht, dass es ihr nicht gut geht und sie überhaupt nicht in der Stimmung ist zu flirten. Noch dazu mit ihm. Sie ist die reichste

Frau der Bay Area. Was will sie mit einem kleinen Kellner? Lächerlich.

Ich schüttle den Kopf über meine Gedanken. Seit wann bin ich so ein Arsch, der Menschen nach ihrem Geld und sozialen Status bewertet? Meine Mom würde mich ohrfeigen, wenn sie meine Gedanken hören könnte. Und das zurecht. Wo wäre ich denn, wenn meine Eltern damals nach meinem sozialen Rang gefragt hätten.

In der Gosse Yucatáns, flüstert die gemeine Stimme in meinem Kopf.

»Eine Margarita«, bestellt Savannah einen Cocktail.

»Kommt sofort«, meint er und sieht mich an. »Noch eins?«

Ich sehe auf mein Bier und erst jetzt fällt mir auf, dass ich es leergetrunken habe in den letzten Minuten.

»Ja, danke«, antworte ich und schiebe es ihm rüber. Der Kellner nimmt es mit und Savannah und ich schweigen einander an.

»Es tut mir leid«, sagt sie auf einmal und ich sehe sie an. Ihre dunkelbraunen Augen sind leer, die Mundwinkel hängen nach unten.

»Was?«, frage ich.

»Dass ich dir das Gefühl gegeben habe, dass ich dich rauswerfen will«, meint sie. »Das wollte ich nicht.«

»Hast du uns belauscht?«

»Vielleicht«, wispert sie und ich grinse.

»Man belauscht seine Angestellten nicht«, erwidere ich mit einem Zwinkern. »Wir hätten übel über dich lästern können.«

»O bitte!« Savannah lacht. »Glaubt ihr, ich weiß nicht, dass ihr das alles nicht so toll findet.«

»Was meinst du?«

»Mich«, erwidert sie. Genau in dem Moment bringt der Kellner unsere Getränke und unterbricht die Unterhaltung. Wir bedanken uns stumm mit einem Nicken bei ihm. Zum Glück versteht er diesmal, dass Savannah nicht in der Stimmung zum Flirten ist und geht wieder.

»Du glaubst, dass wir dich nicht gut finden?«, hake ich nach.

»Als Chefin, ja«, erwidert sie und rührt mit dem Strohhalm in ihrem Glas. »Ich bin nicht mein Dad, will vieles verändern und die Bees in ein neues Zeitalter führen.« Savannah zuckt mit den Schultern. »Momentan fahre ich einfach nur alles gegen die Wand und heule mich bei meinem Spieler aus, der glaubt, dass ich ihn traden will.«

Tatsächlich ziehen sich meine Mundwinkel ein Stück nach oben.

»Du willst mich nicht traden?«

»Natürlich nicht!« Geradezu entsetzt sieht Savannah mich an. »Ich weiß echt nicht, wer dir diesen Floh ins Ohr gesetzt hat. Ohne dich wären wir nicht in den Super Bowl gekommen.«

»Da habe ich wohl noch mal Glück gehabt, was?«

Savannah schüttelt leicht den Kopf und trinkt von ihrem Cocktail.

»Es ist so schwer sich zu etablieren und jetzt, wo es auch mit den Siegen der Mannschaft nicht läuft, ist es noch schwerer. Jeder Kritiker stellt meine Person in Frage und ob mein Dad die richtige Entscheidung getroffen hat, mir die Bees zu geben und keinem Aufsichtsrat.«

Es tut mir im Herzen weh, wie sehr sie leidet. Natürlich sind mir die Kritiken an Savannahs Führungsstil und unserer schlechten Leistung nicht entgangen. Alles fällt auf sie zurück und das muss verdammt hart sein. Wir Spieler leiden auch, aber auf ihren dünnen Schultern liegt die gesamte Franchise.

»Es ist ziemlich einschüchternd, wenn du in deinen High Heels in die Kabine kommst und uns zur Rede stellst«, sage ich. »Ich hatte Schiss.«

»Du?«, fragt sie und zieht die Augenbrauen hoch. »Du warst zu spät, nicht mal angezogen und hast mir indirekt unterstellt, dass ich dich lieber pünktlich und nackt gesehen hätte.«

Ich grinse.

»Hättest du?«, frage ich und merke, dass meine Stimme ein dunkleres Timbre angenommen hat. Meine Haut kribbelt bei dem Gedanken daran, dass Savannah mein Auftritt tatsächlich zugesagt hat und noch mehr, dass sie mich nackt sehen will. Was ist denn nur los mit mir? Sie ist mein Boss.

»Nein!« Empört sieht Savannah mich an. Doch in ihren Augen sehe ich auch ganz klar etwas aufflackern, was da nicht hingehört. Immerhin bin ich ihr Spieler, ihr Angestellter und wir sollten beide nicht solche Gedanken über den anderen haben. »Natürlich nicht. Ich ... also ich ... nein. Belassen wir es dabei.«

Grinsend sehe ich sie noch mal an und greife nach meinem Bier.

Belassen wir es dabei, ist für uns beide die bessere Lösung.

3. KAPITEL

Savannah

Berkeley Bees Facility, ein paar Tage später

Um herauszufinden, was meinem Team fehlt, nehme ich einige Tage später am Training teil. Natürlich habe ich mich nicht in Protektoren geschmissen und lasse mich von meinen Spielern tackeln. Ich stehe mit meinem engsten Berater Jasper am Spielfeldrand und verfolge das Training.

Jasper arbeitet seit zwei Jahren für die Bees im Bereich Sportmanagement und soll den aktuellen General Manager George Morrison kommende Off-Season beerben. Mir wäre es lieber, dass Morrison sich dieses Jahr mit Dad schon komplett zurückzieht, aber das will er partout nicht. Jetzt müssen Jasper und ich das Beste daraus machen. Wir verstehen uns sehr gut und ich sehe Jasper längst als den wahren General Manager an. Morrisons Aufgabenfelder hat er größtenteils übernommen.

Begonnen haben wir unseren Rundgang bei der Offense, aber am liebsten hätte ich mir die Augen zugehalten, weil es so grauenhaft war. Coach Dixons Gebrüll hat es auch nicht verbessert.

Dalton und Holden kommen überhaupt nicht miteinander klar und das ärgert mich maßlos. Nachdem Jason wenige Tage nach dem Super Bowl äußerte, dass er nach Chicago gehen möchte, haben wir uns dafür entschieden, beim Draft einen neuen Center zu verpflichten. Als Super Bowl Sieger waren wir an letzter Stelle im Draft. Zu meinem Glück mussten wir dieses Jahr keine klassischen Offense und Defense Positionen auswählen, sodass für einen Center und Punter auch diese Platzierung noch machbar waren. Wir drafteten Center Holden Cruise und Punter Paxton Parson.

Zwischen Paxton und Paco läuft es zum Glück deutlich besser. Zwar auch nicht so, wie ich es als Eigentümerin gern sehen würde, aber besser. Der Junge ist von Paco nicht ganz so eingeschüchtert wie Holden von Dalton.

Dass es zwischen Paco und Paxton gut läuft, erleichtert mich nicht nur auf geschäftlicher, sondern auch auf menschlicher Ebene. Paco wirkte so niedergeschlagen vor einigen Tagen in der Bar. Dass er tatsächlich glaubt, dass ich ihn traden will, ist unglaublich. Er ist eine der absoluten Konstanten und Führungsspieler in diesem Team. Nicht umsonst ist er einer der neuen Kapitäne geworden, nachdem Dylan uns verlassen hat.

Die Arme vor der Brust verschränkt beobachte ich, wie Paxton für Paco den Ball festhält. Er ist nicht perfekt, das sehe ich sofort. Aber deutlich besser als das, was Dalton und Holden fabrizieren. Bisher dachte ich, dass es der Druck im Spiel ist, der Holden die Nerven verlassen lässt, aber so wie es aussieht, tut er das auch im Training. Meine Vermutung ist mittlerweile, dass es Dalton ist. Dass er ihn nervös macht.

»Ich glaube, es liegt an Dalton und Paco«, sage ich zu Jasper.

»Warum?«, fragt er.

»Sie schüchtern sie ein«, entgegne ich knapp. »Dalton pfeift ihn ständig an. Er traut sich gar nicht mehr, den Snap abzugeben.«

»Hm«, meint Jasper.

»Denkst du, da liege ich so falsch?«

»Nein, nein«, erwidert er. »Was schlägst du vor? Sie müssen miteinander trainieren.«

»Ich weiß, aber so geht es auch nicht weiter.« Ich lege den Kopf in den Nacken und lasse ihn kreisen. Dalton kann ich auf keinen Fall ein Spiel aussetzen lassen und testen, ob Holden mit unserem Back-up Quarterback Cody eine bessere Leistung bringt. Die Fans lynchen mich, wenn ich Dalton auf die Bank setze. Obwohl auch er die Pässe nicht anbringt. Holden allein die Schuld zu geben, ist nicht fair. »Fakt ist, dass wir keinen Center haben und Fakt ist auch, dass ich nicht anordnen kann, dass Dalton aussetzt. Da kann ich direkt meine Sachen packen.«

»Rede doch mal mit Dalton. Holden muss Selbstvertrauen gewinnen. Wir täuschen eine Verletzung bei Dalton vor. So kann Holden mit Cody spielen und ein Match zeigen, was er kann.«

Mein Kopf fährt bei dem Vorschlag herum und ich reiße die Augen auf. Ist er wahnsinnig, oder was? Eine Verletzung unseres Quarterbacks bei der aktuellen Lage angeben, ist ebenfalls Selbstmord. Vielleicht deutlich glimpflicher, als wenn ich offiziell verlauten lasse, dass Dalton Meyers auf die Bank gesetzt wird, weil unser Rookie Center Selbstvertrauen tanken muss.

»Ich rede mit Coach Dixon und Dalton«, sage ich. »Was machen wir mit Paco und Paxton?«

Zum wiederholten Mal steht der Ball in Paxtons Hand nicht richtig, sodass Paco ihn mit der Innenseite des Fußes trifft.

Selbstverständlich ärgert er sich danach und wirft Paxton einen genervten Blick zu. Das Schöne ist nämlich, dass die beiden ohne Helme trainieren. So kann ich ihre Emotionen direkt ablesen. Das geht bei den Offense und Defense Spielern nicht.

»Soll Paco auch verletzt sein?«, fragt Jasper grinsend und ich verdrehe die Augen.

»Zwischen den beiden wird es laufen«, lege ich mich fest.

Paco dreht den Ball in der Hand und sagt etwas zu seinem Coach und dann zu Paxton, der ihn anlächelt und nickt. Hoffentlich ein Lob, das würde ihm guttun. Dann dreht er den Kopf und sieht in unsere Richtung.

Augenblicklich setzt mein Herz für einen Schlag aus, nur um im nächsten Moment doppelt so schnell weiter zu schlagen. Sein Blick fesselt mich und ich schaffe es erst wegzusehen, als Jasper mir gegen die Schulter stößt.

»Wolltest du nicht mit Coach Dixon und Dalton reden?«, will er schmunzelnd wissen.

»Ja … klar«, stocke ich und mache auf dem Absatz kehrt, um zum Training der Offense zurückzukehren. Aber nicht ohne noch mal nach Paco zu schauen.

Tatsächlich erwidert er meinen Blick.

*

Coach Dixon, Dalton, Desmond und Paco betreten mein Büro im Obergeschoss der Facility.

»Setzt euch«, sage ich und deute auf den Tisch mit sechs Stühlen, an dem Jasper bereits platzgenommen hat.

»Danke«, antworten sie im Chor und nehmen Platz.

Gespannt sehen die drei Spieler zwischen uns hin und her, während Coach Dixon eine passive Haltung einnimmt, und die Arme vor der Brust verschränkt. Mir ist in den letzten Wochen vermehrt aufgefallen, dass er meine Art, den Club zu führen, absolut missbilligt. Nur noch die Füße stillhält, weil er meinem Dad nicht in den Rücken fallen will. Immerhin trainiert er die Bees bereits seit fünfzehn Jahren.

Er muss auch begreifen, dass ich jetzt das Sagen bei den Bees habe und nicht mein Dad. Na ja, … nicht mehr nur mein Dad. Und dass ich

Dinge anders machen und angehen will. So ist es mir wichtig, dass unsere Rookies sich in der aktuellen Krise gutfühlen, als dass unsere Superstars spielen. Die sitzen jetzt vor mir und sehen mich ratlos an.

»Schön, dass ihr gekommen seid«, eröffne ich das Gespräch. Sie nicken, aber ihre Blicke sagen deutlich: »Wir hatten keine andere Wahl.«

Ich atme tief durch.

»Die Bees befinden sich spielerisch in einer kritischen Lage«, sage ich. »Es sind viele neue, vor allem junge Spieler ins Team gekommen. Ich weiß, dass wir mit Jason und Dylan zwei absolute Leistungsträger ziehen lassen mussten. Das gleiche gilt für Asher. Leider ist es jetzt so, dass das Zusammenspiel zwischen Quarterback und Center sowie Kicker und Holder einfach nicht funktioniert.«

Dalton und Paco pressen wütend die Lippen aufeinander.

»Liegt vielleicht daran, dass man auf Rookies gesetzt hat«, wirft Dalton patzig ein.

Desmond und Paco ziehen scharf die Luft ein.

»Ich habe dich nicht nach deiner Meinung zu meinen Entscheidungen gefragt«, stelle ich klar. »Ihr seid nur hier, weil wir euch etwas mitteilen möchten.«

»Ach, und was?«, fragt Coach Dixon. »Du willst mir hoffentlich nicht sagen, dass ich meine Spieler auf die Bank setzen soll, für zwei Rookies, denen im College nur Zucker in den Arsch geblasen wurde.«

Herrgott, der Mann ist so verdammt unsensibel. Aber ja, das will ich ihm sagen. Ich wette, dass sein Ton im Training Holden und Paxton auch kein Selbstvertrauen gibt, das sie so dringend brauchen.

»Ich möchte sehen, ob ich eine falsche Entscheidung mit den beiden getroffen habe oder ob eure Anwesenheit …« Ich zeige auf Dalton und Paco. »Sie dermaßen einschüchtern, dass sie so schlecht spielen.«

»Das ist Bullshit«, meint Dalton. »Wenn sie zu schwach für die NFL sind, sind sie zu schwach.«

»Vielleicht seid ihr auch zu hart zu ihnen«, widerspreche ich ihm. »Sie kommen frisch vom College und haben euch die letzten Jahre noch als ihre Vorbilder angehimmelt. Dann gewinnt ihr den Super Bowl und mit einem Mal sind sie eure wichtigsten Teamkollegen. Natürlich haben sie die Hosen voll. Euer Verhalten macht es nicht besser, dass sie sich gut ins Team einfügen können.«

Meine Ansage scheint Früchte zu tragen, denn Dalton und Paco sehen beschämt nach unten. Immerhin sehen sie ihren Fehler ein.

»Warum sind wir hier?«, fragt Coach Dixon erneut nach.

»Dalton spielt am Wochenende nicht«, verkünde ich.

Man kann buchstäblich sehen, wie den Vier alles aus dem Gesicht fällt. Die Kinnladen klappen nach unten und sie sehen mich verständnislos an.

»Das ist ein Scherz?«, fragt Desmond und sieht zwischen Jasper und mir hin und her. »Wenn du Dalton auf die Bank setzt, können wir gleich zu Hause bleiben.«

»Ist das so?«, frage ich. »Glaubt ihr mittlerweile so wenig an euch, dass alles an ihm hängt?«

Ich deute auf Dalton und Desmond antwortet mir nicht.

»Morgen wirst du offiziell nicht mit trainieren«, erläutere ich mein Vorhaben weiter. »Am Freitag geben wir bekannt, dass wir ohne dich nach Detroit fliegen. Adduktoren Probleme.«

»Das ist doch Schwachsinn«, echauffiert sich Coach Dixon. »Dalton spielt!«

»Nein!«, schieße ich sogleich zurück.

»Er spielt, Savannah!«, knurrt er und springt von seinem Stuhl auf. Gespielt bedrohlich baut er sich vor mir auf. Was zur Hölle soll dieses Machtspielchen hier? Ich bin die Eigentümerin der Berkeley Bees und wenn ich sage, dass Dalton nicht spielt, spielt er nicht.

Noch einmal tief durchatmend erhebe ich mich ebenfalls und stütze meine Fingerspitzen auf der Tischkante ab. Mein Herz rast in meiner Brust und ich sehe Coach Dixon fest an. Wenn ich mich heute nicht gegen ihn behaupte, habe ich auf alle Zeit verloren.

»Dalton spielt nicht«, wiederhole ich ruhig. »Das ist eine Anordnung von ganz oben … von mir!«

»Du hast doch keine Ahnung, was du tust, Mädchen.«

»Nicht in diesem …«, will Jasper einschreiten, aber ich halte ihn zurück. Das muss ich selbst klären.

»Hör zu, Robert«, sage ich so ruhig wie möglich. Es ärgert mich, wie er versucht meine Autorität zu untergraben. »Mein Dad ist nicht mehr hier. Er fällt keine Entscheidungen mehr, sondern ich. Ich habe entschieden, dass ich den Rookies eine Chance geben möchte, sich ohne Dalton und Paco zu beweisen. Ja, vermutlich verlieren wir auch dieses Spiel, aber ich sehe nicht weiter zu, wie meine Draft Picks nicht die Leistung bringen, die ich in ihnen sehe.«

»Aber doch nicht so«, bellt er.

»Genau so!«

»Nein!«, widerspricht er mir erneut. »Du machst einen Fehler und setzt die ganze Saison aufs Spiel.«

»Meine Entscheidungen werden von dir nicht in Frage gestellt«, entgegne ich. »Verstanden?«

Wir liefern uns noch ein Blickduell, das er schließlich abbricht.

»Verstanden.« Wie ein bockiges kleines Kind schiebt der Coach seinen Stuhl zurück und verlässt das Büro. Ich schaue zu den Spielern und warte, dass sie aufspringen und ihm folgen, aber das tun sie nicht.

Sie lassen den Coach gehen und schauen Jasper und mich an.

»Ihr könnt gehen«, sage ich an die Spieler gewandt und stehe auf. Die Arme vor der Brust verschränkt gehe ich zu meinem Schreibtisch. Unwissend, ob ich die richtige oder die falsche Entscheidung getroffen habe, Dalton auf die Bank zu setzen.

»Wenn du der Meinung bist, dass das der richtige Weg ist, stehen wir hinter dir, Savannah.«

Ich fahre herum und sehe Dalton, Desmond und Paco überrascht an.

»Tut ihr?« O man, das klingt überhaupt nicht überzeugt.

»Wir …« Dalton holt tief Luft und sieht zu Paco und Desmond, die nicken. »Natürlich stellen wir uns für das Team zurück und können verstehen, dass du unzufrieden bist und testen möchtest, ob es Alternativen gibt.«

Er presst die Lippen zusammen und atmet tief durch. Dalton weiß, dass ihn die aktuelle Situation seinen Platz als Starter kosten kann. Mehr und mehr wird allen bewusst, dass ich nicht mein Dad bin. Dalton und ich haben sowieso eine mehr als interessante Vergangenheit, was sein Verhalten und mein Durchsetzungsvermögen angeht. Andererseits wäre er ohne mich vielleicht nicht glücklich verheiratet und hätte einen kleinen Sohn. Okay, das geht zu weit. Ich schüttle die Gedanken an sein Privatleben ab und widme mich wieder unserem Gespräch.

»Und ja, es läuft nicht gut mit Holden und Paxton. Wir waren auch mal Rookies.«

»Und wieso seid ihr dann so gemein zu ihnen?«, frage ich.

»Wir sind auch frustriert«, meldet sich nun erstmals Paco zu Wort und ich sehe ihn an. »In den letzten Jahren, in denen wir zu dem Team geworden sind, das den Super Bowl gewonnen hat, waren wir noch nie in so einer Situation. Fünf Spiele, vier Niederlagen. Das geht nicht spurlos an uns vorbei.«

»Ich setze euch nicht auf die Bank, um euch zu bestrafen«, erwidere ich. »Aber ich weiß nicht, was ich tun soll. Wenn ich beim Draft eine falsche Entscheidung getroffen habe, dann können wir es nur so rausfinden, wenn die beiden unbefangen spielen. Unsere …« Ich deute auf Jasper. »Vermutung ist, dass es an euch liegt. Ihr schüchtert sie ein.«

Pacos Blick liegt auf Jasper. Die Augen leicht verkniffen murmelt er etwas auf spanisch, was ich so schnell nicht übersetzen kann. Zwar stamme ich gebürtig aus Yucatán, aber wurde bereits als Kleinkind in die USA adoptiert. Meine Eltern haben nur Englisch mit mir gesprochen. Das Schulspanisch kann da nicht mithalten.

»Wir denken, es liegt an Coach Dixon«, sagt Desmond und Dalton rammt ihm den Ellenbogen in die Seite.

»Ist doch wahr«, motzt er seinen besten Freund an. »Es wird von Saison zu Saison schlimmer mit ihm. Seitdem wir den Super Bowl gewonnen haben, glaubt er, dass wir Maschinen sind, die sorglos jedes Spiel gewinnen können.«

Ich stutze und sehe zu Jasper, der aber keine weitere Reaktion zeigt. Tief durchatmend kehre ich zu ihnen zurück und lege die Hände auf die Lehne des Stuhls, auf dem ich zuvor saß.

»Ihr seid der Meinung, dass Coach Dixon die beiden einschüchtert und hemmt?«

Einvernehmliches Nicken.

»Gott«, stöhne ich und schließe für einige Sekunden die Augen. Das ist alles noch viel schlimmer, als ich vermutet habe. »Über diese Möglichkeit muss ich nachdenken.«

Auch wenn ich den Dreien glaube und der Meinung bin, dass sie das nicht sagen, um ihren Hals zu retten, kann ich Coach Dixon nicht einfach freistellen.

»Darüber müssen wir mit deinem Dad und dem Aufsichtsrat sprechen«, sagt Jasper. »Das können wir nicht entscheiden.«

Zustimmend nicke ich.

»Du hast gesehen, wie er sogar dich angeht und du bist seine Chefin«, wirft Desmond nochmals ein. »Als Rookie hast du das Selbstbewusstsein nicht, um einem Coach seines Kalibers auch mal die Stirn zu bieten.«

Ich nicke und sehe zu Jasper.

»Wir besprechen das morgen früh mit Mr. Belfast und dem Aufsichtsrat. Danach melden wir euch zurück, was wir entschieden, haben«, erklärt er den Spielern. Mein Blick liegt auf Paco, der erneut etwas brummt.

»Hast du was gesagt?«, will ich an ihn gewandt wissen.

»No«, antwortet er auf Spanisch. »Todo bien.«

»Da bin ich aber beruhigt«, erwidere ich und glaube ihm kein Wort. Mit Sicherheit ist nicht alles gut, wie er meint. »Ihr seid nun endgültig entlassen.«

Augenblicklich stehen sie auf und verlassen mein Büro.

»Scheiße!« Ich balle die rechte Hand zu einer Faust und drücke sie mir vor den Mund, um keinen Wutschrei auszustoßen.

Wieso musste ich die Berkeley Bees nur in der denkbar schlechtesten Situation übernehmen?

4. KAPITEL

Savannah

Detroit, Michigan, ein paar Tage später

Heute findet das nächste Auswärtsspiel der Bees in Michigan gegen die Michigan Wolverines statt. Hier in Detroit müssen wir zurück in die Spur finden, was vermutlich deutlich schwieriger wird als bisher gedacht. Zu meiner absoluten Unzufriedenheit wurde beim Treffen mit dem Aufsichtsrat jeder einzelne Vorschlag meinerseits abgelehnt. Einstimmig haben sie gegen mich gestimmt. Nicht mal meinen Dad konnte ich überzeugen. Coach Dixon freistellen, weil zwei Rookies keine Leistung bringen, halten sie für lächerlich. Ebenso glauben sie, dass auch die vorgetäuschte Verletzung von Dalton nichts bringt und er spielen muss, um die Fans nicht noch weiter zu verärgern. Ich meine, das sehe ich auch ein. Die Fans sind ein wichtiger Baustein und sollen das Team unterstützen, aber trotzdem müssen Maßnahmen ergriffen werden. Für mich war die ganze Sitzung unendlich frustrierend und ich habe mich gefühlt wie in der Schule bei einer wichtigen Prüfung. Ergebnis war, dass ich durchgefallen bin und nun ein paar Wochen Zeit habe, um die gewünschte Leistung doch noch zu bringen.

»Nimm es nicht so schwer, Sav«, meint Jasper, als wir unsere Jacken anziehen, um zum Stadion zu fahren.

Ich erwidere seinen Blick und seufze leise.

»Das tue ich nicht … denke ich«, stottere ich niedergeschlagen. »Es ist nur so frustrierend, dass man mir keine Chance gegeben hat. Ich glaube nicht mehr daran, dass Coach Dixon der richtige für den Club ist.«

»Was sagt dein Dad?«, will er wissen und hält mir die Tür auf.

»Er ist vorsichtig«, erwidere ich. »Er möchte mir nicht in den Rücken fallen, aber ich merke auch, dass er den Aufsichtsrat nicht verärgern will.«

»Es wird schon alles werden, glaub mir.«

»Okay«, entgegne ich.

Wir verlassen das Zimmer und fahren mit dem Aufzug ins Foyer, wo uns bereits zwei Security Mitglieder der Bees empfangen. »Fahren Sie mit dem Teambus, Ms. Belfast?«

»Ja«, antworte ich, was Jasper stutzen lässt.

»Ich dachte, wir fahren mit der Limousine«, wirft Jasper ein und schließt sein Sakko.

»Ich fahre mit dem Team«, erwidere ich, als der Aufzug parallel zu unserem aufgeht und Jackson und Paco heraustreten.

Mein Blick fällt sofort auf den gut aussehenden Kicker, der über seinen schwarzen Haaren ein Basecap mit dem Schild nach hinten trägt sowie einen schwarzen Anzug mit weißem Hemd. Er sieht sehr edel aus. Mal wieder wahnsinnig attraktiv und ich kann mir nur ausmalen, wie er mit seiner Art den weiblichen Fans den Kopf verdreht.

Jackson trägt einen dunkelblauen Anzug und beide halten ihre Trainingstaschen in den Händen.

»Sav?« Jasper schnipst vor meinem Gesicht. »Wo bist du nur mit deinen Gedanken?«

»Sorry«, erwidere ich beschämt und hoffe, dass niemand meinen kleinen Totalausfall mitbekommen hat. Das passiert mir immer wieder, dass ich alles um mich herum ausblende, wenn Paco in der Nähe ist. »Ich fahre mit dem Team.«

Er nickt, aber ist nicht begeistert von meiner Entscheidung.

»Sag, was du sagen willst«, bitte ich.

»Sie sind nicht deine Freunde«, meint er und holt tief Luft. »Sie sind deine Angestellten und ich finde, dass du mehr Distanz zu ihnen halten solltest.«

Ich kneife die Augen zusammen und suche nach einer Antwort, als ich angesprochen werde.

»Sav, hey!«, grüßt mich Jackson. »Alles klar?«

»Siehst du«, wirft Jasper ein und beugt sich zu mir vor. »Sie duzen dich. Wie willst du, dass sie oder irgendwer in diesem Club Respekt vor dir haben, wenn du ihre Freundin bist.«

»Sie sind nicht meine Freunde«, zische ich. Ich weiß aber selbst, dass das gelogen ist. Das sagt auch Jaspers Blick.

»Nicht?«, entgegnet er. »Sav?«

»Nein«, antworte ich. »Und ich lasse mir von dir nicht sagen, wie ich mit meinem Team umzugehen habe. Du bist mein General Manager, nicht meine Familie. Ich bin auch dein Boss!«

Jasper zuckt bei meinem barschen Tonfall zurück und richtet sich auf.

»Wie du meinst«, erwidert er. »Fahren wir mit dem Team.«

Ohne ihm noch einmal zu antworten, gehe ich an ihm vorbei auf den Hotelausgang zu. Vor diesem parkt der Bus und die Rufe der Fans und Fotografen erreichen mich bereits nach wenigen Metern.

Kaum, dass ich das Gebäude verlassen habe, prasseln die Blitzlichter auf uns ein.

»Ms. Belfast«, rufen sie nach mir. »Ein Statement zum heutigen Team Roster.«

Ich ignoriere sie und gehe weiter zum Bus.

»Savannah!«, ruft erneut einer nach mir und ich hebe den Kopf, um zu sehen, wer so unverschämt ist, mich beim Vornamen zu nennen. Dabei vergesse ich darauf zu achten, meine Füße in den fünfzehn Zentimeter High Heels ordentlich voreinander zu setzen, sodass ich einen Satz nach vorne mache.

Vor meinem inneren Auge sehe ich mich bereits fallen. Mein Körper schlägt auf dem harten Asphalt mitten in Detroit auf und die Fotografen reißen sich darum, die passende Schlagzeile zu finden. Noch bevor ich den ganzen Club ins

Verderben stürze, wie bereits einige spitzfindige Kritiker äußerten, werde ich von zwei kräftigen Händen an der Hüfte gepackt und wieder hingestellt.

»Vorsicht«, raunt mir die herbe Stimme zu. Eine Gänsehaut überzieht sogleich meinen Körper und ich hebe den Kopf, um meinem Retter in die Augen zu sehen.

Es ist niemand geringeres als Paco, der mich vor der Blamage meines Lebens bewahrt hat. Mit großen Augen sehe ich ihn an. Mein Herz rast in meiner Brust und tausende von Ameisen krabbeln über meine Haut, als ich realisiere, dass er mich im Arm hält. Unsere Blicke verhaken sich ineinander und wir blenden die Menschen um uns herum für einen Moment aus. Es gibt nur noch uns beide, das spüre ich ganz deutlich.

Meine Haut kribbelt überall und ich wünschte, dass dieser Augenblick für immer ist.

»Savannah!« Doch das ist er offensichtlich nicht. »Hast du dich verletzt?«

Jasper, Dalton und ein Mitarbeiter des Security Teams sammeln sich um uns herum. Schließlich sind sie es, die Paco dazu bewegen, mich loszulassen. Er tritt fast schon ertappt zurück. Die Wärme, die uns umgeben hat, verschwindet und ich schaue mich um.

Die Fotografen machen weiter kräftig ihre Schnappschüsse, während das Security Team alle Hände voll zu tun hat, das Team in den Bus zu lotsen, um gemeinsam zum Stadion zu fahren.

»Bist du okay?«, fragt Jasper.

»Ja ich … war in Gedanken«, sage ich. »Alles gut.«

Ich lächle sie an und richte mich auf. »Lasst uns einsteigen.« Ohne noch etwas zu sagen, gehe ich an ihnen vorbei und steige kommentarlos in den Bus.

Dort setze ich mich auf einen freien Platz und stelle meine Handtasche vor mir ab.

Der Bus füllt sich allmählich und ich schaue aus dem Fenster. Eine Polizeieskorte begleitet den Bus zum Stadion. Sie sind mit einem Einsatzfahrzeug und Motorrädern da. Während weitere Security-Mitarbeiter des Hotels versuchen die Fans vom Bus fernzuhalten.

»Hey.« Ich zucke zusammen und drehe den Kopf. Paco lehnt mit dem rechten Unterarm auf der Lehne des Sitzes in der Reihe davor und mit dem linken auf meinem Nachbarsitz. »Ich … ich wollte noch mal fragen, ob alles okay ist? Hast du dir wehgetan?«

Mein Bauch kribbelt und ich lächle ihn schüchtern an.

»Hi«, wispere ich. »Mir geht's gut … danke. Ich habe mich gar nicht bedankt und …«

»Schon okay«, meint er. »Habe ich gern gemacht.«

»Möchtest du dich setzen?«, platzt es aus mir heraus und ich deute ein wenig unbeholfen auf den freien Sitz neben mir. Erneut beschleunigt sich mein Puls und ich frage mich, ob es richtig ist, ihn zu bitten sich neben mich zu setzen. Jasper hat vielleicht nicht ganz unrecht, wenn er sagt, dass ich mich besserstelle, wenn ich mich von den Spielern distanziere und keine weiteren privaten Banden mit ihnen knüpfe. Es reicht schon, dass ich teilweise mit ihren Verlobten und Frauen befreundet bin. »Entschuldige«, setze ich nach. »Du kannst ruhig bei den anderen sitzen.«

Paco sieht mich überrascht an und wartet ein paar Sekunden, ob ich meine Meinung noch mal ändere. Doch das tue ich nicht. Nun distanziert er sich auch körperlich von mir, indem er sich zu seiner vollen Größe aufrichtet.

»Bis später«, meint er knapp und geht die Reihe weiter zu Jackson, der so wie ich am Fenster sitzt. Er lässt sich neben ihn fallen und beginnt ein Gespräch mit ihm. Ich wende meinen Blick ab und schaue hinaus auf die Straße.

Meine größte Herausforderung scheint nicht nur die Führung dieses Clubs durch die aktuelle Krise zu sein, sondern auch das professionelle Verhältnis zu meinen Spielern zu wahren. Ich bin achtundzwanzig Jahre alt, die Spieler zwischen dreiundzwanzig und fünfunddreißig. Wir sind alle in einem Alter und da hat man schnell das Bedürfnis Freundschaften zu schließen. Das darf ich nicht tun. Vor allem bei einem von ihnen muss ich aufpassen, dass ich mir nicht die Finger verbrenne.

»Ich habe meine Meinung geändert«, erklingt es neben mir und mein Kopf fährt herum.

Paco lässt sich neben mich fallen und grinst mich an.

»Ich aber nicht«, entgegne ich schweren Herzens. »Bitte setz dich wieder neben Jackson.«

»Aber du hast mir doch eben noch angeboten, dass ich mich neben dich setzen kann«, erwidert er verwirrt.

»Setz dich weg!«, fauche ich, was ihn zurückschrecken lässt.

»Oh, okay«, meint er und hebt entschuldigend die Hände. »Tut mir leid, dass ich dich falsch verstanden habe.«

Paco verzieht den Mund und steht auf. Ich sehe ihm nach, wie er sich einige Reihen weiter missmutig neben Jackson setzt, der ihn fragend ansieht.

Seufzend lehne ich meinen Kopf gegen die kühle Busscheibe und warte, dass dieser zum Stadion abfährt.

»Ist hier noch frei?«, fragt Jasper und sieht mich lächelnd an. Ich seufze und nicke schließlich. Er setzt sich neben mich und wirft mir einen fragenden Blick zu. »Alles okay?«

»Klar«, lüge ich mehr schlecht als recht. »Ich bin nur nervös wegen des Spiels.«

»Das verstehe ich«, erwidert er. »Es wird schon werden, mach dir da nicht so viele Gedanken.«

Er hat gut reden, immerhin ist es nicht sein Kopf, der dran glauben muss, wenn hier alles den Bach runtergeht. Der Club liegt nun in meiner Verantwortung und damit bin ich es auch, die dafür sorgen muss, dass wir endlich anfangen Spiele zu gewinnen. Leider weiß ich aktuell nicht, wie das funktionieren soll. Alle sind mies drauf und das spiegelt sich mehr und mehr in den Leistungen der Spieler wider.

»Komm schon, Sav.« Jasper stößt mich leicht an und schenkt mir ein Grinsen. »Du wolltest diesen Club haben und jetzt musst du ihn durch diese schwere Zeit führen.«

»Aber wieso muss die schwere Zeit denn ausgerechnet in meinem ersten Jahr kommen?«, jammere ich. »Das ist gemein.«

Er lacht herzlich. »Wir waren ganz oben.« Zur Untermalung seiner Worte hebt er die rechte Hand deutlich über seinen Kopf. »Wir sind die Champions.«

»Ja, und fallen gerade sehr, sehr tief«, merke ich missmutig an. »Danke, dass du mich noch mal daran erinnerst.«

»So meinte ich es nicht«, entgegnet er. »Vielmehr möchte ich dir sagen, dass das durchaus passieren kann nach so einem Triumph. Noch dazu haben uns drei absolute Leistungsträger verlassen. Die wir auf diesem Niveau nicht ersetzen konnten.«

Tief in meinem Inneren weiß ich das. Natürlich ist es klar, dass es nicht so weitergehen konnte wie letzte Saison, aber trotzdem fühle ich mich vom Pech verfolgt.

Als würde an meinen High Heels eine dicke Schicht Scheiße kleben, die einfach nicht abgeht. Immer weiter versinke ich in dieser.

»Na ja«, murmle ich. »Dann ist das nun so.«

»Jetzt mach dich nicht so klein«, erwidert er. »Du hast den Laden doch im Griff.«

Mein Kopf fährt herum und ich sehe ihn an.

»Wo habe ich den Laden im Griff?«, zische ich und versuche mich zu beherrschen, dass die Spieler es nicht mitbekommen. Wobei die meisten sowieso Kopfhörer tragen und in ihrer Welt sind. »Alle meine Vorschläge etwas zu ändern, wurden vom Aufsichtsrat abgewiesen, du warst dabei.« Jasper presst die Lippen aufeinander.

»Und als würde das nicht schon reichen, verkünden meine Starspieler, dass sie nicht mehr mit dem Head Coach arbeiten wollen. Jetzt sag du mir noch einmal, dass ich den Laden im Griff habe.«

»Sav ich ...«

»Lass gut sein«, weise ich ihn ab. »Ich will nichts mehr davon hören.«

Tatsächlich schweigt Jasper für den Rest der dreißigminütigen Fahrt zum Stadion, dem Wolverines Cave, ein wenig abgelegen vom Stadtzentrum von Detroit.

Nach und nach steigen wir aus dem Bus aus, als ich Jackson laut lachen höre.

»Bienvenido a casa, Don Juan.« Ich drehe ihm meinen Kopf zu und sehe, dass er Paco auf die Schulter haut. Ah stimmt, Paco stammt aus Detroit. Augenblicklich frage ich mich, ob seine Familie heute beim Spiel dabei sein wird. Die meisten Spieler genießen es sehr, in ihren Heimatstädten zu spielen.

»Idiot«, meint dieser grinsend. »Dein Spanisch ist grauenhaft.«

»Na und?« Jackson schmunzelt. »Für dich reicht es allemal.«

Jasper tritt neben mich und zieht meine Aufmerksamkeit erneut auf sich.

»Gehst du direkt in die Loge oder kommst du noch mit ins Innere des Stadions?«

»Ich gehe direkt hoch«, antworte ich Jasper, der nickt und folgt zum Glück weiteren Leuten vom Staff sowie den ersten Spielern. Momentan habe ich das Gefühl, dass er mich von den Spielern weglotsen möchte zu einer Chefin, die ich in mir nicht so richtig sehe.

»Du hättest auch sagen können, dass du lieber neben ihm sitzen möchtest.« Ich zucke zusammen und drehe mich zu Paco herum. Mit grimmiger Miene sieht er auf mich herab.

»Wa... was?«, stottere ich.

»Du hast mich schon richtig verstanden«, schnauzt er mich völlig unberechtigt an. »Wenn ich gewusst hätte, dass du lieber neben Jasper sitzen willst, wäre ich gar nicht zurückgekommen.«

Moment, was? Das ist doch totaler Blödsinn. Nie wollte ich neben Jasper sitzen und noch weniger habe ich ihn deswegen weggeschickt. Wie kommt Paco nur darauf?

Als ich nicht sofort antworte, will er weitergehen, aber ich greife blitzschnell nach seinem Oberarm und halte ihn fest.

»Wie kannst du so was denken?«, frage ich. Die harten Muskeln seines Bizepses spüre ich unter meinen Fingern. Es fühlt sich noch besser an, als ich es mir ausgemalt habe. Der dünne Stoff des Sakkos trägt kaum dazu bei, dass ich weniger spüre, als gut für mich ist. Pacos Blick fällt auf meine Hand und danach sieht er mir in die Augen. Ich erwidere seinen Blick und ertrinke in seinen dunklen Iriden.

»Du wolltest neben ihm sitzen, gib es doch wenigstens zu, wenn ich dich darauf anspreche«, wirft er mir vor. »Er ist ständig in deiner Nähe. Du brauchst ihn sogar, um uns die Meinung zu sagen.«

Verständnislos sehe ich ihn an und schüttle kaum merklich den Kopf.

»Das ist nicht wahr«, entgegne ich angefressen und lasse ihn los. »Ich wollte nicht neben dir sitzen, weil du nun mal immer noch mein Spieler bist.«

»Und was ist er?« Pacos Stimme bebt und das Feuer in seinen Augen ist nicht das, an dem ich mich so unbedingt verbrennen möchte. Vielmehr ist es eins der unangenehm wütenden Sorte.

»Er ist der zukünftige General Manager meines Clubs«, halte ich mit Nachdruck fest. »Meine rechte Hand.«

»Dann pass lieber auf, dass seine Hand auch bleibt, wo sie hingehört.«

Ich schnappe nach Luft, denn diese Bemerkung war wirklich zu viel.

»Darüber reden wir noch«, antworte ich und lasse ihn stehen.

5. KAPITEL

Savannah

Berkeley Bees Facility, ein paar Tage später

Pacos und meine Unterhaltung, nachdem wir aus dem Bus gestiegen sind, ist noch nicht vergessen. Ganz im Gegenteil. Ich kann immer noch nicht glauben, dass er tatsächlich zu mir gesagt hat, dass Jasper Hand an mich anlegt. Wie unverschämt ist dieser Mann? Mal abgesehen davon, dass es ihn überhaupt nichts angeht, ob und inwiefern er das tut. Er muss meine Entscheidung akzeptieren, dass ich nicht neben ihm sitzen wollte und noch weniger hat er infrage zu stellen, neben wem ich an seiner Stelle sitze. Paco benimmt sich wie ein kleines Kind, dem man den Lolli weggenommen hat. In diesem Fall bin ich der Lolli. Wobei mir der Gedanke daran, dass er mich ableckt, gar nicht so schlecht gefällt. Ich schließe die Augen und lasse meinen Gedanken freien Lauf. Dabei stelle ich mir vor, wie wir zusammen im Bett liegen – nackt. Er über mir. Seine seidigen Lippen fahren über meinen Körper. Paco küsst mich überall und lässt keinen Zentimeter meiner Haut aus. Danach kommen seine Hände zum Einsatz. Seine großen Hände, die mühelos meine Brüste umfangen und diese kneten. O ja, das gefällt mir.

»Savannah!« Ich reiße die Augen auf und sehe meine Assistentin Denise fragend an.

»Ja?«

»Alles okay?«, erkundigt sie sich, während sie in meiner Bürotür steht.

»Ich ... äh ... ja«, stottere ich peinlich berührt. »Was ist denn?«

»War Mr. Alvarez schon da?«, fragt sie und ich werfe einen Blick auf die Uhr. Tatsächlich ist es fast halb elf und Paco sollte um viertel nach zehn in meinem Büro sein.

Wo ist er nur? Das sieht ihm gar nicht ähnlich zu spät zu kommen.

»Nein«, antworte ich. »Bestimmt ist er noch im Training.«

»Aber ist es nicht ungewöhnlich, dass Coach Dixon ihn nicht zu dir schickt?«, hinterfragt Denise meine Antwort. »Ich meine, das geht mich nichts an. Aber er müsste längst hier gewesen sein und du hast um elf deinen nächsten Termin.«

Sie hat recht, das geht nicht in Ordnung. Wenn Paco einen Termin mit mir hat, hat er dafür auch das Training zu unterbrechen. Es sei denn, Coach Dixon liefert mir einen verdammt guten Grund, dass er heute nicht beim Training fehlen darf. Den gab es aber nicht. Seit dem Sieg in Detroit am letzten Wochenende sind wir alle ein wenig entspannter. Was nicht heißt, dass sich alle Probleme in Luft aufgelöst haben. Ein Field Goal in letzter Sekunde, natürlich von Paco, hat uns gerettet. Nicht mehr und nicht weniger. Zumal Michigan zwei Turnover zugelassen hat, die uns in die Karten spielten. Aus einem machten wir einen Turnover-Touchdown und mit dem zweiten das finale Field Goal.

Ich erhebe mich von meinem Platz und klopfe mir den imaginären Staub von der Jeans. »Du hast recht«, sage ich zu Denise. »Ich schaue nach ihm.«

»Du?« Ihre Augen werden groß. »Eigentlich wollte ich dich nur darauf hinweisen, dass er ein wenig spät ist. Willst du nicht jemand schicken?«

»Nein, nein«, lehne ich ab. »Ich werde selbst nachsehen, was da los ist.«

Ich komme hinter meinem Schreibtisch hervor und checke noch mal mein Aussehen in dem großen runden Spiegel über meiner Kommode. Mit meinen Naturlocken kann ich im Alltag nicht viele Looks kreieren, wenn ich nicht zu den Frauen gehören möchte, die eine eigene Hairstylistin beschäftigen. Leisten kann ich es mir, aber nötig habe ich es nicht. Außerdem mag ich meine Haare. Sie erinnern mich an meine mexikanischen Wurzeln. Heute habe ich mich für eine weiße Bluse und einen schwarzen Blazer entschieden. Es wirkt elegant aber mit der Jeans auch gleichzeitig leger, dass ich mich nicht unwohl fühle. Denn das tue ich. Das Gespräch hätte ich längst hinter mich bringen müssen, aber habe es Tage vor mir hergeschoben. Eine erneute

Konfrontation mit ihm passt mir so gar nicht in den Kram.

Zwischen uns ist etwas, das ich noch nicht recht greifen kann. Die Blicke, die wir uns immer wieder zu werfen oder das Lächeln, das seine Lippen umspielt wann immer er mich – ohne Jasper – sieht, lässt mein Herz höherschlagen.

»Denkst du nicht, das wäre Jaspers Aufgabe?«, hakt sie nach. »Er ist bald dein General Manager und …«

»Das ist mein Club und somit meine Sache«, entgegne ich scharf. »Wieso meint hier eigentlich jeder, dass ich nicht weiß, was ich tue.«

»Tut mir leid«, erwidert sie sogleich. »Natürlich ist es dein Club und deine Entscheidung.«

»Gut.« Ohne weiteren Kommentar lasse ich Denise stehen und mache mich auf die Suche nach Paco.

Auf dem Weg zur Umkleide werden mir einige fragende Blicke zugeworfen, die ich ignoriere. Sollen sie doch alle denken, was sie wollen. Ich kann das selbst mit Paco klären. Dafür brauche ich weder Denise noch Jasper. Obwohl Denise überhaupt gar nichts für meine Wut kann. Vielleicht hat sie nicht unrecht damit, dass dies die Angelegenheit des General Managers ist. Aber doch nicht, wenn mein Spieler mir vorwirft, dass ich mich vom General Manager nicht befummeln lassen soll. Gott, das kann doch alles nicht so eskalieren diese Saison.

»Ms. Belfast.« Ein Mitarbeiter vom Staff nickt mir freundlich zu. »Schön Sie zu sehen.«

»Hallo«, sage ich und schenke ihm ein Lächeln. »Alles in Ordnung?«

»Wie immer alles bestens«, meint er. »Der Sieg am Wochenende tat den Jungs gut.«

»Nicht nur denen«, entgegne ich zwinkernd. »Bis bald.«

»Bis bald«, sagt er und ich gehe weiter auf die Kabine zu, die von zwei Security-Mitarbeitern bewacht wird.

»Ms. Belfast!« Meine Güte, wieso sind die denn immer alle so überrascht, mich zu sehen.

»Darf ich?« Ich deute auf die Tür.

»Natürlich.« Sie öffnen mir die Tür und ich trete ein.

In der Kabine ist reges Treiben zu beobachten. Die Spieler sind, soweit ich das überblicken kann, alle angezogen.

»Guten Morgen!« Abrupt halten sie inne und starren mich mit großen Augen an.

»Guten Morgen«, erwidern sie im Chor.

»Wie war das Training?«, frage ich beiläufig und sehe zu Paco, der vor seinem Spind sitzt und auf sein Handy sieht. Niemals hat er unseren Termin vergessen – niemals!

Stattdessen ist der Penner nicht aufgetaucht, um mich dazu zu zwingen runterzukommen. So wie er es bei meinem letzten Besuch nicht für nötig hielt, früher aus der Dusche zu kommen. Dieses Verhalten ist respektlos und falsch. Mit meinem Dad würde er das nicht machen. Dem würde er auch niemals solche Sprüche drücken.

»Mr. Alvarez«, sage ich scharf und endlich sieht er mich an.

»Hallo.«

»Wir hatten einen Termin vor …« Ich hebe mein linkes Handgelenk und schaue auf meine

Armbanduhr. »Einer halben Stunde. Wieso sind Sie nicht erschienen?«

»Ich hatte Training«, antwortet er. »Fragen Sie den Coach.«

Da wäre ich nie draufgekommen, dass er Training hatte. Wow. Genervt schaue ich zu Coach Dixon.

»Er sollte um viertel nach zehn bei mir sein«, erkläre ich.

»Davon wusste ich nichts«, spricht dieser sich sogleich von aller Mitschuld frei.

»Das ist schade, denn ich hatte es gestern extra noch einmal gesagt«, erwidere ich. »In mein Büro – sofort!«

Paco öffnet den Mund und will etwas sagen, doch Jackson kommt ihm zuvor und drückt seine Hand auf seine Schulter.

»Ich bringe ihn hoch«, bietet er an.

»Ich brauche keinen Babysitter«, zischt er und schlägt Jacksons Hand weg, der es nur gut meinte. »Und ich brauche keinen Anschiss für nichts.«

»In fünf Minuten in meinem Büro«, ordne ich an und verlasse die Kabine.

»Wow …«, meint Desmond. »Was hast du nur angerichtet, dass sie dich in ihr Büro zitiert.«

Kollegiales Lachen ertönt und ich verdrehe die Augen.

»Keine Ahnung«, meint Paco und tut immer noch so, als wäre wirklich nichts vorgefallen. »Vielleicht ist ihr momentan einfach alles zu viel.«

Ich atme tief durch, um nicht sofort zurückzugehen und ihm erneut die Meinung zu sagen. Mir ist nicht alles zu viel, mir geht's bestens.

Es wäre nur einfach schön, wenn meine Spieler, Coaches und wer sich hier noch an Material männlicher Größenwahnsinnigkeit aufhält, mir eine Chance geben würde.

»Du solltest mit ihr reden.« Das ist Jacksons Stimme.

»Wieso?«, fragt Paco doch ernsthaft nach.

»Weil es frech ist, was du tust und du so wie wir alle wissen, dass du das bei Mr. Belfast nicht tun würdest«, grollt Dalton. »Beweg dich und rede mit ihr, Alvarez. Sofort!«

Es wird still in der Kabine und ich setze meinen Weg fort, um die Spieler nicht noch weiter zu belauschen, als hinter mir die Tür ins Schloss fällt.

»Bitte warte!« Es ist Paco.

Dieses Mal denke ich gar nicht daran zu warten und mir wieder einen dummen Spruch von ihm reindrücken zu lassen. Er hat den Mist gebaut und nicht ich.

»Savannah!«, ruft er. »Bitte bleib stehen.«

Ich atme tief durch und komme seiner Bitte nach.

»Danke«, meint er. »Lass uns reden.«

»Für mich ist alles gesagt«, erwidere ich stur.

»Es wurde gar nichts gesagt«, meint er und nun fahre ich doch herum und funkle ihm wütend an.

»Ganz genau!«, zische ich. »Es wurde gar nichts gesagt und das ist das Problem, Paco. Ich bin deine Chefin und du hast meinen Aufforderungen Folge zu leisten. Dalton hat nämlich recht damit, dass jeder von euch bei meinem Dad gesprungen ist und bei mir …« Ich lasse den Rest des Satzes in der Luft hängen.

»Dein Dad ist auch eine krasse Persönlichkeit und …«

»Paco!«, schreie ich. »Danke, dass du mir auch noch mal sagst, dass ich nicht mein Dad bin und dass ich hier alles sowieso nicht auf die Reihe bekomme.«

Die Arme vor der Brust verschränkt, sehe ich ihn halb frustriert, halb traurig an.

»Es tut mir leid«, meint er. »Ich war sauer und … und dann ist mir das rausgerutscht.«

»Was genau?«, entgegne ich spitz. »Dass mein General Manager Hand an mich anlegt, was dich überhaupt nichts angeht …« Seine Gesichtszüge entgleisen leicht, als ich doch in Aussicht stelle, dass zwischen Jasper und mir etwas sein könnte. »Oder dass du der Meinung bist, dass ich einen Anschiss für nichts verteile.«

»Also ist der Typ dir doch näher als …«

»Paco!«

»Savannah!«, äfft er meine Stimmlage nach. »Es tut mir leid, dass ich behauptet habe, dass Jasper und du …« Er gestikuliert wild mit den Händen in der Luft. »Dass da mehr ist.«

»Auch wenn es dich wirklich nichts angeht, aber zwischen uns ist nichts«, sage ich erneut. »Du wirst für diese Entgleisung und natürlich auch für dein Nichterscheinen in meinem Büro eine Geldstrafe zahlen.«

Er sieht mich mit großen Augen an und öffnet den Mund. Vermutlich mal wieder, um gegen meine Entscheidung zu protestieren. Doch ich lasse ihn gar nicht erst zu Wort kommen. »Den genauen Betrag wird dir der General Manager mitteilen«, rede ich weiter und Paco presst seinen Kiefer zusammen. »Denn im Grunde ist das hier nicht meine Aufgabe. Dafür habe ich ihn.«

»Ja, wie schön …«, ätzt er. »Wirklich toll. Kann ich zurück zum Team oder hast du mir noch mehr zu sagen?«

Unsere Blicke begegnen sich. Mein Herz schlägt schneller und in meinem Bauch rumort es auffällig laut. Aktuell habe ich ihm nichts mehr zu sagen. Zumindest nichts, was die Situation zwischen uns noch verschlimmert.

Paco ist sauer über meinen Anschiss und die Geldstrafe, das weiß ich. Aber ich muss hier einfach einen Grund reinkriegen und meine Führungslinien klar abstecken. Dazu gehört vor allem auch, dass die Spieler sich nicht anmaßen dürfen über mein Privat– und noch schlimmer Liebesleben zu urteilen.

»Savannah.« Die Stimme lässt mich zusammenzucken. »Hier bist du.«

Jasper tritt hinter mich und sieht zwischen uns hin und her.

»Gibt es ein Problem?«, fragt er und ich will antworten, doch Paco kommt mir zuvor.

»Nichts, was sie Ihnen nicht gleich erzählen wird, sodass ich meine Strafe erhalte.«

»Strafe?«, fragt Jasper. »Was ist vorgefallen?«

War er zuvor noch locker, ist er nun deutlich angespannter und sieht zwischen uns hin und her. Ganz toll, Paco. Ich wollte die Sache ohne Jasper klären.

»Ja, Savannah?« Paco grinst mich an. »Was ist vorgefallen? Willst du es ihm nicht sagen?«

»Treib es nicht zu weit«, zische ich. »Hast du mich verstanden?«

»Sicher Ms. Belfast«, säuselt er. »Schönen Tag noch.«

Dann dreht Paco sich herum und schlendert zurück in die Kabine.

»Was ist bitte zwischen euch los?«, fragt Jasper und folgt mir, nachdem ich einfach losgegangen bin.

»Nichts.«

»Nichts?«, fragt er. »Savannah, was ist hier los? Du fetzt dich im Flur mit einem Spieler. Das Gespräch war alles andere als professionell.«

Ich fahre herum und sehe ihn an.

»Wenn mich heute noch eine Person kritisiert, die nicht mein Vater ist, schmeiß ich euch alle raus!«

Jasper schließt augenblicklich den Mund und ich lasse ihn stehen.

Ich muss hier raus und den Kopf freikriegen.

6. KAPITEL

Savannah

Am nächsten Tag treffe ich mich mit Melissa, Delia und Kyra in Melissas Café, dem Bee-Land auf
einen Kaffee. Mir ist momentan gar nicht nach
einem Treffen mit ihnen zu Mute, aber ich wollte nicht schon wieder absagen und mich in meiner Arbeit verkriechen. Arbeit, die überhaupt
keine Früchte trägt, weil weiterhin alles schief
geht. Ärger mit den Spielern, den Coaches, dem
Aufsichtsrat und wenn das so weitergeht, bald
auch mit den Fans und der gesamten Franchise.
Vor allem den Ärger mit der Franchise muss ich
abwenden. Denn da geht es ganz schnell nicht
mehr um Sympathien, sondern Millionen von
Dollar. Ich will auf keinen Fall die Besitzerin
sein, die die Franchise verprellt.

Wie man sehen kann, ist mir momentan gar
nicht nach einem Kaffeekränzchen mit meinen
Freundinnen, von denen zwei die Probleme

bei den Berkeley Bees auch noch hautnah mitbekommen, weil ihre Männer zwei meiner Führungsspieler sind.

Als ich noch ein Kind und später Teenager war, habe ich es mir ehrlich gesagt einfacher vorgestellt, die Berkeley Bees zu leiten und das Oberhaupt der Franchise zu sein. Jetzt, wo ich es endlich bin, wäre ich gern wieder die Marketingchefin, die aber letztendlich keine großen Entscheidungen trifft.

»Ich habe vorgeschlagen, dass Hector eine Tagesmutter besucht, aber Dalton ist der Meinung, dass wir mehr Personal für die Cafés einstellen«, erzählt Melissa und ich sehe sie an.

»Er möchte, dass du nicht arbeitest und dich ihm völlig unterordnest als Ernährer der Familie«, meint Delia, ganz die erfolgreiche Anwältin und vom Hausfrauensein so weit entfernt, wie ich von den Play-Offs. Gott, schon wieder denke ich an die Situation der Bees.

»Genau«, echauffiert sich Melissa bei der Delias Aussage mehr als nur auf nährbaren Boden trifft. »Das will er.«

»Ihr seht das viel zu eng«, ergreift Kyra Partei für Dalton. »Vielleicht möchte er nur, dass Hector wenigstens von einem Elternteil mehr hat.«

»Dann soll er kürzertreten bei den Bees«, schießt Melissa zurück. Und auch wenn ich weiß, dass sie das nicht ernst meint, wird mir ganz anders bei dem Gedanken daran, Dalton als Starting-Quarterback zu verlieren.

»Ich glaube, das ist keine Option«, wende ich ein. »Und er hat Verträge, die ihn zu einer vollen Stelle verpflichten.«

Ich zwinkere Melissa zu und trenne mit meiner Gabel ein Stück dieser unglaublich leckeren Erdbeertorte ab, die sie anlässlich Summers Geburtstag vor zwei Wochen zum ersten Mal gebacken hat und die direkt ein Verkaufsschlager wurde.

»Na ja«, meint Delia. »Aber ich sehe den Punkt auch. Verträge hin oder her. Natürlich kommt er da nicht raus oder vielmehr lässt Savannah ihn da nicht raus.« Ich kichere und nicke zustimmend. »Dalton will nicht, dass du wieder Vollzeit arbeitest und das ist nicht nett. Brauchst du vielleicht eine gute Anwältin?«

»Delia!« Empört sieht Melissa sie an. »Natürlich nicht! Ich liebe Dalton und eine Scheidung, die dein Hauptgeschäft ist, ist überhaupt kein Thema bei uns.«

»Wenigstens das nicht«, meint Kyra. »Mal ehrlich, Süße. Wieso willst du nicht die Zeit mit eurem Sohn verbringen?«

Kyra wirft einen verliebten Blick in den dunkelblauen Kinderwagen, der neben unserem Tisch parkt und in dem ihr ein Monat alter Sohn Dean schläft.

»Weil sie nicht so ist wie du«, meint Delia.

»Na danke.« Kyra rümpft die Nase. »Ich liebe meine Kinder.«

Das meine impliziert auch klar Desmonds Tochter Summer aus der Beziehung mit TV-Star Jenna Simpson. Kyra liebt Summer wie ihre eigene Tochter und behandelt sie auch so. Sicher sagt sie auch, dass die Schwangerschaft und die Geburt von Dean noch mal einen anderen Stellenwert in ihrem Leben haben, aber sie sind ihre Kinder.

»Ich liebe Hector auch«, verteidigt sich Melissa. »Das steht hier auch nicht zur Debatte, Leute. Es geht darum, dass mein Mann – Dalton, Mr. Quarterback Superstar, mir liegt die Bay Area zu Füßen, Meyers - glaubt, dass seine Karriere wichtiger ist als meine. Nur weil er eventuell ein bisschen mehr verdient als ich.«

Ein bisschen was ist gut. Dalton ist mit Abstand der teuerste Spieler auf meiner Gehaltsliste und mir graut es schon davor, dass er nächstes Jahr neue Verhandlungen anstreben wird. Das wird dann die nächste Großbaustelle. Denn wenn Dalton mehr will und definitiv auch mehr bekommt, weil ich ihn halten muss, werden auch Desmond und die anderen Topspieler mehr wollen.

Warum genau habe ich noch mal beschlossen, dass ich beruflich mal Eigentümerin einer NFL-Franchise sein möchte?

»Savannah?« Melissa schnipst vor meinem Gesicht. »Was sagst du dazu?«

»Wozu?«

»Dass Dalton sagt, dass ich mich um Hector kümmern soll, statt dass wir ihn vormittags zu einer Tagesmutter geben.«

»Ich hatte auch Nannys«, antworte ich. »Geschadet hat es mir nicht.«

»Na also.« Melissa klatscht zufrieden in die Hände. »Mein Sohn wird nicht verkommen und das sagt eine NFL-Eigentümerin.«

Ich lächle Melissa gequält an und trinke von meinem Kaffee.

»Wie läuft es denn so bei den Bees?«, wechselt Delia das Thema. »In San Francisco lästert man bereits, dass ihr raus seid.«

»Wir sind nicht ... raus«, presse ich empört hervor. »Kapiert?«

Wow ... wie sagt man so schön? Angeschossene Hunde bellen lauter?

»Also in San Francisco sagt man ...«

»Es ist mir scheißegal, was ihr in San Francisco sagt«, zische ich. »Wir sind nicht raus. Anderes Thema bitte.«

Melissa, Kyra und Delia sehen mich betreten an, woraufhin ich tief Luft hole.

»Es tut mir leid«, sage ich. »Momentan ist einfach alles ein bisschen viel und ich muss mich noch einfinden. Es läuft nicht alles wie bei meinem Dad und das kommt nicht gut an.«

»Sav.« Einfühlsam streichelt Delia meinen Arm. »Ich dachte, das sind wirklich nur böse Gerüchte. Diese natürliche Rivalität ...«

»Nein.« Traurig schüttle ich den Kopf. »Alles geht schief. Mir kommt es so vor, als könnte ich nicht eine gute Entscheidung treffen.«

»Ach Quatsch«, meint Kyra. »Wir sehen doch, dass es nicht an dir liegt. Desmond lobt deinen Stil.«

»Ach ja?«, frage ich und ziehe die Augenbrauen hoch.

Es behagt mir nicht von Dritten zu hören, was meine Spieler von meinem Führungsstil halten.

»Na ja, eigentlich meint er, dass du es ziemlich drauf hast, ihnen Feuer unterm Hintern zu machen.«

»Ah.« Was soll ich mit dieser Info nun anfangen? Vermutlich gar nichts.

»Wir sind mit ihnen verheiratet«, sagt Melissa. »Natürlich bekommen wir auch ein paar Sachen mit. Nicht alles, was in der Kabine passiert …«

»Bleibt auch in der Kabine«, schlussfolgere ich. »Das habe ich gemerkt.«

Wir schweigen einen Moment, als die kleine Glocke über der Eingangstür erklingt. Sofort steht Melissa auf.

»Hey ihr beiden«, begrüßt sie die neuen Kunden fröhlich, was mich dazu bewegt meinen Kopf zu drehen. »Hi Baby.«

Dalton, Desmond, Jackson und Paco begrüßen Melissa nacheinander.

Paco und ich haben uns nicht mehr gesprochen, seitdem wir uns vor der Kabine gestern gestritten haben. Die Strafe hat er bereits gezahlt und der Zahlungseingang wurde mir bestätigt. Ob es ihn davon abhält, mir in Zukunft solche Dinge an den Kopf zu knallen, weiß ich nicht, aber ich hoffe es. Ehrlich gesagt habe ich keine Lust und Kraft, mich auch noch um so was zu kümmern. Denise hat recht, das ist die Aufgabe meines General Managers.

»Hi«, sagt Kyra und sie kommen zu uns herüber. Dalton begrüßt Kyra und Delia mit einem Kuss auf die Wange, während Melissa sich daran macht, ihre Bestellung zu bearbeiten. Jackson folgt seinem Kapitän auf dem Fuß, während Paco zögert.

»Hi Baby«, begrüßt Desmond Kyra mit einem Kuss und greift in den Wagen. »Hallo mein Schatz.«

Vorsichtig hebt er Dean heraus und hält ihn auf dem Arm. Der Kleine gähnt herzlich, ehe er seinen Kopf an der muskulösen Schulter seines Vaters ablegt und wieder einschläft.

»Darf ich?« Jackson zieht sich einen Stuhl vom Nachbartisch heran und setzt sich zwischen Delia und mich. Meine beste Freundin wirft ihm einen Blick zu, den ich nicht so recht deuten kann. Fast würde ich sagen, dass sie Jackson mustert. Das ist Blödsinn. Der blonde Sunny Boy ist niemals ihr Beuteschema. Außerdem ist er verheiratet und damit tabu für Delia.

»Du sitzt doch bereits, oder?«, fragt sie, was uns leise lachen lässt.

»Schon.« Jackson zuckt mit den Schultern. Mittlerweile ist Delia auch bestens bekannt mit den Berkeley Bees Spielern. Vor allem auch durch die Hochzeiten von Melissa und Dalton sowie Kyra und Desmond, die sie beide besuchte.

»Don Juan!«, ruft Jackson. »Willst du da Wurzeln schlagen? Komm rüber.«

Ich drehe meinen Kopf zu Paco herum, der immer noch kurz zögert, aber sich schließlich in Bewegung setzt und hinter mir stehenbleibt. Sein Duft steigt mir in die Nase und ich presse die Lippen zusammen und versuche ihn krampfhaft zu ignorieren. Jetzt bloß nicht einatmen. Dass er diese Wirkung auf mich hat, das ist mir mittlerweile mehr als bewusst.

»Ich hatte nicht vor, Wurzeln zu schlagen«, meint er und ich zucke heftig zusammen, als er seine Hände auf die Lehne meines Stuhls legt. Mein Herzschlag beschleunigt sich, als seine Finger meinen Rücken berühren. In meinem Inneren rumort es und ich bewege mich keinen Zentimeter, um nicht unabsichtlich weitere Berührungen seinerseits zu spüren.

»Euer Kaffee«, sagt Melissa und stellt das Tablett ab. »Paco, nimm dir auch einen Stuhl oder willst du Wurzeln schlagen?«

Wir brechen in Gelächter aus, weil sie die gleiche Wortwahl benutzt wie Jackson. Paco stöhnt auf.

»Hast du meinen Kaffee auch to go?«

»Klar, sicher«, sagt Melissa. »Ich schütte ihn dir um.«

»Und ich würde gern zahlen«, meint er. »Ich habe noch was vor.«

Ich drehe meinen Kopf erneut und unsere Blicke treffen aufeinander. Mein Magen zieht sich heftig zusammen und der unkontrollierte Herzschlag in meiner Brust nimmt noch einmal Fahrt auf.

Warum will er gehen? Was hat er noch vor? Nicht, dass es mich etwas angeht. Trifft er sich mit einer Frau? Hat er eine Freundin, von der wir alle nichts wissen? Genervt von mir selbst, schüttle ich den Kopf. Das geht mich alles nichts an und ich sollte froh sein, wenn er eine Freundin hat. Dann höre ich endlich auf, für ihn zu schwärmen.

Meinen Spieler.

Meinen Angestellten.

»Ich habe doch gesagt, dass ich zahle«, sagt Dalton. »Immerhin habe ich euch hergeschleppt.«

»Hergeschleppt?« Melissa boxt ihn gegen den Arm. »Ist mein Stamm-Café jetzt eine Absteige?«

»Natürlich nicht«, entgegnet Dalton entrüstet und verdreht die Augen.

»Ich mache dir den Kaffee fertig«, wendet sich Melissa an Paco, der ihr freundlich zunickt.

Die anderen am Tisch verfallen in ein Gespräch und ich suche seinen Blick.

»Du musst nicht gehen«, sage ich mit bedächtiger Stimme, dass es nicht jeder sogleich hört.

»Ich denke schon«, erwidert er eisig.

Okay gut, er ist wohl noch ein bisschen sauer, dass er die Strafe zahlen musste.

»Paco«, spreche ich ihn erneut an. »Setz dich.«

»Nein danke«, antwortet er. »Ich will gehen.«

»Ja, setz dich«, mischt sich Jackson ein. »Komm schon.«

Paco wirft seinem besten Freund einen genervten Blick zu, aber schließlich gibt er nach und zieht sich einen Stuhl heran, auf den er sich fallen lässt. Neben mir, prima.

Das hilft meinem Herzen nicht, sich zu beruhigen. Im Gegenteil, es schlägt im Galopp weiter, weil er mir so nah ist.

»Hier ist dein Kaffee«, sagt Melissa freundlich. »Oh, du sitzt.«

»Eigentlich tue ich das nicht«, antwortet Paco und zieht vier Dollar aus seiner Hosentasche. »Stimmt so. Macht's gut, bis morgen, Leute. Bis dann, Señoritas.«

Kyra, Melissa und Delia kichern, während ich ihm entgeistert nachschaue.

Paco geht tatsächlich und lässt die Tür hinter sich ins Schloss fallen.

»Manchmal ist er komisch«, sagt Kyra.

»Stimmt«, bestätigt Melissa. »Warum geht er denn einfach?«

»Ja, Savannah«, meint Jackson plötzlich und funkelt mich angriffslustig an. »Warum geht er plötzlich?«

Natürlich liegen sofort alle Blicke auf mir. Jasper hat recht. Ich muss mich von ihnen fernhalten und darf sie nicht als meine Freunde betrachten oder Desmond und Dalton als einen Teil meines Freundeskreises. Das sind sie nicht. So wie es aussieht, sollen hier Clubinterna auf den Tisch kommen, die hier nichts zu suchen haben.

»Ich sollte vielleicht auch gehen«, presse ich hervor und stehe auf. Auf diese Diskussion darf ich mich nicht einlassen.

»Was?«, ruft Delia. »Nein. Setz dich sofort wieder hin.«

»Das denke ich auch«, pflegt Melissa ihr bei. Kyra nickt. »Du gehst nirgendwo hin. Wenn Jackson ein Problem damit hat, soll er gehen.«

Jackson erwidert Melissas Blick und lacht leise. »Dann gehe ich eben.«

»Nein«, sage ich erneut. »Ich gehe.«

Nun bin ich es, die zehn Dollar auf den Tisch legt und nach ihrer Handtasche greift.

»Wir sehen uns«, verabschiede ich mich bei meinen Freundinnen. Ich weiß, dass sie mich halten wollen, aber das bringt nichts. Jackson rauswerfen, okay. Aber Dalton und Desmond keine Chance. Ohne auf die Bitten meiner Freundinnen einzugehen, verlasse ich das Bee-Land.

Die frische Luft der Bay Area schlägt mir entgegen und ich atme tief durch. Jetzt will ich nur nach Hause und mich danach am liebsten in meinem Bett verkriechen. Auf dem Weg zu meinem Auto erblicke ich Paco, der an einem schwarzen BMW iX2 lehnt.

»Du bist noch hier«, sage ich und er sieht von seinem Handy auf.

»Hast du damit auch ein Problem?«, greift er mich sofort wieder an.

»Ich hatte nie ein Problem damit, dass du da bist.«

»Ah.«

Ich presse die Lippen zusammen und schaue ihn genervt an.

»Was ist eigentlich los mit dir?«, frage ich.

»Und was hast du Jackson über deine Strafe erzählt.«

»Was ich Jackson erzählt habe?« Paco stößt sich mit dem Hintern von seinem Auto ab, das, wenn er vom Training kommt, gar nicht hier stehen dürfte. Immerhin haben wir Verträge mit einem anderen deutschen Autohersteller. Das zieht wohl die nächste Strafe mit sich. Gerade sollte ich mich aber lieber auf die Präsenz dieses Mannes konzentrieren, die mich ziemlich durcheinanderbringt, statt auf Sponsorenverträge.

»Ja, was du Jackson erzählt hast.«

»Dass du mir eine Strafe aufgebrummt hast, über deren Höhe ich vertraglich nicht sprechen darf und dass ich sauer auf dich bin. Mehr nicht.«

»Ach ja?«

»Ja«, entgegnet er. »Wie du vielleicht mitbekommen hast, habe ich momentan keinen Bock auf dich. Noch weniger in meiner Freizeit, also bin ich gegangen.«

Tatsächlich versetzt es mir einen Stich, dass er mir so schamlos auf den Kopf zusagt, dass er keinen Bock auf mich hat.

»Da müssen wir wohl durch«, murmle ich. »Sie sind auch deine Freunde.«

»Ja, das sind sie«, sagt er. »Aber trotzdem muss ich nicht mehr Zeit mit dir verbringen als nötig.«

Mit dieser Ansage dreht Paco sich herum, entriegelt den BMW und öffnet die Fahrertür.

»Falls du mit diesem Auto beim Training warst, setzt es direkt die nächste Strafe«, schleudere ich ihm entgegen. Nicht wütend, sondern verletzt. Weil er mir so frech sagt, dass er nichts mehr mit mir zu tun haben will. Fuck. Wieso halte ich an dieser Stelle nicht einfach mal die Klappe?

»Großartig!«, ruft er. »Glaubst du, so führt man eine Franchise, indem man seine Spieler bestraft wie eine kleine Göre, wenn sie nicht bekommt, was sie will?«

»Mäßige deinen Ton!« Mit einem Schritt bin ich bei ihm und habe nicht beachtet, dass er auch wieder nähergekommen ist. »Das habe ich dir schon mal gesagt und ich wiederhole mich ungern.«

Plötzlich stehen wir Nasenspitze an Nasenspitze. Auch weil Paco sich zu mir runtergebeugt hat. Sein heißer Atem streift mein Gesicht und eine Gänsehaut breitet sich auf meinen Armen aus. Scheiße, das ist viel zu nah. Noch dazu vor Melissas Café, einem Hotspot für Bee Fans und die Presse.

»Paco«, flüstere ich. »Treib es nicht zu weit.«

»Sonst was«, raunt er mir zu und besitzt die Frechheit, seine Hand auf meine Hüfte zu legen, mit der er mich näher an sich heranzieht.

»Nicht anfassen«, presse ich hervor. »Wir sind in der Öffentlichkeit.«

»Du bist so heiß, wenn du den Big Boss raushängen lässt.« Mein Verstand verabschiedet sich genau jetzt! »Scheiße Sav ... du glaubst nicht, wie sehr es mich anmacht, wenn du mir sagst, wo es langgeht.«

Ich presse die Lippen zusammen und starre auf seine breite Brust, um nicht in seinen schönen Augen zu versinken. Doch dann plötzlich machen sich meine Finger selbstständig und streifen seine Schultern und weiter über seine Oberarme.

»Es macht dich an?«, frage ich vorsichtig nach. Seine Hände liegen siedeheiß auf meinen Hüften.

»Total«, bestätigt er und lacht leise. »Manchmal stelle ich mir vor, dass du mich in der Kabine überraschst ... nach der Dusche und eine neue Bestrafung im Gepäck hast.«

Auf einmal wird es laut hinter uns und er springt von mir weg. Mein Puls ist bis zum Anschlag aufgeladen und ich sehe ihn mit riesigen Augen an.

»Ihr seid noch da!« Ich wirble zu Delia herum, die forschend zwischen uns hin und hersieht. Keine Ahnung, ob mein Gesicht so rot ist, wie es sich anfühlt. Mein gesamter Körper bebt immer noch von den letzten Minuten.

»Alles okay?«, fragt meine Freundin, als hinter mir eine Autotür ins Schloss fällt und Paco mit quietschenden Reifen davonfährt. Delia sieht ihm nach und dann wieder zu mir.

»Was war hier los? Hat er dir etwas getan? Soll ich eine Klage anstreben?«

»Nein!«, rufe ich aus und schüttle den Kopf. »Was machst du hier?«

»Nachdem dieser Idiot so fies zu dir war, wollte ich nach dir sehen.«

»Du meinst Jackson?«

»Ja.«

»Das ist süß«, murmle ich. »Mir geht's gut.«

»Bist du sicher?«, hakt Delia nochmal nach. »Du bist blass.«

Ich will ihre Gesichtsfarbe mal sehen, wenn ihr der heißeste Typ der Stadt sagt, dass ihre dominante Art ihn geil macht.

»Mir geht's gut«, behaupte ich weiter.

»Okay gut.« Delia nickt. »Und mit Paco war auch alles in Ordnung? Ich bin eine gute Anwältin.«

»Man Delia.« Lachend sehe ich sie an. »Ich brauche keinen Rechtsbeistand. Das schaffe ich auch allein.«

»Ich habe gesehen, dass ihr euch fast geküsst habt«, haut sie raus. »Wenn das keinen Beistand bedarf, wie auch immer der aussieht, weiß ich auch nicht.«

»Bitte sag es keinem.« Panisch sehe ich mich um. »Auch nicht Melissa und Kyra.«

Delia lächelt mich an und macht die bekannte Kindergeste, dass ihr Mund versiegelt ist und der Schlüssel verworfen.

7. KAPITEL

Paco

Berkeles Bees Facility, zwei Tage später

Ich nehme den Helm vom Kopf und gehe auf Paxton zu.

»Das war sehr gut«, lobe ich ihn, was ihn breit lächeln lässt und mich ebenfalls. Als ich ein Rookie war und mir mein Mentor damals gesagt hat, dass ich etwas gut gemacht habe und auf dem richtigen Weg bin, hat mich das stets sehr gefreut und geholfen mich zu verbessern. Paxton wird es schaffen, das weiß ich.

»Danke Mann«, meint er und nimmt meinen Handschlag an. »Ich merke auch, dass es besser läuft.«

»Sehr gut.« Ich ziehe mir eine Wasserflasche aus dem Träger und schraube sie auf. »Versuch, beim nächsten Mal den Ball noch schneller unter Kontrolle zu bekommen.«

»Noch … schneller?« Man sieht, wie die Farbe aus seinem Gesicht weicht.

»Ja, schneller«, bestätige ich. »Du kannst das. Das weiß ich und …«

Ein markerschütternder Schrei hallt über den Platz, dass ich fast meine Flasche fallen lasse. Paxton und ich recken die Hälse, aber sehen aus der Entfernung nur, wie die Defense Spieler das Training eingestellt haben und die Offense Stürmer auf einen Kollegen zurennen.

»Das klang nicht gut«, meint Paxton trocken und ich nicke.

»Überhaupt nicht.«

»Gucken wir?« Unsicher deutet er in die Richtung des Offense Trainingsplatzes. Denn eigentlich ist es nicht üblich, dass Spieler ihr Training abbrechen, wenn auf den anderen Plätzen was passiert.

»Mein Knie!«, brüllt Dalton und lässt uns ein weiteres Mal heftig zusammenfahren. »Scheiße … mein Knie!«

»Wir gucken«, entscheide ich.

Paxton und ich ziehen unsere Trainingshelme ab, werfen sie achtlos auf den Boden und rennen über das gesamte Trainingsfeld auf die Offense zu. Das klang nicht nur nicht gut, das klang ganz und gar beschissen. Dalton ist verdammt hart im Nehmen und so einen Brüll kommt bei ihm nicht von ungefähr. Ich hatte zum Glück noch nie eine schwere Verletzung. Das habe ich zuletzt auch meiner Position zu verdanken. Als Kicker kommt man nur sehr selten bis nie in die direkte Konfrontation mit dem Gegner oder bleibt bei einem Drive ungeschickt im Rasen hängen.

Paxton bleibt am Ort des Geschehens respektvoll bei den jüngeren Spielern zurück, während ich mich durch die Jungs hindurch zu Dalton kämpfe. Er liegt am Boden, aber eine Verletzung kann ich mit bloßem Auge nicht ausmachen. Immer wieder schlägt er mit den Fäusten auf den Boden. Ob aus Frust oder Schmerz weiß ich nicht.

Mir wird heiß und kalt zugleich, als ich realisiere, was es für das Team und die Saison bedeutet, wenn er sich schwerer verletzt hat.

Wir sind erledigt.

Es gibt nur sehr wenige Positionen im American Football, die ein Team nicht kompensieren kann, wenn der Starter nicht spielt und der Quarterback gehört dazu.

Dalton ist das Herzstück unserer Offense, der Herzschlag dieses Teams. Ohne ihn … nein, das kann ich mir nicht vorstellen.

Desmond kniet neben ihm und versucht ihn zu beruhigen, was Dalton nicht abhält, weiter zu schimpfen.

»Was ist passiert?«, frage ich und hocke mich ebenfalls hin.

»Er ist hängen geblieben«, berichtet mir Jackson. »Dann wurde er in einen Tackle gezogen und sein Knie …«

Ich hebe die Hand, weil ich es nicht hören will. Nicht hören kann, weil ich es immer noch nicht ertrage, welche Qualen Dalton gerade durchmacht.

»Macht Platz für das Golf Car!«, brüllt Coach Dixon und die Reihen an Spielern lichten sich.

»Hör zu, Alter«, redet Desmond beruhigend auf Dalton ein. »Wir heben dich jetzt da drauf, okay?«

Dalton beißt die Zähne zusammen, als Desmond und Jackson sich jeweils einen seiner Arme um den Hals legen und ich mit Damien ganz vorsichtig nach seinen Beinen greifen.

»Scheiße!«, brüllt er wieder. Schweiß steht auf seiner Stirn und ich sehe zu den Jungs.

»Auf drei?«, frage ich.

Die Drei nicken einvernehmlich und ich zähle den Countdown runter, dass wir ihn hochheben.

»Eins, zwei, drei!«

Daltons wiederholter Schrei geht mir durch Mark und Bein und ich bin froh, als er auf dem Golf Car liegt.

»Bringt ihn in die medizinische Abteilung. Riegelt das Gelände ab. Das darf keiner erfahren!«, ordnet eine laute Stimme an.

Als ich sehe, wie Jasper über den Platz gelaufen kommt, dabei lässig sein Sakko schließt und seine scheiß Sonnenbrille zurechtbiegt, will ich ihm direkt eine reinhauen.

»Meint der den Auftritt ernst?«, knurrt Damien neben mir.

»Und Ms. Belfast erfährt ebenfalls nichts«, ordnet er weiter an, als das Golf Car sich mit Dalton und Desmond sowie Coach Dixon in Bewegung setzt.

»Und wieso das?«, frage ich. »Sie muss das wissen.«

Jackson und Damien treten neben mich, sind genauso sauer auf Jaspers Aussage. Savannah ist die Besitzerin der Bees. Es muss ihr gesagt werden und das nicht von irgendwem, sondern von einem der Spieler. Einem der Kapitäne. Mir.

»Ich will sie nicht unnötig aufregen«, entgegnet er immer noch völlig gelassen und scheint überhaupt nicht zu begreifen, was gerade passiert ist.

Unser Quarterback, das Herzstück unserer Mannschaft, hat sich schwer verletzt.

»Vielleicht schauen wir nach Dalton, statt zu diskutieren«, sagt Jackson und wirft Jasper einen vernichtenden Blick zu. »Er braucht uns jetzt.«

»Gute Idee«, stimme ich zu und folge ihm. Damien bleibt beim Team zurück, um mit ihnen auszuharren. An Training ist heute nicht mehr zu denken.

Wir betreten die medizinische Abteilung der Berkeley Bees Facility, die es locker mit einer Notaufnahme im Krankenhaus aufnehmen kann.

Teamarzt Dr. Drews kommt heraus.

»Und?«, fragt Jackson.

»Er muss ins MRT, aber ich tippe auf Kreuzbandriss.«

Ich schlucke und brauche einen Moment, um meine Fassung zurückzuerlangen. Das ist nicht nur scheiße, das ist sogar eine absolute Katastrophe.

»Können wir zu ihm?«, frage ich und linse an Dr. Drews vorbei.

»Natürlich«, meint er. »Ich kümmere mich um den Transport ins Krankenhaus.«

Jackson und ich gehen an Dr. Drews vorbei und betreten zögerlich das Zimmer, in dem Dalton liegt. Seine Hose ist zerschnitten und das Knie stark geschwollen.

»Hey Mann«, sage ich. »Wie ist's?«

»Scheiße.« Dalton presst die Zähne zusammen.

»Nimm die Schmerztablette«, fordert Desmond und hält ihm die große weiße Pille hin.

»Nein«, lehnt Dalton ab. »Ich will bei klarem Verstand sein, wenn sie mir gleich den Kreuzbandriss diagnostizieren.«

»Glaubst du, du bist bei klarem Verstand, wenn du solche Schmerzen hast?«, fragt Jackson genervt. »Ich hatte schon einen, wie du weißt.«

Ich erinnere mich, das war in seiner zweiten Saison. Gott sei Dank ist er damals zurückgekommen. Das wird Dalton auch.

»Nimm eine«, fordere ich nun auch. »Bitte.«

»Na schön«, knurrt er. »Gib her.«

Desmond reicht ihm die Flasche Wasser und die Tablette. Immer noch widerwillig nimmt Dalton das Schmerzmittel.

»Wie ist jetzt der Plan?«, erkundigt sich Damien, der zur Tür reinkommt. »Wie fühlst du dich?«

»Scheiße«, antwortet Dalton auch ihm. »Ich muss ins Krankenhaus, wo sie mir dann endgültig sagen, dass das Kreuzband gerissen ist und die Saison für mich gelaufen.«

»Für uns alle«, murmle ich.

»Auf keinen Fall!« Entschieden sieht Dalton uns an. »Die Saison ist für euch nicht gelaufen.«

»Komm schon …«, meint Desmond. »Ich hasse es dein Ego zu pushen, aber dich kann niemand ersetzen.«

»Dann gebt euch verdammt noch mal Mühe«, knurrt er.

»Warte erst mal die Untersuchung ab«, wiegelt Damien ab.

»Sehe ich auch so«, stimme ich unserem Fullback zu. Auch wenn ich wenig Hoffnung habe, dass es kein Kreuzbandriss ist. Dr. Drews ist seit Jahren unser Teamarzt und kennt sich aus. Außerdem spürt man das als Sportler, wenn was reißt.

»Hast du es gespürt?«, frage ich.

»Fuck, ja«, antwortet Dalton als Dr. Drews zurückkommt. Im Schlepptau hat er wieder diese Pissbacke Jasper. Ich hasse den Typen und hoffe, dass er Savannah endlich einweiht.

»Wir fahren ins Krankenhaus«, verkündet der Teamarzt. »Fährt jemand von euch mit?«

»Ich«, sagt Desmond.

»Ich bringe euch eure Sachen ins Krankenhaus und spreche mit Sophie, dass die Presse zunächst schweigt«, bietet Damien an.

Jaspers Kiefer mahlt aufeinander und er ist alles andere als zufrieden mit Damiens Alleingang. Aber seine Verlobte Sophie ist nun mal die Presse in der Bay Area. Ihr gehört der Berkeley Express und ihrer Familie die Turner News Cooperation, zu der unter anderem der San Francisco Herald zählt. Damien wird weitaus mehr ausrichten können, wenn er Sophie warnt, als unsere Presseabteilung. Aber scheinbar ist es Jasper lieber, dass das sofort die Runde macht, als dass irgendwer besser dasteht als er.

»Niemand spricht mit der Presse und noch weniger mit den Turners«, ordnet er an.

»Und wie soll es dann kontrolliert gestreut werden?«, entgegnet Damien gereizt. Gereizt, weil er es hasst, wenn Sophie wie ein Feind dargestellt wird.

»Darum kümmere ich mich.«

»Das will ich sehen«, nuschle ich vor mich hin.

»Sophie kümmert sich, das dürfte auch in Daltons Interesse sein«, kontert Damien Jasper erneut. »Was meinen Sie, wo die Presse zuerst aufschlägt, wenn nicht hier? Richtig, bei Daltons Frau im Café.«

»Auf keinen Fall!«, mischt sich Dalton wieder ein. »Melissa darf es auf keinen Fall durch die Presse erfahren.«

»Das wird sie auch nicht«, sagt Jasper. »Ich rufe sie an.«

»Es wird wirklich immer schlimmer«, flüstere ich in meinen nicht vorhandenen Bart.

»Auf keinen Fall rufen Sie meine Frau an«, knurrt Dalton.

Beschwichtigend lege ich meine Hand auf Daltons Schulter und drücke sanft zu.

»Ich rufe Melissa an, wenn es okay für dich ist«, schlage ich vor. »Fahrt jetzt ins Krankenhaus. Jackson und ich halten die Stellung beim Team.«

»Danke Paco.«

Dalton verlässt, gestützt von zwei Mitarbeitern der medizinischen Abteilung sowie Desmond und Damien, das Krankenzimmer.

»Ich spreche mit dem Team, was Sache ist«, verabschiedet sich Jackson.

Nun sind General Pissbacke und ich allein.

Wir schauen uns einige Sekunden an, in denen keiner etwas sagt. Dass wir einander nicht riechen können, ist glaube ich mehr als klar. Ich

mochte ihn noch nie, aber seitdem er so dermaßen offensiv an Savannah herum gräbt, ist er mir
noch mehr ein Dorn im Auge.

Der weiß doch eine Frau wie sie gar nicht zu
händeln. Wie auch, wenn man aussieht, wie ein
Spargeltarzan in einem Möchtegern-Anzug.

Ich räuspere mich.

»Reden Sie mit Savannah?«, frage ich.

»Ja.«

»Wann?«

»Wenn Dr. Drews mir Bescheid gibt, was bei
der Untersuchung rauskam.«

Das darf doch wohl nicht wahr sein, dass er
so lange warten will. Sie muss es jetzt erfahren,
denn mit jeder Minute, die verstreicht, ist die Gefahr größer, dass sie es nicht von einem von uns
erfährt.

»Das dauert noch mindestens zwei bis drei
Stunden.«

»Mr. Alvarez«, meint er gespielt gefasst. »Ich
bin der General Manager der Berkeley Bees und
ich entscheide, wann Ms. Belfast informiert wird.
Die Sie vielleicht auch so nennen sollten.«

»Ach und warum?«, entgegne ich. »Weil ich
nur ein Spieler bin?«

Provokant hebe ich die Augenbrauen.

»Sie haben es verstanden.« Abschätzig sieht er
mich an. »Und als ob Savannah wirklich auf so
einen ungehobelten und ungebildeten Footballspieler steht.«

Ich atme tief durch und balle die Hände zu
Fäusten, wobei ich mir mehrfach sage, dass ich
ihm keine reinhauen darf. Denn das würde sein

Bild von mir nur bestätigen. Noch dazu dürfte ich dann wieder sauviel Geld abdrücken.

»Wie gut, dass das Savannah entscheidet und nicht Sie«, knurre ich. »Sie entschuldigen mich. Ich rufe Mrs. Meyers an, um ihr zu sagen, was mit ihrem Mann ist.«

Ich remple ihn noch mal an und verlasse das Zimmer, um Melissa zu erreichen.

Zwei Stunden später

Wir sitzen in der Kabine, und schauen alle auf einen der großen Fernseher, die dort hängen. Jackson hat sein Handy per Bluetooth mit diesem verbunden, um mit Dalton im Krankenhaus zu telefonieren. Desmond hält auf der anderen Seite der Leitung das Gerät. Dalton liegt im Krankenbett, das Knie wird bereits stabilisiert. Melissa sitzt neben ihm auf der Bettkante.

Nachdem ich sie angerufen habe, hat sie Hector sofort zu ihrer Grandma gebracht und ist an die Seite ihres Mannes geeilt.

Kein Spieler ist nach Hause gefahren. Wir alle harren aus und warten, dass wir endlich die Nachricht bekommen, was mit unserem Quarterback ist.

»Hey Leute«, sagt Dalton. »Ich habe einen Kreuzbandriss.«

Seine Stimme bebt, als er das sagt und Melissa legt ihre Hand auf seine Schulter, um ihm Trost zu spenden.

»Ich werde morgen früh operiert und dann geht's sofort in die Reha«, spricht er besonnen weiter. »Zur nächsten Saison bin ich wieder da.«

Keine Ahnung, ob uns das aufbauen soll. Denn das tut es nicht. Die Diagnose ist und bleibt ein Schock für die gesamte Bee Familie.

»Hört zu«, meint er mit fester Stimme, wie sie in solch einer Situation nur ein wahrer Anführer hat. »Das ist nicht ideal, aber ich weiß, dass ihr das schafft. Wir sind die Berkeley Bees, wir sind amtierender Super Bowl Champion. Ich glaube an dieses Team.«

Ich blicke mich in der Kabine um und sehe eigentlich nur gesenkte Köpfe oder lange Gesichter. Ihm Glauben schenken kann niemand so richtig. Alle sind immer noch zu schockiert von dem, was in den letzten Stunden passiert ist.

»Kommt schon!« Ich stehe auf und sehe durch die Reihen. »Dalton hat recht. Wir sind die Berkeley Bees und wir schaffen das.«

Die Resonanz meiner Teamkameraden ist nicht unbedingt hoch.

»Cody packt das«, höre ich Dalton sagen. »Gebt ihm die Chance, die er verdient. Wir spielen seit drei Jahren zusammen und ich bin mir sicher, dass ich ein guter Lehrer war.«

»Vor allem ein gnadenloser«, kommentiert Cody und entlockt uns ein Lachen.

»Dalton und Paco haben recht«, meint Jackson und steht ebenfalls auf. »Wir schaffen das. Wenn wir jetzt nicht mehr selbst an uns glauben, wer tut es noch?« Er sieht uns an.

»Ich glaube an euch«, meint Dalton. »Weil ich weiß, zu was dieses Team fähig ist. Wir sind vorletzte Saison so scheiße tief gefallen.« Er meint den Super Bowl, den wir nicht gewonnen haben. »Und sind besser und stärker als jemals zuvor zurückgekommen. Das werden wir auch diesmal tun. Für Dalton.«

»Für Dalton«, rufen wir unisono.

»Ich geh mal checken, ob Savannah mittlerweile Bescheid weiß«, flüstere ich Jackson zu und verabschiede mich mit einem Wink bei Desmond, Dalton und Melissa.

Mit dem Aufzug fahre ich vom Keller der Facility in das oberste Stockwerk, in dem sich Savannahs Büro befindet. Dort steige ich aus und treffe als erstes auf ihre Assistentin Denise, die hinter einem großen iMac Bildschirm sitzt.

»Hey«, begrüße ich sie.

»Hey«, meint sie lächelnd. »Bekommst du wieder einen Anschiss?«

Als ich meine Strafe bezahlen musste, musste ich auch an ihr vorbei.

»Sehr witzig«, murre ich. »Ist Savannah da?«

»Sie ist in ihrem Büro.«

»Okay«, erwidere ich. »Wie geht's ihr?«

Denise zieht die Augenbrauen zusammen und betrachtet mich skeptisch.

»Wie soll es ihr gehen?«, fragt sie lachend. »Ich denke gut, oder weißt du was, was wir noch nicht wissen?«

Mir rutscht das Herz in die Hose und ich schlucke hart. Fuck! Jasper hat es ihr immer noch nicht gesagt. Savannah hätte es zu einhundert Prozent an sie weitergegeben.

»Also wisst ihr nicht Bescheid?«, hake ich vorsichtig nach.

»Worüber denn?«

»Dalton hat einen Kreuzbandriss.«

Denise fällt die Kinnlade runter und sie wird binnen Sekunden kreidebleich.

»Wiederhol das bitte noch mal«, wispert sie und sieht panisch auf Savannahs Bürotür.

»Dalton hat einen Kreuzbandriss im rechten Knie«, wiederhole ich noch mal präziser. »Er ist mit Desmond und seiner Frau im Krankenhaus. Sie haben sich vorhin beim Team gemeldet, deswegen sind wir auch noch alle da. Jasper sollte Savannah längst Bescheid sagen.«

»Den habe ich hier heute noch nicht gesehen, aber natürlich muss er jetzt viel regeln«, meint sie und ich verdrehe die Augen. Natürlich muss er das. Vor allem scheint alles wichtiger zu sein, als seinem Boss zu sagen, was Sache ist.

»Kann ich mit Savannah sprechen?«, frage ich und gehe nicht weiter auf Jaspers Probleme ein.

»Klar, aber bitte bring es ihr schonend bei.«

»Ich versuche es«, erwidere ich und gehe auf ihre Bürotür zu.

Mein Herz schlägt mir bis zum Hals und ich kann Savannahs Reaktion nicht einschätzen. Mit zitternden Händen klopfe ich an und werde sogleich hineingebeten.

Ich drücke die Tür auf und erblicke sie am Fenster stehend und auf den Platz hinunterschauend. Weiß sie es doch schon und hat Denise nichts gesagt?

Heute trägt sie ein weinrotes Satinkleid, das ihren gebräunten Teint unterstreicht.

»Hey«, krächze ich.

»Hi«, erwidert sie.

Seitdem wir uns vor dem Bee-Land vorgestern nähergekommen sind, sind wir uns auf der

Arbeit aus dem Weg gegangen. Das weiß ich so genau, weil ich wann immer sie im Anmarsch war, Reißaus genommen habe, um nicht wieder in Versuchung zu kommen, ihr nah zu sein. Denn das vor zwei Tagen hat sich viel zu gut angefühlt, als dass ich es nicht ständig wieder haben will. Mit ihr.

»Was machst du hier?«, fragt Savannah und faltet die Hände vor ihrem Körper. Das betont ihren Ausschnitt nur noch weiter und lässt mich kurzzeitig vergessen, warum ich hier bin.

»Hat Jasper schon mit dir gesprochen?«, taste ich mich langsam vor.

»Nein?«, erwidert sie. »Warum sollte er? Und überhaupt … Wieso seid ihr noch alle da?«

Ich schlucke den Kloß in meinem Hals herunter und schließe die Tür hinter mir. Dann gehe ich auf sie zu.

»Er sollte dir etwas vom Team ausrichten«, rede ich weiter und verdränge meine Wut auf den Kerl.

»Okay«, meint Savannah und zieht die Augenbrauen zusammen. »Was denn?«

»Dalton hat sich das Kreuzband gerissen«, sage ich. »Vorhin im Training und wir sind alle noch da, weil wir wissen wollten, wie es ihm geht.«

Savannahs Miene fällt in sich zusammen, und ich schaffe es gerade noch, sie aufzufangen, bevor sie in meinen Armen zusammensackt.

8. KAPITEL

Paco

Als Savannah in meinen Armen zusammensackt, weiß ich zunächst nicht, wie ich reagieren soll. Dass sie so heftig auf die Nachricht reagiert, habe ich nicht erwartet. Mir war bewusst, dass sie schockiert sein wird, aber nicht so.

»Alles in Ordnung?«, hake ich vorsichtig nach und stelle sie wieder auf die Füße. Was in Anbetracht dessen, dass sie mindestens zehn Zentimeter hohe Absätze trägt, gar nicht so leicht ist.

»Tut … tut mir leid«, entschuldigt sie sich unnötigerweise bei mir. »Das ist gerade etwas viel.«

»Das verstehe ich«, antworte ich mitfühlend und lege meinen Arm um ihre Hüfte, um ihr zusätzlich Halt zu geben. Das Letzte, was wir brauchen, ist, dass sie einen richtigen Zusammenbruch erleidet und auch noch ins Krankenhaus muss. Dann wäre es nicht mehr nur eine

Top-Nachricht, dass unser Quarterback einen Kreuzbandriss erlitten hat, sondern ein handfester Skandal. Savannahs Kritiker würden in ihrer Meinung, dass sie nicht in der Lage ist, die Berkeley Bees zu führen bestärkt werden. Ihren Zusammenbruch würden sie sofort darauf zurückführen, dass das zarte Gemüt von Frauen dieser Aufgabe nicht gewachsen sei.

»Setz dich besser«, sage ich und führe sie langsamen Schrittes zur Couch in ihrem Büro. Savannah setzt sich kommentarlos hin und ist immer noch ganz blass im Gesicht.

»Möchtest du was trinken?«, frage ich.

»Nein«, erwidert sie.

»Sicher?«

»Kannst du mir bitte erzählen, was passiert ist und warum zur Hölle ich jetzt erst informiert werde?« Zum Ende hin wird ihre Stimme immer lauter und sie sieht mich wütend an. Ihre dunklen Augen blitzen verschwörerisch auf. Auch wenn ich weiß, dass ihre Wut vermutlich nicht mir gilt, hätten wir sie viel früher informieren müssen.

»Jasper sollte dich informieren«, verpetze ich den General Manager gnadenlos. Es ist mir völlig egal, weil das genau seine Aufgabe gewesen wäre und nicht meine. »Direkt nachdem es passierte, aber er meinte, dass er erst mal abklären möchte, was Dalton hat.«

»Ich fasse es nicht«, schimpft sie und will aufstehen, aber ich drücke sie sanft an der Schulter zurück auf die Couch.

»Bleib sitzen.«

Savannah starrt mich wütend an.

»Mein Quarterback hat einen Kreuzbandriss, mein General Manager verschweigt es mir über Stunden und alles, was dir einfällt, ist, dass ich sitzen bleiben soll?«

»Was willst du tun?«, stelle ich ihr die Gegenfrage. »Jasper zur Sau machen? Bitte, tue es. Aber es löst doch nichts.«

Savannah kneift die Augen zusammen und atmet ganz tief durch. Ich sehe ihr an, wie sehr sie mit sich und der Situation kämpft. Sie ist sauer und gleichzeitig absolut verzweifelt, wie es weitergehen soll.

»Ich muss Gespräche führen.« Diesmal lässt sie sich nicht von mir zurückhalten, sondern steht auf.

Savannah geht zu ihrem Schreibtisch und greift nach ihrem iPhone.

»Sofort in mein Büro und bring Dr. Drews mit!«, bellt sie, dass ich auch Meter von ihr entfernt zusammenzucke. In diesem Moment möchte ich nicht in Jaspers Haut stecken. »Beweg dich!«

Sie knallt das Smartphone zurück auf die Tischplatte und stützt ihre Hände darauf ab. Ihr Kopf sackt nach unten und ich springe auf, um zu ihr zu gehen, falls sie ein zweites Mal zusammenbricht. Ihre Brust hebt und senkt sich angestrengt. Es ist ihr anzusehen, dass sie mit den Nerven völlig am Ende ist. Meiner Meinung nach sollte sie nach Hause fahren und sich ausruhen, statt die Sache mit Jasper noch klären zu wollen.

»Sav«, wispere ich bei ihr angekommen. »Brauchst du etwas?«

Was für eine dumme Frage, was sie auch mit einem eindeutigen Blick ihrerseits beantwortet.

»Vielleicht brauche ich einfach mal eine Woche, in der in diesem Laden nicht alles den Bach runter geht«, zischt sie. »In der sich keiner meiner Spieler verletzt, die Franchise mir nicht täglich sagt, dass ich absolut unfähig bin, den Club zu führen und … ach ja … einen General Manager, der mich informiert, wäre auch schön. Kannst du das vielleicht regeln?«

»Ich …« Oh, Backe, das war unklug von mir.

»Nein, kannst du nicht«, mault sie. »Also spar dir die Luft.«

»Savannah!« Die Bürotür fliegt auf und Denise tritt ein. »Es ist in der Presse.«

»Was?«, schreit Savannah und stürmt auf ihre Assistentin zu, die ihr das iPad entgegenhält. Ich folge ihnen und betrachte den Bildschirm ebenfalls eingehend.

»Dalton Meyers«, lese ich vor. »Bees Quarterback mit Kreuzbandriss! Wie will Savannah Belfast die Saison noch retten? Wann sieht Roger Belfast ein, dass seine Tochter noch nicht so weit ist?«

Genervt nehme ich ihr das Tablet ab und drücke es Denise in die Arme.

»Musst du ihr das auch noch zeigen?«, knurre ich. »Sie hat wohl genug Sorgen, da hilft die Presse sicher nicht. Außerdem sollte das kontrolliert gestreut werden.«

»Entschuldige bitte«, meint Denise pikiert von meiner Reaktion. »Das ist mein Job.«

»Und mein Job ist es, dieses Team, das sich hier den Arsch für Savannah aufreißt, zusammenzuhalten und du machst es mit so was nicht besser. Kümmere dich lieber um eine Gegendarstellung.«

Als ich heute morgen zum Training gekommen bin, hätte ich niemals gedacht, dass ich mich mal mit Savannahs Assistentin anlege. Das wird wirklich immer besser.

»Du hast mir gar nichts zu sagen«, keift sie mich an.

»Tu was er sagt«, mischt Savannah sich ein. »Kümmere dich darum, dass das klargestellt wird. Ruf Sophie Turner an. Der Berkeley Express soll eine Gegendarstellung bringen.«

»Savannah es ist in der Presse und …«

»Mach deinen Job, Denise«, herrscht sie sie an, als Jasper und Dr. Drews eintreten. »Kommt rein.«

Savannah dreht sich herum und geht zu ihrem Schreibtisch zurück.

»Paco, Denise, lasst uns bitte allein.«

Es liegt mir auf der Zunge gegen ihre Entscheidung zu protestieren, aber ich lasse es sein. Das bringt nichts und natürlich ist klar, dass ich als Spieler bei diesem Gespräch nicht dabei sein darf. Hoffentlich feuert sie die Pissbacke endlich und sucht sich einen anständigen General Manager.

»Bis dann«, sage ich und folge Denise aus dem Büro und schließe die Tür leise hinter mir.

Savannahs Assistentin verschwindet hinter ihrem Schreibtisch und würdigt mich keines Blickes. Ich ziehe mein iPhone heraus und rufe Sophie selbst an. Auf sie verlasse ich mich bestimmt nicht. Noch dazu hat sie sicher nur die geschäftliche Nummer von Sophie und wird mit ihrer Assistentin verbunden. Das kostet Zeit, die wir nicht haben.

»Turner«, meldet sie sich.

»Hey, hier ist Paco.«

»Hey«, meint sie. »Wie schlimm ist es?«

Ich presse die Lippen zusammen und atme tief durch.

»Schlimm«, entgegne ich. »Die ganze Sache dreht sich nun absolut gegen Savannah. Die Presse macht sie runter, dass sie nicht dazu in der Lage ist, die Bees zu führen. Der Kreuzbandriss spielt ihnen natürlich absolut in die Karten.«

»Scheiße«, murrt Sophie und ich höre etwas klicken. »Ich lese es gerade.«

»Kannst du was tun?«, will ich hoffnungsvoll wissen.

»Wir können sofort die Gegendarstellung bringen, die ich schon vorbereitet habe, aber eigentlich gern von Savannah oder dem General Manager absegnen lassen möchte.«

»Dafür ist keine Zeit«, unterbreche ich Sophie. »Veröffentliche es. Wir vertrauen dir.«

»Okay gut«, antwortet sie, wenn auch zögerlich. »Es wird in allen Online-Magazinen der Turner Group hochgeladen. Das sollte zumindest schon mal etwas Schaden von Sav abwenden.«

»Danke«, entgegne ich. »Grüß Damien, wenn er nach Hause kommt.«

»Mache ich«, antwortet sie. »Bis dann.«

Wir beenden das Gespräch und ich gehe auf Denises Schreibtisch zu.

»Hast du jemand erreicht?«

»Nein«, erwidert sie schnippisch. »Passt dir das auch wieder nicht?«

»Nein, nein«, murmle ich. »Passt schon.«

Savannahs Bürotür öffnet sich und Dr. Drews verlässt es mit hochrotem Kopf. Mich ignorierend geht er an mir vorbei zum Aufzug und verlässt die Etage kommentarlos.

Denise und ich tauschen einen Blick, die meiner Meinung nach immer noch keinen Handschlag gemacht hat, um Sophie zu erreichen.

Wenige Sekunden später folgt Jasper Dr. Drews aus Savannahs Büro. Er stürmt ebenso kommentarlos an mir vorbei auf den Aufzug zu. Da Dr. Drews erst vor wenigen Sekunden in diesen gestiegen ist und nach unten gefahren, dauert es nun umso länger, bis Jasper einsteigen kann.

»Das dauert«, kommentiere ich lahm und stecke die Hände in die Taschen meiner Jeans. »Und es bringt nichts wie irre auf die Taste zu drücken.«

»Habe ich Sie nach Ihrer Meinung gefragt?«, knurrt er.

»Ich meine doch nur.« Schadenfroh zucke ich mit den Schultern und gehe in Savannahs Büro.

Sie sitzt an ihrem Schreibtisch, das Gesicht in ihren Händen vergraben und schluchzt. Leise schließe ich die Tür hinter mir und gehe auf sie zu. Mit jedem Schritt, den ich mich ihr nähere, wird ihr Schluchzen lauter. Es zerreißt mich innerlich sie so leiden zu sehen. Vor allem, weil ich weiß, dass sie für diesen Club, für uns, ihr letztes Hemd geben würde.

»Hey«, flüstere ich und hocke mich neben sie. Vorsichtig berühre ich ihren Arm, durch den kalten Satinstoff ihres Kleides. Trotz, dass uns noch eine Schicht Stoff trennt, kribbeln meine Finger. Savannah und ich berühren einander nur selten und wenn ist es direkt das absolute Feuerwerk.

»Das wird schon wieder.«

»Nein«, schluchzt sie. »Das wird es nicht. Ich kann es nicht. Wenn ich hart sein will, lachen sie mich aus, wenn ich versuche verständnisvoll zu sein, halten sie mich für schwach. Ich weiß nicht, was ich tun soll.«

»Wir lieben dich, Sav«, flüstere ich. »Die Jungs finden dich klasse als Chefin. Du bringst neuen Schwung ins Team und hörst uns zu. Allen, nicht nur den Topspielern und Coach Dixon. Du wolltest Dalton und mich auf die Bank setzen, dass Paxton und Holden besser reinkommen. Dabei hast du keine Sekunde an den Erfolg gedacht, sondern nur an sie. Das ist groß.«

Ihr Make-up ist ruiniert. Die schwarze Schminke klebt an ihren Wagen, die vom Weinen gerötet sind. Sanft streiche ich die Tränen weg und beseitige damit auch die schwarze Farbe.

»Ich sehe scheußlich aus und … schwach.«

»Hör auf dich ständig als schwach und unfähig zu betiteln oder ich trete den alten Säcken im Aufsichtsrat in ihre Ärsche.«

»Als Kicker kannst du das sicher«, scherzt sie, was mich lachen lässt.

Ich hätte meine Hand längst von ihrem Gesicht nehmen müssen, aber stattdessen streichle ich weiter über ihre Wange und versinke in ihren schönen Augen.

»Das mit Holden und Paxton wird zumindest für Holden nun so kommen«, meint Savannah zynisch und löst sich von mir. Die Distanz, die sie plötzlich zwischen uns bringt, signalisiert mir deutlich, dass sie die Nähe nicht möchte.

Es tut weh, dass sie mich von sich stößt, wo ich doch einfach für sie da sein will. Sie halten und ihr die starke Schulter sein, die sie momentan so sehr braucht.

Aus der Schublade nimmt sie ein Kosmetiktuch aus einer Box, um ihre Tränen zu trocknen und ihr Make-up zu beseitigen.

»Ich hoffe, Denise hat Sophie erreicht«, meint sie und steht auf.

»Ich habe mit Sophie gesprochen und sie wusste bereits Bescheid«, erkläre ich. »Wahrscheinlich von Damien. Er hat Dalton Sachen ins Krankenhaus gebracht.«

Savannah nickt und packt ihre Sachen stumm in ihre Handtasche.

»Wo willst du hin?«, frage ich.

»Nach Hause«, erwidert sie. »Ich habe den Teamarzt verwarnt und den General Manager freigestellt. Gerade ist mir absolut nicht mehr nach diesem Ort.«

»Du hast …« Mit großen Augen sehe ich sie an, weil ich mit derartiger Konsequenz nicht gerechnet habe. Vielmehr ging ich davon aus, dass Jasper sie wieder um den kleinen Finger wickelt.

»War das auch wieder nicht richtig?«, will sie vorsichtig wissen.

»Doch.« Bei Dr. Drews vielleicht nicht, aber General Pissbacke hätte sie auch feuern können.

»Gut.« Savannah nickt und sieht mich auffordernd an. »Lass uns gehen.«

»Uns?«, frage ich.

»Na ja …«, meint sie und grinst mich an. »Ich glaube nicht, dass du die Nacht in meinem Büro verbringen möchtest, oder?«

Nein, das möchte ich nicht. Doch ehrlich gesagt dachte ich, dass das >lass uns gehen< impliziert, dass wir gemeinsam nach Hause fahren. Meine Güte, ich muss echt raus aus dem Dunstkreis dieser Frau. Sie macht mich noch verrückt und lässt meinen Kopf völlig aussetzen.

»Das will ich natürlich nicht«, antworte ich und folge Savannah aus ihrem Büro.

»Ich fahre nach Hause, Denise«, wendet sie sich an ihre Assistentin, die sie überrascht ansieht.

»Jetzt schon?«

»Ja.« Savannah nickt.

»Willst du dich nicht um die … äh … Probleme kümmern? Ich erreiche Jasper nicht.«

»Jasper ist bis auf Weiteres nicht erreichbar für dich und nein, ich kümmere mich jetzt nicht mehr darum. Bis morgen.«

Ich werfe ihr ein falsches Grinsen zu und folge Savannah in den Aufzug, der uns zum Ausgang bringt. Sie lehnt mit dem Rücken an der Wand gegenüber und betrachtet mich. Gerade bin ich nicht sicher, wie ich ihre Musterung deuten soll, aber beschwere mich auch nicht. Denn trotz, dass ihr Make-up ruiniert ist, ist sie in diesem roten Kleid immer noch die schönste Frau der Welt für mich. Die wilden Naturlocken, die von ihrem Kopf abstehen und die einzelnen Sommersprossen, die durch das verschmierte Make-up zum Vorschein kommen, stehen in einem harten Kontrast zu ihrem sexy Outfit.

»Warum überschminkst du deine Sommersprossen?«, frage ich und gehe auf sie zu. Savannahs Blick trifft meinen und sie zuckt mit den Schultern.

»Sie sind kindisch.«

»Kindisch?« Ein Lachen entfährt meiner Kehle.

»Ja«, murrt sie. »Absolut kindisch.«

»Ich finde sie süß«, raune ich und lasse meine Fingerspitze über ihren Nasenrücken tanzen. Savannahs Augen fliegen von meiner Hand, zu meinen Augen und wieder zurück. Was sie leicht schielen lässt und zusätzlich süß aussieht.

»Du solltest sie nicht überschminken.«

»Dass jeder Mann in meinem Umfeld meint, mir Vorschriften machen zu können.« Ihre Aussage klingt nicht mal halb so dominant, wie sie sollte.

»Ich mache dir keine Vorschriften, ich gebe dir Tipps.«

»Über meine Ausstrahlung?« Es ist das erste Mal, dass sie heute herzlich lacht und es lässt mein Herz verdammt hoch schlagen.

»Hm«, meine ich. »Es würde sie noch echter machen. An deinem Style habe ich nichts zu meckern.«

»Nichts?«, meint sie. »Wow, danke.«

»Gerne«, wispere ich und mein Kopf senkt sich ihrem entgegen.

Savannah steht still da. Als ich mich ihr weiter nähere, macht sie auch keine Anstalten, mich von sich zu schieben. Das Blut rauscht durch meine Venen und bei einem Blick in ihr Dekolleté tief in meinen Schwanz. Fuck.

»Du bist so sexy«, flüstere ich gegen ihren Mund.

Die Atmosphäre im Aufzug ist aufgeheizt und es braucht nicht mehr viel, dass wir den Notknopf drücken, das Ding anhalten und wie zwei wilde Tiere übereinander herfallen. Scheiße, ich kann mir gerade nichts Besseres vorstellen, als sie gegen die Aufzugwand zu ficken und sie all ihre Sorgen für einige Minuten vergessen zu lassen.

Doch ich tue es nicht. Nichts dergleichen, denn ich will sie nicht zu diesem Kuss nötigen. Es muss von ihr ausgehen. Dass ich sie scharf finde, und darüber hinaus auch sehr mag, weiß sie spätestens seit unserer Unterhaltung vor Melissas Café.

»Was wird das, Alvarez?«, wispert Savannah und ihre Augen funkeln aufgeregt. »Hast du die Eier, mich zu küssen oder nicht?«

Sie drückt den Notknopf.

9. KAPITEL

Savannah

Mit einem Ruck bleibt der Aufzug stehen und ich richte meinen Fokus vollkommen auf Paco. Meine Handtasche lasse ich zu Boden fallen und schlinge meine Arme um seinen Hals. Er erwidert meinen Blick und obwohl meine Aufforderung mehr als deutlich war, reagiert er nicht.

»Das wird keine kuschelige Nummer«, warnt er mich. »Falls du das willst, löst du den Notknopf jetzt!«

»Das ist heute ganz nach meinem Geschmack«, flüstere ich. Er grinst, die Hände auf meiner Hüfte liegend, schiebt er mein Kleid nach oben. Kühle Luft der Klimaanlage umspielt meine nackten Beine. Augenblicklich ziehen sich meine Brustwarzen zusammen. Gott sei Dank habe ich Cups mit Push an, sodass die harten Knospen sich nicht gegen den dünnen Stoff meines Kleids drücken.

Vermutlich bin ich gerade in Begriff das Dümmste zu tun, was ich jemals getan habe, seitdem ich die Bees übernommen habe, aber ich will ihn. Vor allem will ich die letzte Stunde vergessen.

Dr. Drews zu verwarnen, fiel mir nicht leicht, weil er sich immer wieder darauf berief nach den Worten des General Managers zu handeln, aber letztendlich ist Daltons Verletzung zu stark, als dass Jaspers Wort darübersteht, dass ich informiert werde. Meinen Vater hätte er informiert, das weiß ich.

Und Jasper? Mir fällt eigentlich gar nichts dazu ein, dass er handelt, wie er handelt. Ich bin nicht nur stinksauer, sondern auch maßlos enttäuscht. Bisher dachte ich immer, dass wir an einem Strang ziehen und die Bees gemeinsam in eine neue Ära führen. Seit heute sieht das ganz anders an.

»Fuck!«, entfährt es mir als Paco mir sanft in den Hals beißt. Genau dahin, wo sich mein Puls befindet und mit seiner Zungenspitze über die geschundene Stelle leckt.

»Schön, dass du wieder bei mir bist«, meint er und legt seine Mund auf meinen. Der Kuss ist entgegen seiner Prophezeiung, wie es zwischen uns ablaufen wird sanft und abwartend. Er erkundet meine Lippen, wartete meine Reaktion ab, die sogleich folgt. Ich erwidere den Kuss, während ich meine Hände in seine Haare schiebe. Das wollte ich schon immer mal tun. Sie gleiten butterweich durch meine Finger. Bei meinen Naturlocken ist das nicht möglich.

Pacos Zunge dringt in meinen Mund ein und der Kuss wird leidenschaftlicher. Wir kämpfen um jeden Zentimeter Raum und er presst mich mit seinem harten Körper gegen die Wand des Aufzugs.

»Ich will dich«, raune ich ihm zu und löse meine Hände aus seinen Haaren und lege sie an seinen Gürtel. Hastig ziehe ich die Schlaufe aus der Schnalle und knöpfe seine Jeans auf.

»Wo geht dein Kleid auf?«, keucht er als wir unsere Münder voneinander lösen.

»An der Schlaufe rechts«, entgegne ich, die er zieht. Das Kleid fällt wie ein Mantel auseinander und entblößt mein schwarzes Wäscheset, für das ich mich heute früh zum Glück entschieden habe.

»Wow«, flüstert er und legt seine großen Hände um meine Brüste.

»Paco«, keuche ich, als er anfängt, diese zu massieren. »Ich will mehr.«

»Nicht nur du«, flüstert er und küsst meinen Hals und weiter über mein Dekolleté. »Das nächste Mal nehme ich mir mehr Zeit für diese beiden Schätze.«

Ich kann nicht ganz glauben, dass er über oder vielmehr mit meinen Brüsten spricht. Noch weniger, dass er von einem nächsten Mal ausgeht. Das hier ist eine einmalige Sache. Sex zwischen uns wird es nicht noch mal geben. In meiner Position kann ich mir das gar nicht erlauben, aber heute ist es genau das Richtige, um all die negativen Energien um mich herum zu vergessen.

Paco zieht meinen Slip mit einer Bewegung nach unten, sodass dieser sich an meinen Fußgelenken aufbauscht.

»Wunderschön«, meint er und leckt mit seiner Zunge durch meine feuchte Spalte. Ich stöhne laut auf und mein Kopf fällt zurück gegen die harte Aufzugwand. »Und so gut.«

Er kostet mich mit einer Ausdauer, die einem Footballspieler würdig ist. Seine flinke Zunge streift durch meine erhitzten Falten, die er mit seinen Fingern zusätzlich offenhält. Als er mit seiner Zunge in mich eindringt, schreie ich auf. Auch weil er im nächsten Moment mit seinen Daumen hart über meine Klit reibt. Meine empfindlichste Stelle wird aufs Äußerste von ihm gereizt. Scheiße, das ist unglaublich. Jedes Mal, wenn ich glaube, dass er mich kommen lässt, nimmt er sich zurück.

»Ich dachte, das wird eine schnelle Nummer«, bringe ich mühsam hervor. Paco lacht müde.

»Da wusste ich noch nicht, wie unbedingt ich dich lecken muss, Baby.«

»Ich bin nicht dein Baby«, rüge ich ihn mit meinem letzten Atemzug, eher er meine Klit zwischen seinem Zeigefinger und Daumen zusammendrückt und seine Zunge tief in meiner Pussy steckt.

Ich komme so heftig, wie selten in meinem Leben. Reite sein Gesicht, während mein Orgasmus über mich hinwegfegt.

Paco erhebt sich, während ich noch nach Atem ringe und murmelt etwas, das ich nicht verstehe.

»Was ist?«, frage ich und öffne die Augen.

»Ich habe kein Kondom«, meint er und presst die Lippen zusammen. »So eine Scheiße«, flucht er und fährt sich verflucht sexy durch die Haare.

Ich lache leise und bücke mich zu meiner Tasche hinunter. Aus meinem Make-up Täschchen ziehe ich eine silberne Verpackung und halte sie ihm vor die Nase.

»Meinst du so was?«, frage ich grinsend.

Paco grinst ebenfalls und nimmt es mir ab.

»Du steckst voller Überraschungen, Savannah Belfast«, raunt er mir zu und küsst mich stürmisch, ehe er das Kondom öffnet und seinen Schwanz aus seiner Jeans zieht. Hart und dickt steht er empor. Die einzelnen Adern lassen mir das Wasser im Mund zusammenlaufen und ich kann es kaum erwarten, ihn in mir zu spüren.

»Bereit?«, fragt er und legt seine Hände auf meine Oberschenkel.

»Bereit«, bestätige ich mit einem Nicken.

Paco hebt mich spielerisch hoch und drückt meinen Rücken gegen die Wand. Mit der rechten Hand fasst er zwischen uns. Doch statt, dass er seinen Schwanz zielsicher in mich befördert, reibt der Penner mit seiner Eichel über meine empfindliche Klit. Ich stöhne auf und presse mein Gesicht in seine Halsbeuge.

»Magst du das?«, raunt er mir zu. »Wenn ich sie reize und mit ihr spiele.«

»Fick mich!«, fauche ich und kralle meine Hände in seine Haare. Fast schon brutal, soweit ich dazu in der Lage bin, reiße ich seinen Kopf zurück. Die Intensität in seinen Augen haut mich um. Mein gesamter Körper kribbelt. Das hier ist mehr als nur Sex zum Stressabbau, das weiß ich.

Denn sonst würde mein Herz nicht so verdammt schnell schlagen. Und zwar nicht nur, weil ich erregt bin. »Bitte.«

Paco küsst mich erneut und dringt in mich ein. Wir stöhnen synchron auf und ich klammere mich an ihn, als er sein Tempo stetig anzieht und sich heftiger in mir versenkt.

Mein Kopf ist binnen Sekunden erneut komplett leergefegt und alles, was zählt, ist dieser Mann, der mich gerade in den absoluten Himmel befördert.

»Paco«, keuche ich, als ich erneut kurz davor bin zu kommen.

»Noch nicht«, meint er als könne er meine Gedanken lesen. »Warte noch.«

Ich antworte ihm nicht, sondern lege meine Lippen erneut auf seine und küsse ihn. Wir verlieren uns völlig ineinander und als ich es nicht mehr zurückhalten kann und komme, folgt er mir.

Die nächsten Minuten sagen wir nichts. Fahrig lasse ich meine Finger durch seine Haare gleiten und er streichelt meine Schenkel und Hintern.

»Kann ich dich runterlassen?«, durchbricht er plötzlich die Stille zwischen uns.

»Natürlich«, antworte ich und spüre sogleich wieder festen Boden unter den Füßen.

Paco tritt einen Schritt von mir zurück und entfernt das Kondom von seinem Schwanz. Er knotet es zusammen und ich reiche ihm stumm eine Packung Taschentücher aus meiner Handtasche, aus der er eins nimmt, um das benutzte Kondom darin einzuwickeln. Dann steckt er es notdürftig in die Tasche seiner Jeans.

Schweigend ziehe ich meinen Slip hoch und schließe mein Kleid. Er hat seine Hose deutlich schneller oben und sieht nur halb so gefickt aus wie ich.

Dann beginnt der komische Teil, denn niemand von uns sagt etwas. Stattdessen löst er den Notknopf und der Aufzug setzt sich wieder in Bewegung. Ich greife nach meiner Handtasche und schließe meine Finger so fest um die Henkel, dass meine Knöchel weiß hervorstehen. Hoffentlich sind wir bald am Ziel und ich kann hier raus.

Das war der größte Fehler meines Lebens.

Wie konnte ich nur jemals so dumm sein und glauben, dass Sex meine Probleme löst? Sex mit Paco!

»Scheiße«, murmle ich.

»Was?«, fragt er. »Ich fand es ziemlich gut.«

Mein Blick ruckt hoch und er funkelt mich amüsiert an.

»Ich rede nicht vom Sex«, antworte ich.

»Gut«, meint er und lehnt sich zu mir herüber. Sofort mache ich einen Schritt zurück, was sich als Fehler rausstellt, weil ich mit dem Rücken gegen die Wand stehe. Paco platziert seine Hände links und rechts neben meinem Kopf.

»Der Sex war der Hammer, Sav«, raunt er mir zu. »Und ich hätte nichts gegen eine langsamere Wiederholung einzuwenden.«

»Auf keinen Fall«, schnappe ich. »Das wird nicht passieren.«

Für den Bruchteil einer Sekunde weicht er zurück, doch dann grinst er und kommt wieder näher.

»Bist du sicher?«, raunt er.

»Ja.«

»Wirklich?«, fragt Paco und zieht die Augenbrauen hoch. »Es schien mir nämlich, dass du auch ziemlich viel Spaß gehabt hast.«

Ich will den Mund öffnen, um ihm zu antworten, doch dazu komme ich nicht mehr. Denn die Türen des Aufzugs öffnen sich und ich husche unter seinen Armen hindurch.

Zu meinem Glück wartet dort die Security und sorgt hoffentlich dafür, dass Paco sich zurückhält. Auch wenn ich nicht glaube, dass ihn das wirklich stört.

»Ms. Belfast.« Sie nicken uns freundlich zu.

»Hallo«, sage ich.

»Mr. Alvarez«, begrüßen sie auch Paco mit einem Nicken. Er lächelt ebenfalls und schließt zu mir auf.

»Ignorierst du mich?«, fragt er, als wir das Hauptgebäude der Facility verlassen und auf den Parkplatz treten. Die frische Luft tut meinem benebelten Gehirn gut und lässt mich wieder einwandfrei denken.

»Nein«, sage ich und fische meinen Autoschlüssel aus meiner Handtasche. »Ich habe dir nur nichts mehr zu sagen.«

»Wir müssen nicht reden.« Paco wackelt mit den Augenbrauen und ich lache auf.

»Nein«, sage ich. »Gut, dass du das auch so siehst.«

Die Rücklichter meines hellblauen Lamborghini Aventador leuchten auf.

»Schicker Flitzer«, meint er anerkennend. »Wie hoch ist die Strafe dafür, dass du mit ihm hier bist und nicht mit deinem Dienstwagen?«

Ich lache herzlich auf und schaue zu ihm.

»Den habe ich mir vor ein paar Monaten gegönnt und er wurde endlich geliefert.«

»Direkt aus Italien?«, hakt er nach, aber ich schüttle den Kopf.

»Nein«, sage ich und öffne die Flügeltüren. »Fährst du dann mit deinem Audi nach Hause?«

»Muss ich wohl, oder?«, meint er. »Sonst habe ich noch Ärger mit meiner Chefin.«

»Das wollen wir natürlich nicht«, erwidere ich neckend und stelle meine Handtasche auf den Beifahrersitz. »Wir sehen uns morgen und ... danke für ... deinen Beistand.«

O Gott, wie klingt das denn? Pacos Blick zu urteilen ziemlich komisch, aber er sagt nichts. Mit hochrotem Kopf winke ich ihm zu und husche zur Fahrerseite.

»Bye!« Dann springe ich in den Wagen und lasse die Türen runter.

Er sieht mich noch einen Moment an, obwohl er mich durch die getönten Scheiben gar nicht sehen kann. Mein Herz rast in meiner Brust und ich schalte den Motor ein und fahre los.

Die letzten Minuten waren ein großer Fehler und egal, wie hart mein Herz schlägt, ich darf das alles nicht zulassen.

Paco ist mein Spieler.

Mit quietschenden Reifen fahre ich vom Parkplatz und lasse ihn zurück.

10. KAPITEL

Paco

Nervös stehe ich neben Desmond, der die Situation auf dem Platz mit einem verkniffenen Blick beobachtet. Er hat sich im letzten Drive leicht verletzt, was unsere Probleme nicht geringer macht. Nachdem er nach einem Zusammenprall hart auf den Kopf aufschlug, muss er nun erst mal pausieren und mit etwas Pech wird ihm auch noch eine Gehirnerschütterung diagnostiziert und er ist ebenfalls raus.

»Mich macht es verrückt, nichts tun zu können«, sagt er und tritt unruhig mit einem Fuß auf den anderen. Mir geht es nicht besser, aber ich versuche, mich von seiner aufgeheizten Stimmung nicht anstecken zu lassen. Immerhin muss ich gleich noch mal aufs Feld und hoffentlich das entscheidende Field-Goal schießen. Auf der Uhr sind noch zwei Minuten und zwanzig Sekunden. Wir sind kurz vor dem Two-Minute-Warning, das uns eine weitere Auszeit verschafft, um einen Schlachtplan für die letzten Sekunden zu treffen. Bis zur Field Goal Range müssen sie es schaffen. Den Rest erledige ich. Alle Kicks saßen heute. Auch wenn es nicht viele waren. Gerade mal zwei Field Goals und einen Touchdown konnten wir verbuchen. Zu unserem Glück spielt Miami das schlechteste Spiel der Saison, sodass sie mit einem Punkt führen. Ein Field Goal bringt uns den Sieg und dieser wäre so wichtig für das Selbstvertrauen der Mannschaft und für Savannah.

Zum wiederholten Mal gleitet mein Blick zu den Boxen, wo sie steht. Sie ist so unglaublich stark, obwohl man sie mittlerweile für alles, was bei den Bees schiefläuft allein verantwortlich macht. Trotzdem steht sie hier. Versteckt sich nicht mal in der Loge, sondern sitzt mit Delia auf einem der Sessel davor und verfolgt das Spiel. Meine Field Goals und den Extrapunkt hat sie bejubelt. Mir ist klar, dass dieser Jubel der gesamten Leistung galt und sie erleichtert ist, dass wir die Punkte gemacht haben. Doch gab sie mir das Gefühl, dass sie für mich extra laut applaudierte.

Savannah ist unglaublich stark und sie liebt diesen Club bedingungslos. Das Einzige, was wir Spieler tun können, ist ihr Siege zu schenken, dass ihr Ansehen in der NFL steigt. So wie mit ihr umgegangen wird, das hat sie nicht verdient. Sie macht das toll und natürlich ist sie neu und hat nicht die Erfahrung und in manchen Fällen auch noch nicht das Fingerspitzengefühl ih res Vaters. Das hatte ich in meiner Rookie-Saison auch nicht.

»Kommt schon«, feuere ich unsere Offense hat. »Ihr schafft das!«

So weit ich kann, trete ich nach vorne und klatsche immer wieder in die Hände.

»So geht das nicht!«, brüllt Coach Dixon neben uns. »Cody ... beweg dich schneller in der Pocket.«

Cody hebt den Kopf und sieht zu unserem Coach. Er ist lang genug dabei, dass ihm das nichts ausmacht, aber Holden verunsichert es enorm. Das merkt man seiner Körperhaltung sofort an. Er läuft geduckt und meidet jeden Blick des Coaches.

Cody klopft Holden auf die Schulter und flüstert ihm etwas zu, was er mit einem Nicken bestätigt.

Das Two-Minute-Warning setzt ein und die Spieler sammeln sich noch einmal. Staff-Mitarbeiter reichen ihnen Getränke.

»Ich spiele wieder«, entscheidet Desmond.

»Bist du irre?«, will ich wissen und sehe ihn sauer an.

»Ich muss spielen«, erwidert er. »Wenn wir das Ding verlieren, weil ich nicht spielen konnte ...«

»Wenn sie dich daraufhin sperren und bestrafen und du die nächsten Spiele aussetzen musst, macht das auch keinen Sinn«, entgegne ich genervt.

»Price!«, brüllt Coach Dixon und Desmond geht zur Bank und greift nach seinem Helm.

»Du kannst nicht spielen«, warne ich ihn. »Sei doch vernünftig.«

»Aufs Feld mit dir«, plärrt Coach Dixon weiter und ich verliere langsam den Verstand mit denen. Das darf doch nicht wahr sein.

Desmond geht an mir vorbei und joggt aufs Feld. Die Fans bejubeln es euphorisch und ich werfe dem Coach einen vernichtenden Blick zu.

»Er ist verletzt«, lasse ich den Coach noch mal wissen, doch er ignoriert mich und dreht sich anschließend weg. Frustriert drehe ich mich ebenfalls um und trete vor die nächste Tonne, in der sich unsere Energy Drinks befinden.

»Was ist?«, fragt Damien und sieht mich fragend an.

»Desmond hat Verdacht auf eine Gehirnerschütterung, war im blauen Zelt und Coach Dixon lässt ihn weiterspielen«, zische ich. »Der hat sie nicht mehr alle.«

»Das darf doch wohl nicht wahr sein«, knurrt Damien und richtet seinen Helm. »Wir schaffen das, Paco.«

Ich nicke und lasse meinen Kumpel zurück aufs Feld. Die Offense bespricht sich und stellt sich danach auf. Cody gibt den Befehl und Holden passt ihm den Ball zu. Er fängt den Ball auf und tänzelt in der Pocket zurück. Die Jungs machen einen tollen Job, um ihn zu schützen, während Desmond sich in Richtung Endzone freiläuft. Cody lässt sich verdammt viel Zeit, was die Jungs nicht mehr blocken können. Und als er wirft, fliegt der Ball durch die Luft auf Desmond zu und landet in den Händen eines Verteidigers aus Miami.

Mir bleibt der Mund offenstehen. Völlig schockiert starre ich aufs Feld.

Interception.

Das war's.

Wir haben das Spiel verloren. Miami führt weiterhin mit einem Punkt und hat mit vierzig Sekunden auf der Uhr den Ball zurückerobert. Die Spieler kommen vom Feld. Jackson schleudert seinen Helm über die gesamte Fläche der Seitenlinie, eher er auf der Ersatzbank aufschlägt. Das Gesicht meines besten Freundes ist hochrot.

»Hast du nicht gesehen, dass Desmond geblockt wurde!«, brüllt er Cody an.

»Jackson!« Hastig stürme ich auf ihn zu, dass er Cody nicht noch weiter angeht. Vor allem nicht hier.

»Lass mich«, zischt er und schubst mich weg. »Ich war komplett frei. Hast du mich gehört?«

»Jackson«, ermahne ich ihn erneut. »Hör auf!«

Ich packe ihn an seinen Schulterpolstern und zerre ihn von Cody weg, der nun seinerseits gegen Jacksons Laufwege wettert.

Während sie auf dem Feld abknien und das Spiel beendet ist.

Wir haben verloren – schon wieder.

Damien geht ebenfalls an uns vorbei und wirft seinen Helm in die Ecke. Schweigend setzt er sich hin und starrt auf den Boden vor sich. Ich atme tief durch und gehe auf ihn zu. Jackson hat sich zum Glück wieder etwas beruhigt.

»Hey.« Aufmunternd klopfe ich Damien auf die Schulter. »Du hast gut gespielt.«

»Und wieder verloren«, meint er. »Wieso schaffen wir es diese Saison einfach nicht?«

Völlig verzweifelt sieht er mich an.

»Ich weiß es nicht«, antworte ich ehrlich und er steht auf.

Gemeinsam mit den anderen Spielern verabschieden wir uns von Miami und gratulieren ihnen zum Sieg. So viel Anstand haben wir und werden wir auch immer haben. Das Team aus Florida hat gut gespielt und hatte am Ende das Spielglück auf seiner Seite.

Ich hebe den Kopf, als das ganze Stadion lauthals pfeift und suche nach den Gründen. Bisher haben sie es nicht getan, und eigentlich sind unsere Fans so nicht. Sie tragen uns auch durch schlechte Zeiten und wissen, dass wir sie brauchen. Als eine Wand, die immer hinter uns steht.

Mein Herz zieht sich zusammen, als ich den Grund für die Pfiffe ausmache. Auf den großen Videowänden wird Savannah eingeblendet. Sie steht in ihrer Loge und klatscht. Jasper steht mal wieder neben ihr und klatscht ebenfalls. Delia ist nicht mehr zu sehen.

Dass die Fans sie gnadenlos auspfeifen, kann ich nicht glauben. Sie ist die Eigentümerin der Bees und ihr Herz schlägt genauso nur für diesen Club, wie es unsere tun. Wie können sie es wagen?

»Was soll das?«, fragt Jackson. »Buhen sie Savannah aus?«

»Scheint so«, murmle ich. Denn als Savannah von den Bildschirmen verschwindet und sie stattdessen die Mannschaften zeigen, hören die Fans sofort auf. »Ich fasse es nicht, dass sie ihr das antun.«

»Ich weiß.« Jackson klopft mir auf die Schulter. »Lass uns sehen, dass wir aus dem Stadion kommen und uns besaufen.«

Mit hängenden Köpfen treten wir den Weg in die Kabine an, wo eine ebenso eisige Stimmung herrscht. Jeder Spieler geht seinem Nachdem-Spiel-Ritual nach. Die einen telefonieren mit ihren Familien, die nicht beim Spiel waren. Andere so wie ich gehen sofort unter die Dusche und kontaktieren ihre Lieben erst, wenn sie sich den Schweiß vom Körper gewaschen haben. Ich steige gerade in meine Sneakers, als ein Mitarbeiter des Staffs reinkommt.

»Savannah Belfast, meine Herren.«, sagt er.

Augenblicklich hebe ich den Kopf. Statt Savannah tritt zunächst Jasper ein, den sie wohl wieder begnadigt hat und der ihr jetzt die Füße küsst. Sie hätte ihn feuern sollen, als sie die Chance dazu hatte, aber stattdessen verwarnt sie den Trottel nur.

Sie versucht zu lächeln, aber es misslingt ihr gewaltig. Man sieht ihr sofort an, dass sie am Boden zerstört ist und sich nicht mehr zu helfen weiß.

Wenn ich den Status in ihrem Leben hätte, den ich mir wünsche, würde ich sie in den Arm nehmen und fest an mich drücken. Es wird ihr nicht helfen, aber sie soll nicht glauben, dass sie allein mit der Situation ist. Für mich wird sie das niemals sein.

»Hallo«, sage ich und stehe auf. »Schön, dass Sie da sind.«

Jackson wirft mir einen fragenden Blick zu, aber wenn Dalton verletzt ist und Desmond offenkundig die Zähne nicht auseinanderbekommt, muss wohl jemand für die Mannschaft sprechen.

»Sie haben gut gespielt«, lobt Savannah uns. »Alle.«

Ihr Blick bleibt an Cody hängen, der ihr ein erleichtertes Lächeln schenkt.

»Natürlich hätten wir den Abend gern mit einem Sieg beendet, aber es sollte nicht sein. Dennoch hat uns das Spiel gezeigt, dass wir eine starke Mannschaft sind und dass wir den Ausfall von Dalton Meyers gut kompensieren.« Erneut sieht sie Cody an. »Sie haben ihn würdig vertreten, Mr. Lewis. Das werden Sie auch in Zukunft tun.«

»Danke«, sagt Cody und nickt ihr zu.

»Das war es auch schon von mir«, meint sie. »Ich wünsche Ihnen noch einen schönen Abend.«

Savannah tritt einen Schritt zurück und Jasper nach vorn.

»Zur Info für Sie«, meint er. »Ms. Belfast wird ab sofort nur noch in dringenden Notfällen Ihre Ansprechperson sein. Alle Entscheidungen und offenen Fragen obliegen ab sofort mir.«

Ich reiße die Augen auf und sehe ihn fassungslos an. Das kann Savannah nicht machen. Er ist nicht dazu in der Lage, dieses Amt auszuführen. Wir mögen ihn nicht mal. Niemals werden die Spieler ihn als erste Ansprechperson akzeptieren. Dalton wird außer sich sein vor Wut, wenn er das erfährt. Jackson sieht mich ratlos an. Genau wie Desmond, Damien und weitere Spieler, die schon seit Jahren für die Bees spielen.

»In Ordnung«, sagt Desmond zu meiner Überraschung. »Danke für die Information.«

Er ist nicht zufrieden damit. Ich bin es auch nicht. Als Savannah sich herumdreht und die Kabine verlässt, folge ich ihr. Ich will Antworten auf das, was Jasper gerade verkündet hat.

»Meinst du das ernst?«, rufe ich ihr nach.

Sofort hält sie, flankiert von ihren Bodyguards, inne.

»Was?«, erwidert sie, ohne sich umzudrehen.

»Kannst du dich bitte umdrehen, wenn ich mit dir rede«, erwidere ich, statt meine Frage zu wiederholen. Savannah fährt herum und sieht mich trotzig an.

»Was willst du hören?«, fragt sie und ich gehe weiter auf sie zu.

»Lass uns das unter vier Augen klären.« Ich strecke die Hand aus, um nach ihrer zu greifen, als einer ihrer Bodyguards nach vorn schellt und meine Hand abfängt.

»Nicht anfassen«, sagt er ruhig, aber deutlich, dass ich nicht weitergehen darf.

Ist das ihr verschissener Ernst?

»Pfeif sie zurück«, fordere ich und entreiße dem Kerl mein Handgelenk. »Und dann komm mit.«

Savannah nickt ihm zu, sodass er sich sofort zurückzieht und sieht mich an.

»Wohin gehen wir?«, fragt sie und ich deute auf eine Tür neben unserer Kabine, in der sich ein kleines Untersuchungszimmer für die Physiotherapeuten befindet.

Trotzig geht sie an mir vorbei und ich folge ihr seufzend. Die Tür schließe ich leise hinter uns und sehe sie auffordernd an.

»Kannst du mir mal sagen, was das soll«, wettert sie sogleich los. »Wie kannst du es wagen mich so zu …«

»Komm her!« Ohne auf ihr Gezeter einzugehen, ziehe ich sie in meine Arme und drücke sie an meine Brust. »Du kannst jetzt loslassen.«

»Ich weiß nicht, was du meinst«, giftet sie weiter. »Der Einzige, der loslässt bist du Paco, und zwar mich.«

Doch ich halte sie weiter fest. Sie braucht den Rückhalt jetzt mehr denn je.

»Verdammt Sav«, schimpfe ich. »Dich haben vorhin fast 70.000 Menschen ausgebuht. Jetzt zick mich nicht an, sondern lass mich dir den Halt geben, den du brauchst.«

Tatsächlich wird ihr Körper augenblicklich weich in meinen Armen und sie schmiegt sich haltsuchend an mich. Ihre Finger krallen sich in mein T-Shirt und sie schluchzt markerschütternd auf.

»Sch«, murmle ich gegen ihre Haare. »Ich bin bei dir. Lass es raus.«

»Sie hassen mich«, schluchzt sie. »Alle hassen mich.«

»Das stimmt nicht«, widerspreche ich. »Sie suchen einen Sündenbock und der bist du.«

»Aber warum?« Savannah sieht mich mit Tränen in den Augen an, sodass ich jedem Fan, der sie ausgebuht hat, am liebsten eine Tracht Prügel geben würde. »Weil ich eine Frau bin?«

»Nein, Baby«, antworte ich. »Weil sie nicht wissen, wen sie sonst verantwortlich machen sollen. Sie glauben, dass du das einfachste Ziel bist. Es ist deine erste Saison.«

»Jasper hat …«

»Jasper hat was«, grolle ich und muss mich zusammenreißen nicht auszuflippen.

»Er meinte, dass es besser ist, wenn er ab sofort das starke Gesicht der Bees ist und … und die aktiven Geschäfte führt. Dass ich mich zurückziehe und … na ja … zur Ruhe komme.«

Diese Pissbacke, da kann ich mich nur wiederholen. Stinksauer drücke ich Savannah von mir und sehe sie eindringlich an.

»Du bist die Eigentümerin dieses Clubs, dieser Franchise«, sage ich eindringlich. »Und du wirst uns durch diese Zeiten führen. Hast du mich verstanden?«

»Aber …«

»Ich will kein Aber hören«, setze ich nach. »Dein Dad will dich auf diesem Posten. Er hat dich jahrelang darauf vorbereitet. Dass Dalton sich auch noch das Kreuzband gerissen hat, ist nicht deine Schuld. Genauso wenig, dass es mit Paxton und Holden nicht gut lief. Bitte gib nicht auf, Savannah.«

Sie löst sich von mir und wischt ihre Tränen fort.

»Jasper sagt …«

»Jasper ist eine Pissbacke, der ich am liebsten auf die Fresse hauen würde.«

»Paco!«, ruft sie.

»Sorry«, meine ich und ziehe sie erneut an mich. Sanft umfasse ich ihr Gesicht mit meinen

Händen und streiche ihre Tränen beiseite. »Versprich mir, dass du das nicht tust. Gib dein Erbe nicht auf. Lass nicht zu, dass die Männer dich kontrollieren, die von Anfang an nicht an dich geglaubt haben.«

»Glaubst du an mich?«

»Immer, Baby«, verspreche ich ihr und senke meinen Mund auf ihren.

11. KAPITEL

Savannah

Paco parkt seinen Wagen in der Tiefgarage meines Wohnkomplexes und schaltet den Motor ab.

»Wir sind da«, meint er und sieht mich an. Ich schaue zu ihm rüber und nicke zögerlich. Er erwidert meinen Blick, die Lippen zu einem Lächeln verzogen. Und dann öffne ich den Mund und biete ihm an: »Möchtest du noch mit reinkommen … auf einen Kaffee … vielleicht?«

Mein Herz rebelliert in meiner Brust. Dieses Angebot hätte ich ihm nicht unterbreiten dürfen. Wir wissen doch beide, wohin es das letzte Mal geführt hat, als ich einen schwachen Moment hatte. Wir hatten Sex im Aufzug.

Wahnsinnig guten Sex, den ich längst nicht mehr nur als Sex bezeichnen kann. Kein Quickie, kein One-Night-Stand.

Paco und ich fühlen uns ganz offensichtlich zueinander hingezogen. Mein Dilemma ist groß. Privat und beruflich.

Nach dem Shitstorm heute im Stadion möchte ich den Abend nicht allein verbringen.

Ich kann mir nicht erklären, wieso sie all ihren Unmut an mir auslassen. Die Spieler stehen auf dem Platz und nicht ich, was auch bedeutet, dass es ihre Aufgabe ist, die Spiele zu gewinnen. Dass Daltons Kreuzband gerissen ist, ist ungünstig, aber kann passieren. Vor so was ist kein Team der Welt sicher. Der Ausfall des Superstars schadet jeder Dynamik. Mehr als das, aber es kann jedem Team passieren. Das ist nicht meine Schuld. Auch wenn unsere Fans das anders sehen.

Die Aufgaben an Jasper abzugeben, schien mir im ersten Moment sinnvoll, als wir darüber gesprochen haben. So wie es aussieht, ist die Liga und auch die Franchise der Bees noch nicht bereit, von einer Frau Ende zwanzig geführt zu werden. Das Gespräch mit Paco im Stadion hat meine Gedanken zu dem Thema noch mal ins Rollen gebracht. Ist es richtig, was ich mache? Sollte ich nach nicht mal einem halben Jahr die Flinte ins Korn werfen? Das wäre nicht meine Art und auch nicht die Art einer Belfast. Das ist mein Traum und diesen Traum gebe ich nicht auf.

»Auf einen Kaffee?«, durchbricht Paco meine Gedanken. »Sehr gerne.«

»Oder ein Wasser … oder so.« Gott, ich sollte den Mund halten, aussteigen und gehen. »Los komm.«

Damit schnalle ich mich ab, steige aus dem Wagen und warte, dass er mir folgt. Gemeinsam gehen wir zum Aufzug, der uns direkt in meine Wohnung bringt.

»Schön hast du es hier«, sagt er und sieht sich in dem riesigen Wohnzimmer um.

»Meinst du?«, will ich wissen und erhalte in meinen vier Wänden mein Selbstbewusstsein zurück.

»Soll ich sagen, dass ich es hässlich finde?«

»Wäre das denn ehrlich?«, will ich grinsend wissen.

»Nein«, antwortet er und lächelt mich an. »Deine Wohnung ist sehr schön.«

Ich nicke ihm zu und gehe in die Küche, wo ich zwei Tassen aus dem Schrank nehme und den Kaffeevollautomaten einschalte. »Kaffee, Cappuccino, Latte Macchiato oder Espresso?«

»Ist an dir eine Barista verloren gegangen?«, scherzt er und setzt sich auf einen der Hocker vor der Küchentheke.

»Gott, nein«, erwidere ich lachend. »Darum habe ich doch eine so teure Maschine. Sie macht das alles von allein.«

»Verstehe«, entgegnet Paco. »Ich nehme einen normalen Kaffee.«

»Alles klar.«

Ich lasse zwei Tassen durchlaufen und stelle ihm eine samt Milch hin. Lächelnd nimmt Paco diese und schüttet einen Schluck Milch hinein.

»Couch?«, frage ich und er nickt.

Mit unseren Kaffees in der Hand gehen wir zur Couch und setzen uns darauf. Allerdings mit genügend Abstand, dass man nicht sofort in Versuchung gerät, den anderen berühren zu wollen.

»Fühlst du dich besser?«, fragt er nach kurzem Zögern.

»Nein«, antworte ich ehrlich und trinke von meinem Kaffee. »Meine Stimmung schwingt langsam von verzweifelt zu sauer und ich weiß nicht, ob das besser ist.«

»Auf wen bist du sauer?«

»Die Fans«, erwidere ich angefressen. »Wir haben im Februar den Super Bowl gewonnen und Leistungsträger verloren. Natürlich kann es in der darauffolgenden Saison schlechter laufen. Das intern alles zusammenkommt, was nicht zusammenkommen sollte, dafür kann ich nichts«, mache ich meinem Ärger weiter Luft. »Es ist unverschämt mich auszubuhen. Genauso wenig kann ich etwas dafür, dass es wohl kein Spieler schafft seine Bestleistungen abzurufen.«

Betreten sieht Paco weg und ich presse die Lippen aufeinander, weil das nicht nett war. Wenn auch wahr. Ja, ich mache meinem Ärger Luft, aber Paco ist immer noch mein Spieler und hat es nicht unbedingt verdient, nach einem Abend wie heute eine Moralpredigt abzukriegen.

»Sorry ... ich«, will ich mich entschuldigen, doch er schüttelt den Kopf.

»Schon gut«, meint er. »Mach dir Luft.«

»Ich meine ... wir hatten immer mal Phasen, in denen es nicht gut lief, aber nie wurde mein Dad so offensichtlich dafür verantwortlich gemacht. Im Gegenteil ...« Genervt atme ich aus. »Sie glaubten sogar, dass nur er das Ruder wieder rumreißen kann. Warum kann ich das nicht?

Mir geben sie keine Chance. Dabei bin ich seine Tochter, habe seine Gene …« Ich halte erneut inne. »Nicht.«

Das könnte eine Möglichkeit sein. Auf meinen Personalien kann noch so oft Belfast stehen. Bei einem Gentest kommt sofort raus, dass ich keine Belfast bin. Das bin ich nicht mal ansatzweise. Im Grunde habe ich keine Ahnung, wer ich bin und was meine Gene sind. Belfasts sicherlich nicht. Vielleicht ist jetzt auch Schluss damit, dass die Milliarden meiner Eltern mir helfen. Es kommt der Tag, an dem ich einsehen muss, dass ich eine Loserin bin.

»Sav.« Pacos Stimme dringt leise zu mir durch und er rutscht zu mir rüber. Die Tassen stellt er auf den Tisch vor uns ab, und nimmt mich in den Arm. Zunächst versteift sich mein Körper, doch das lässt schnell nach.

»Glaubst du das wirklich?«, wispert er in mein Ohr. »Ich meine, ja, wir haben gewisse genetische Veranlagungen, die uns unsere leiblichen Eltern weitergeben. Trotzdem glaube ich, dass die Eltern, die uns großziehen und vor allem lieben, uns zu den Menschen machen, die wir sind.«

»Ich bin nicht sicher«, erwidere ich. »Ja, du hast recht und ja, meine Eltern lieben mich. Mila und mich. Trotzdem weiß ich nicht, woher ich komme und wer die Leute waren, die mir ihre Gene weitergegeben haben. Ich bin keine Führungspersönlichkeit und …«

»Wenn du dich weiter so schlecht machst, muss ich dich küssen!«

»Was?«, kiekse ich und mein Puls steigt binnen Sekunden. Bei dem Gedanken daran wieder von ihm geküsst zu werden, kribbelt es in mir. Seine Lippen auf meinen, haben sich wahnsinnig gut angefühlt.

»Wenn du dich weiter so schlecht machst, muss ich dich zum Schweigen bringen«, erklärt er und streicht durch meine Haare. Leider verhindern meine Locken, dass er auf ultrasüße Boyfriend-Art hindurchfahren kann.

»Genau wie meine Haare«, sage ich. »Keine Ahnung woher die kommen. Diese furchtbaren Korkenzieherlocken.«

Entnervt nehme ich eine Strähne in die Hände und ziehe sie in die Länge, sodass sie danach sofort in ihre ursprüngliche Form zurückfinden.

»Ich finde sie süß.«

»Ich dachte, wir haben bereits darüber gesprochen, dass ich nicht süß bin.«

Paco lacht und tippt mit der Spitze seines Zeigefingers auf meine Nasenspitze.

»Das betrifft also mehr als deine Sommersprossen?«

»Absolut!«

»Okay«, meint er und kann sich ein Grinsen kaum verkneifen. »Glaub mir, dass deine Gene nichts über dich und deine Erfolge aussagen.«

Nachdenklich betrachte ich ihn.

»Weißt du etwas über deine leiblichen Eltern und deine Adoption?«, frage ich und sehe zu ihm auf. Pacos Blick trifft auf meinen und beschert mir eine Gänsehaut. Seine Augen verdunkeln sich und ich habe das Gefühl, mich in ihn zu verlieren.

»Wenig«, sagt er. »Ich weiß, dass meine Mutter mich abgeben musste, als ich drei Jahre alt war.«

»Nur deine Mutter?«, hake ich noch mal nach.

»Ja«, antwortet er. »Sie steht auch allein in meiner Geburtsurkunde, kein Vater.«

»Verstehe«, erwidere ich.

»Und du?«, will er wissen.

»Ich habe Eltern, die mich bewusst abgegeben haben«, erzähle ich ihm meinerseits. »Sie wollten mich nicht.«

Ein beklemmendes Gefühl macht sich in mir breit, dass ich jedes Mal habe, wenn ich daran denke.

»Glaubst du, dass es wirklich so einfach ist?« Paco schaut starr aus dem Fenster in die Nacht hinaus. »Ja, sie haben dich abgegeben. Aber warum? Vielleicht wollten sie ein besseres Leben für dich.«

»Ja, vielleicht«, murmle ich. »Wie alt warst du bei deiner Adoption?«

»Ich war fast sechs Jahre alt. Einige Wochen vor meinem Geburtstag durfte ich endlich aus Mexiko ausreisen. Da haben sie mich bereits über Monate besucht.«

»Darum sprichst du auch so gut spanisch.«

»Nicht nur«, erwidert er. »Meine Eltern sind gebürtige Kolumbianer. Es ist bei uns zu Hause immer Spanisch gesprochen worden.«

»Ich spreche leider kein Spanisch«, entgegne ich. »Außer das, welches ich in der Schule gelernt habe.«

»Wie alt warst du bei deiner Adoption?«

»Zwei«, antworte ich. »Paco?«

»Ja.« Die Idee ist mir spontan gekommen, aber ich bin mir nicht sicher, ob es wirklich so ist. Laut Pacos Akte und dem dort vermerkten Geburtsort stammt er aus Tulum. Ich bin ebenfalls in Tulum geboren. Wir sind nur zwei Jahre auseinander, das heißt, als ich als Baby ins Kinderheim kam und er dort für fast drei Jahre lebte, ist es möglich, dass wir dort schon zusammen waren. Wenn ich auch weiß, dass die Kinder altersgerecht getrennt wurden.

»Gibt es in Tulum mehrere Kinderheime?«

Mein Herzschlag beschleunigt sich erneut. Der Gedanke, dass wir uns bereits als Kinder im Kinderheim in Tulum getroffen haben, ist berauschend und verstörend zugleich. Berauschend, weil uns doch mehr verbindet als der Football. Wir sind zusammen aufgewachsen, haben die gleiche Geschichte zu erzählen. Verstörend, weil wir es nie wussten, wie viel wir gemeinsam haben und wie unterschiedlich unsere Leben dennoch sind.

»Nicht, dass ich wüsste, nein.« Er schweigt einige Sekunden. »Du meinst wir … wir waren damals zusammen dort?«

Ich nicke.

»Ehrlich gesagt, ja«, antworte ich. »Ich wurde mit zwei Jahren adoptiert. Du bist zwei Jahre älter als ich. Wenn du erst mit knapp sechs adoptiert wurdest …«

»Mussten wir zusammen dort gewesen sein«, schlussfolgert er und wirft den Kopf in den Nacken. »Krass. Ich meine wir … wir waren als Kinder zusammen in diesem … Haus.«

»Ich bin froh, dass ich bereits mit zwei Jahren adoptiert wurde«, sage ich. »In den letzten Jahren war ich oft dort. Ich habe viel Charity-Arbeit geleistet und den Kindern versucht zu helfen.

»Ich nicht«, erwidert er knapp. »Ich war froh, als ich dort ... raus war.«

Ich erschaudere bei seiner Wortwahl und an seinem Blick sehe ich, dass er mit seinen Gedanken gerade wo ganz anders ist. Weit, weit weg von mir und unserem Gespräch. Vorsichtig lege ich meinen Arm um ihn und kuschle mich näher an ihn heran. Paco entspannt sich allmählich und erwidert meine Geste.

»Hat man dir wehgetan?«, flüstere ich.

»Nicht körperlich, falls du das denkst. Sie haben mir lediglich zu verstehen gegeben, was es für ältere Kinder bedeutet, dort zu sein«, antwortet er kalt. »Nunca serás adoptado.«

Das muss er mir nicht übersetzen, das verstehe ich auch so. Dass ältere Kinder es immer schwerer haben, adoptiert zu werden, weiß ich. Vor allem, wenn sie nicht die Regeln befolgt haben. Kein Paar möchte ein Kind, das fertig ist und zusätzlich unerzogen.

»Aber du hattest Glück«, antworte ich.

»Ja.« Nun lächelt er ehrlich. »Meine Eltern sind Ärzte und haben uns Kinder dort immer wieder mit den amerikanischen Standards behandelt. Mom sagt, dass sie damals schon meinem Charme nicht widerstehen konnte.«

Das kann ich durchaus verstehen, aber das sage ich ihm nicht.

»Mein Bruder, Pedro, ist so alt wie du«, erzählt er weiter. »Er kommt aus Kolumbien, aus der Heimatstadt unserer Eltern.«

»Mila kommt aus Detroit«, erzähle ich.

»Kannst du dich daran erinnern, wie es war, als sie dich abgeholt haben?«

»Ich hatte Angst«, sagt er. »Ich war drei, als ich ins Kinderheim kam und habe bis dahin bei meiner Mutter gelebt. Ich wusste nicht, wo die Leute, die ich nur als Ärzte kannte, mich hinbringen und habe zunächst nicht verstanden, dass ich für immer bei ihnen bleibe.«

»Für mich war es ein Abenteuer«, erzähle ich. »Mom sagt, dass ich von allem fasziniert war, jedoch kein Wort Englisch verstand.«

»Weißt du etwas über deine leiblichen Eltern?«

»Ich habe meine Adoptionsunterlagen und weiß, dass meine Eltern mich bewusst abgegeben haben. Gründe sind dort keine vermerkt.«

»Ich wurde meiner Mutter weggenommen.« Ein Grollen verlässt Pacos Kehle und mein Herz zieht sich zusammen. »Eigentlich dürfte ich mich nicht mehr daran erinnern, aber manchmal träume ich von dieser schreienden Frau, der man ein Kind entreißt. Ich glaube, das ist sie.«

»Paco ich …«, keuche ich und sehe ihn mitfühlend an. Das muss schrecklich für ihn gewesen sein, denn er scheint seine Mutter geliebt zu haben und sie ihn.

»Schon gut«, meint er und küsst meine Haare. »Es war sicher besser so.«

»Okay«, murmle ich, auch wenn mir so viel mehr auf der Zunge liegt. »Warst du dabei als ihr deinen Bruder abgeholt habt?«

»Er war dabei, als sie mich abgeholt haben«, meint Paco und lächelt nun. »Ich bin zwar zwei Jahre älter, aber Pedro lebte bereits bei ihnen, seit er ein Baby war. Eigentlich hatte ich genug von anderen Kindern. Im Kinderheim waren wir immer eng auf eng in diesen furchtbaren Schlafsälen.«

»Ich erinnere mich nicht«, gebe ich beschämt zu.

»Das ist nicht schlimm«, meint er. »Pedro war ziemlich cool und es hat mir geholfen meinen Eltern zu vertrauen und Englisch zu lernen. Wie war es bei Mila?«

»Das war spannend«, sage ich. »Ich war sechs, als sie mir gesagt haben, dass ich eine kleine Schwester bekomme. Meine Eltern haben uns die Adoptionen immer so erklärt, dass wir Engel sind, die ihnen auf der Erde gegeben wurden. Sie haben nie ein Geheimnis daraus gemacht, dass wir adoptiert sind. Was sicher auch an ihrer enormen Bekanntheit liegt, sodass sie Angst hatten, wir finden es anders raus.«

»Das kann ich sehr gut verstehen.«

»Als sie mir von Mila erzählt haben, war ich so aufgeregt. Ich habe Bilder für sie gemalt und geholfen ihr Zimmer zu gestalten. Dann sind wir nach Detroit geflogen. Mom und ich waren fast drei Monate dort und haben Zeit mit Mila verbracht.«

»Ist Mila Amerikanerin?«

»Ja, ihre Eltern sind in einem Wanderzirkus und sie haben sie ihr weggenommen, weil sie sich nicht um sie kümmern konnten.«

»Schon interessant, was für Geschichten dahinterstecken und man kennt die eigene am wenigsten.«

»Hast du mal darüber nachgedacht, sie zu suchen?«, frage ich nun, weil es schon so klingt, dass es ihn beschäftigt, seit siebenundzwanzig Jahren nichts von seiner Mutter gehört zu haben.

»Ja.«

»Und was hält dich ab?«, setze ich nach.

»Ganz ehrlich?«, will er wissen und ich nicke. »Ich habe Angst, dass sie mich nicht will oder … dass sie mich ausnutzt. Das ist fies, aber …«

»Nein«, unterbreche ich ihn. »Ganz und gar nicht. Mila hat ihre Eltern ausfindig gemacht, als sie einundzwanzig Jahre alt wurde. Unsere Eltern haben uns die Akten an unseren einundzwanzigsten Geburtstagen freigegeben. Mila hat ihre Eltern gefunden und … na ja … die haben ihr mal eben alle Mängel an ihrem Zirkus in Rechnung gestellt. Sie wäre jetzt die Tochter eines Milliardärs und könnte das bezahlen. Dad hat sie daraufhin in Grund und Boden geklagt.«

»Wow.« Sprachlos sieht er mich an. »Das ist … krass.«

»Darum habe ich Angst, dass meine Eltern genauso sind, wenn sie erfahren, wer mich adoptiert hat.«

»Ja, verstehe.«

»Du solltest deine Mutter suchen«, sage ich dennoch und sehe ihn lächelnd an. Ich möchte Paco darin bestärken, denn ich glaube, dass sie ihn auch gern wiedersehen würde. »Sie hätte dich nicht weggegeben, da bin ich mir sicher.«

»Bist du?«, fragt er.

»Ja«, sage ich. »Ich bin mir sicher. Du solltest sie suchen.«

»Nein, nein«, wehrt er dennoch ab. »Aktuell sind andere Dinge wichtig.«

Ich setze mich aufrecht hin und sehe ihn fragend an.

»Ah … und was?«

»Hm …«, meint er und streicht meine Haare zurück. »Lass mich mal überlegen.«

»Lenk nicht vom Thema ab.«

»Oh, doch«, erwidert Paco und beugt sich zu mir vor. Sein Mund streift meinen und ich atme tief durch.

»Du spielst nicht fair.«

»Was ist schon fair«, antwortet er und küsst mich.

12. KAPITEL

Savannah

Berkeley Bees Facility, zwei Wochen später

Ich parke meinen Ferrari auf dem Parkplatz der Bees Facility und steige aus.

»Guten Morgen, schöne Frau!«

Erschrocken fahre ich herum und sehe die Person fragend an.

»Jasper«, erwidere ich matt und schlage die Fahrertür hinter mir zu. »Schon hier?«

Das ›schöne Frau‹ ignoriere ich wissentlich.

»Ich bin gern früh auf der Arbeit, um viel zu schaffen«, antwortet er gut gelaunt. »Die Frage ist vielmehr, was du schon hier tust.«

»Es gibt viel zu tun«, sage ich. »Wir haben heute den Sponsorentermin mit BayPower und ich will auf keinen Fall unvorbereitet sein.«

Die Marke ist noch neu auf dem amerikanischen Markt. Sie stellen isotonische Getränke für Sportler her. Da ich glaube, dass sie in einigen

Jahren ein gefragter Player sind, möchte ich sie nun zu einem niedrigen Kooperationspreis als Partner gewinnen. Auch wieder ein Punkt, von dem mir die Franchise abgeraten hat, aber ich habe mich durchgesetzt und werde die Zusammenarbeit anstreben. Außerdem stammen die Gründer, zwei ehemalige Sportstudenten der Standford University, aus Oakland. Es ist also wie für uns gemacht.

Jasper zieht die Nase kraus.

»Darüber wollte ich sowieso noch mal mit dir sprechen«, meint er. »Wir glauben nach wie vor nicht, dass das der richtige Partner im Bereich isotonische Getränke für die Bees ist.«

Genervt sehe ich ihn an.

»Wie oft wollen wir darüber noch sprechen?«, frage ich. »Ich habe eine Entscheidung getroffen.«

»Ja, aber …«

»Nichts aber«, kanzle ich ihn ab, als ein mir sehr bekannter Audi auf das Gelände fährt. Galant lenkt Paco seinen SUV in eine Parklücke und schaltet den Motor aus. Mein Herz macht einen Hüpfer, als er aussteigt und seine Sonnenbrille auf die Nase schiebt. Himmel, sieht das sexy aus. Dazu die zerrissene Jeans und das enganliegende weiße T-Shirt, das seine Muskeln betont.

»Savannah!« Jasper holt mich aus meinen Gedanken. »Hörst du mir zu?«

»Wir reden nicht mehr über den Deal mit Bay-Power«, sage ich deutlich.

»Okay gut dann …«, antwortet Jasper, doch mein Fokus liegt längst wieder auf Paco, der seinen Kofferraum öffnet, um seine Trainingstasche rauszunehmen. »Savannah!«

»Was denn?«, pflaume ich ihn an.

»Schon gut«, meint er. »Wir sehen uns später.«

Er schiebt die Hände in die Taschen seiner Hose, als Paco auf uns zukommt. Ein Brummen verlässt seine Kehle, doch das ignoriere ich. Die beiden können sich nicht ausstehen, das ist mittlerweile bei mir angekommen. Das heißt aber nicht, dass sie es nicht schaffen müssen, ein professionelles Verhältnis zu haben.

»Morgen«, sagt Paco an mich gerichtet und ignoriert Jasper.

»Morgen«, erwidere ich.

In den letzten beiden Wochen haben wir viel Zeit miteinander verbracht. Das Spiel letztes Wochenende in New Orleans war endlich mal wieder ein Erfolg. Wir haben deutlich gewonnen. Leider konnte ich nicht dabei sein, weil ich mich um den Deal mit BayPower kümmere. Paco musste ziemlich viele Geschmackssorten testen, weil ich nicht sicher war, welche wir am Ende wirklich nehmen wollen. Daneben haben wir zusammen gegessen, viel gelacht, auch immer wieder über ernste Themen wie unsere Adoptionen gesprochen, die uns beide nicht richtig loslassen und eine Menge guten Sex gehabt.

Ich würde nicht so weit gehen und sagen, dass wir zusammen sind, aber es fühlt sich verdammt gut an mit ihm, was ich sehr genieße. Er gibt mir den Halt, den ich in den letzten Monaten so sehr vermisst habe.

»Ich gehe schon mal rein«, sagt Jasper. »Kommst du mit oder …«

»Ich komme nach«, antworte ich und lasse ihn ziehen. Er nickt mir knapp zu. Natürlich gefällt es ihm nicht, dass ich bei Paco bleibe. Das tut es nie, aber das ist mir egal.

»Endlich ist er weg«, meint Paco, als Jasper außer Hör– und Sichtweite ist. Grinsend nähert er sich mir und will sich zu mir vorbeugen, um mich zu küssen, doch ich weiche zurück.

»Spinnst du?«, zische ich.

»Was ist?«, fragt er. »Hier ist niemand.«

Das stimmt, aber trotzdem ist das hier Vereinsgelände mit dutzenden Überwachungskameras. Wenn auch nur eine von denen aufzeichnet, dass wir uns küssen und unsittlich berühren, ist der Skandal da. Ich bin froh, dass sich die Wogen langsam glätten.

»Weil das direkt den nächsten Shitstorm mit sich bringt«, entgegne ich. »Ich bin dein Boss.«

»Und ich find's wahnsinnig scharf, wenn du das bist.«

»Paco!«, rufe ich und lache laut. »Bitte hör auf.«

»Nur ein winzig kleiner Kuss«, bittet er und schiebt schmollend die Unterlippe vor. »Bitte.«

»Nein.«

»Ein ganz kleiner.« Der Abstand zwischen seinem Zeigefinger und Daumen ist so gering, dass mir erneut ein Lacher entfährt. Der Mann gibt auch nicht auf.

»Später«, verspreche ich ihm und mein Herz macht vor Aufregung einen Sprung.

»In deinem Büro?«, präzisiert er und wackelt mit den Augenbrauen. »Ja, das ist heiß.«

»Du bist unmöglich«, kichere ich und schenke ihm ein Lächeln. »Vielleicht lieber heute Abend bei mir. Ich koche uns was.«

»Auch gut«, meint er. »Wir sehen uns beim Sponsorentermin.«

»Ist gut«, antworte ich und würde ihn so gern zum Abschied küssen, aber weiß, dass das nicht geht. Es ist zu riskant und es jetzt zu tun, würde meine gesamte Glaubwürdigkeit zunichte machen.

»Ciao Baby«, verabschiedet Paco sich und verschwindet in Richtung Spielereingang, während ich den Haupteingang nehme.

*

Jasper und ich stehen im Konferenzraum und begutachten noch einmal das Setting für den heutigen Termin. Die Cateringfirma hat sich große Mühe gegeben. Die Törtchen mit dem Logo von BayPower und unserem Logo, habe ich extra für heute bei Melissa geordert.

»Sieht gut aus, oder?«, frage ich und drehe mich zu Jasper herum.

»Auf jeden Fall«, meint er. »Das hast du gut gemacht. Mach dir keine Sorgen, Savannah. Sie werden anbeißen.«

»Ach …« Mit hochgezogenen Augenbrauen und verschränkten Armen vor der Brust sehe ich ihn an. »Ist das so? Hattet ihr etwa unrecht?«

Ja, es macht mir verdammt viel Spaß den Herren einen Fehler zu entlocken.

»Vermutlich schon«, räumt Jasper ein und räuspert sich. »Hör mal ... also ich weiß, dass du genau genommen meine Chefin bist, aber ...«

O Gott, was kommt denn jetzt? Dabei, dass ich seine Chefin bin, können wir es auch einfach belassen. Er soll nicht weitersprechen.

»Hast du Lust mit mir auszugehen?«, fragt er und mir bleibt kurzzeitig das Herz stehen. »Ein Abendessen?«

»Ein Date?«, platzt es aus mir heraus. Mir wird unangenehm heiß. Dieses Mal verspüre ich nicht dieses Kribbeln, das ich habe, wenn Paco mich um ein Date bittet. Was er auch noch nicht getan hat, und ich auch nicht zulassen würde, weil wir gesehen werden könnten. Meinem Ego als Frau aber gut gefallen würde.

»Wenn du es so nennen willst, ja«, antwortet Jasper und lächelt mich an. »Ein Date. Was sagst du?«

»Jasper ich ... also ich weiß nicht, was ich sagen soll«, stottere ich.

»Sag ja!«, meint er und kommt auf mich zu. Augenblicklich weiche ich zurück. »Du bist eine tolle Frau Savannah und ich würde mich freuen, dich näher kennenzulernen.«

Ich öffne den Mund, um etwas zu antworten, als hinter uns ein lautes Räuspern ertönt. Hastig schaue ich an Jasper vorbei und sehe Paco und Mila in der Tür stehen. Scheiße, das darf doch wohl nicht wahr sein. Beschissener kann ihr Timing gar nicht sein.

»Hi«, sage ich und gehe auf sie zu. »Kommt rein.«

Paco wirft mir einen schweren Blick zu und geht schweigend an mir vorbei. Komplett kommentarlos setzt er sich auf einen der Stühle und zieht sein Smartphone aus seiner Jeans.

»Hey«, begrüßt mich meine Schwester gut gelaunt und drückt mir einen Kuss auf die Wange. »Ist alles bereit?«

Mila hat im Sommer meinen früheren Arbeitsplatz in der Marketingabteilung der Bees übernommen und macht einen großartigen Job dort. Außerdem sieht meine kleine Schwester heute wieder verdammt gut aus. Sie trägt ein schwarzes Kostüm mit einem pinken Satin-Top und passenden Pumps, die ein echter Hingucker sind. Ihre langen schwarzen Haare sind zu einem hohen Pferdeschwanz zusammengebunden.

»Alles fertig, stimmt's?«, beziehe ich Jasper in unser Gespräch ein, der sofort auf Mila zugeht und sie begrüßt. Ich lasse die beiden allein und schleiche mich zu Paco.

»Hey«, sage ich und lege meine Hand auf seine Schulter. »Wie wars beim Training?«

»Wie immer«, erwidert er monoton und schaut weiter auf sein Handy.

»Was habt ihr gemacht?«, will ich weiter wissen.

»Echt jetzt?« Mit zusammengezogenen Augenbrauen sieht er zu mir auf. »Du weißt, was wir beim Training machen. Was soll die blöde Frage?«

»Es ist doch nur … also ich …«, stottere ich, weil ich nicht weiß, wieso er sich so abweisend mir gegenüber verhält. Auf dem Parkplatz war doch noch alles gut zwischen uns. Was ist passiert, dass Paco seine Meinung so radikal ändert? »Was ist denn mit dir? Sonst erzählst du mir auch vom Training. Ob ich will oder nicht.«

Das tut er wirklich. Ehrlich gesagt erzählt er mir oft mehr als gut für mich ist. Die Art und Weise wie Coach Dixon mit ihnen umgeht, wird wohl immer schlimmer, was mir Bauchschmerzen bereitet. Ich sage es ihm nicht, weil ich weiß, dass er auch mal Dampf ablassen muss. Das tut man doch in einer Partnerschaft, oder?

»Keine Angst«, meint er knapp und steckt sein Handy weg. »Das wird nicht mehr vorkommen, dass ich dich mit solchen Themen nerve.«

»Paco, was soll das?«, zische ich. »Wieso bist du so?«

»Die Frage ist eher: Wieso bist du so?«, entgegnet er ebenso sauer. »Zwei Wochen durfte ich dich …« Er schluckt den Rest seines Satzes runter, was auch besser für ihn ist. »Kennenlernen«, presst er hervor. »Und jetzt gehst du eben zu einem Mann, der wohl besser in dein Leben passt. Das hast du mir auch von Anfang an klargemacht. Für's … du weißt schon, war ich gut genug.«

Das ist eine miese Unterstellung, die ich so sicherlich nicht stehenlassen werde. Er tut fast so, als wäre ich nur wegen des fantastischen Sexes mit ihm zusammen gewesen, doch das ist nicht wahr. Ich mag ihn, sehr sogar.

»Das ist doch gar nicht …«

»Savannah?« Milas Stimme reißt mich aus meinen Gedanken und ich wende mich meiner Schwester zu. »Kommst du mal bitte?«

»Klar«, antworte ich und sehe Paco noch mal an. »Darüber reden wir noch.«

»Sicher Boss«, spottet er und ich balle meine Hände zu Fäusten. »Alles, was du willst. Ich probiere mal einen der Drinks. In den Genuss kam ich bisher gar nicht.«

Er steht von dem Stuhl auf, nimmt sich eine der kleinen Flaschen, die auf dem großen Konferenztisch sind und dreht sie auf. Genervt wende ich mich ab und gehe zu Mila.

»Was gibt es denn?«, frage ich.

»Datest du Jasper?«, will sie wissen und ich reiße die Augen auf. Wie zur Hölle kommt sie denn darauf, dass ich Jasper date. Das ist absoluter Quatsch. Es würde mir niemals einfallen Jasper zu daten. Nein, nein, nein. Im Leben date ich nicht den General Manager. Wir verstehen uns und ja, er hat mich vorhin um ein Date gebeten. Diesem hätte ich jedoch auch nicht zugestimmt, hätten Mila und Paco uns nicht unterbrochen.

»Sag mal, spinnst du«, zische ich. »Natürlich nicht.«

»Und was war das eben?«, erwidert sie.

»Er hat mich zum Abendessen eingeladen und ich war gerade dabei ihm abzusagen, als ihr gekommen seid. Zufrieden?«

»Ja.« Meine kleine Schwester nickt. »Den brauchen wir nicht in unserer Familie.«

Sie schüttelt sich und verdreht zusätzlich noch die Augen, was mich empört aufstöhnen lässt. Schön zu wissen, dass Mila weiß, welchen Mann wir in unserer Familie brauchen.

»Ah, und welcher Mann passt deiner Meinung nach in unsere Familie?«

»Paco vielleicht«, antwortet sie und zuckt mit den Schultern. »Er ist zumindest deutlich heißer.«

»Mila, bitte«, stöhne ich und hoffe sie bemerkt meinen steigenden Puls nicht.

»Was denn?« Unschuldig sieht sie mich an. »Das wollte ich nur mal gesagt haben.«

»Sag lieber nichts mehr«, murmle ich und schüttle den Kopf. »Er ist mein Spieler und Jasper mein General Manager. Wie kannst du glauben, dass ich etwas mit einem von ihnen anfange.«

Dass ich meiner kleinen Schwester gerade eiskalt ins Gesicht lüge, ignoriere ich.

»Sie sind da«, verkündet Jasper und unterbricht unser Gespräch damit.

Sofort drehe ich mich um, setze mein bestes Businesslächeln auf und begrüße unsere hoffentlich bald neuen Geschäftspartner.

13. KAPITEL

Savannah

Los Angeles, zwei Tage später

Gestern ist die Mannschaft nach Los Angeles aufgebrochen, um morgen Abend gegen die Los Angeles Minors zu spielen. Ein weiteres sehr bedeutendes Spiel, das mir schlaflose Nächte bereitet. Immer noch habe ich keinen Weg gefunden, das Team wieder in die Spur zu bringen und die Play-Offs kommen unaufhaltsam näher. Die Türen des Aufzugs öffnen sich auf der Etage im Hotel, in der die Spieler untergebracht sind.

Paco hat seit zwei Tagen kein Wort mit mir gesprochen, was ich nicht verstehen kann. Er kann doch nicht ernsthaft glauben, dass ich einem Date mit Jasper zustimme, während ich am Abend zuvor noch mit ihm ins Bett gegangen bin. Das ist Blödsinn. Außerdem ist Jasper nicht mein Typ. Wir verstehen uns gut, aber mehr ist da nicht. Wenn es für ihn mehr ist, tut mir das leid. Ich hoffe wirklich, dass er einiges Tages die Richtige findet, aber die bin ich nicht.

Vor Pacos Hotelzimmer bleibe ich stehen und hebe die Hand, um anzuklopfen, als die Tür aufgerissen wird und Jackson vor mir steht. Augenblicklich lasse ich die Hand sinken und sehe den Running Back peinlich berührt an. Jackson hingegen ist das Ganze nicht peinlich, denn er legt sein breitestes Grinsen auf.

»Hi Boss«, meint er und ich verdrehe die Augen. »Besuch Don Juan.«

»Besuch?«, fragt Paco und steht im nächsten Moment hinter Jackson, der weiterhin breit grinsend zwischen uns hin- und hersieht. »Sav, hi.«

»Hi«, sage ich und empfinde die Situation auch gar nicht als unangenehm oder so. Jackson würde uns nicht verpfeifen, das weiß ich. Darüber hinaus bin ich mir auch sehr sicher, dass er über vieles zwischen uns Bescheid weiß. Immerhin ist er Pacos bester Freund. Das heißt aber noch lange nicht, dass ich mich wohl in der Situation fühle.

»Vielleicht brauchen Sie etwas Schlaf, Mr. Springs«, wende ich ein.

»Und Sie, Ms. Belfast?«, kontert er. »Was ist mit Ihrem Schlaf?«

»Der geht Sie nichts an, Mr. Springs«, antworte ich. »Sie entschuldigen uns?«

Paco beißt sich grinsend auf die Lippe und sieht zwischen uns hin und her.

»Lass sie in Ruhe und zieh Leine, Alter«, mischt er sich schließlich doch noch in das Gespräch ein. Dankbar schaue ich zu ihm.

»Ich bin schon weg.« Jackson hebt die Arme und macht auf dem Absatz kehrt. Jedoch nicht, ohne sich ein letztes Mal an uns zu wenden: »Aber ich sage euch: Sex in der Nacht vorm Spiel sollte für alle ermöglicht werden.«

»Verpiss dich!«, bellt Paco und zieht mich eilig in sein Hotelzimmer.

Mein Kopf ist hochrot, als er die Tür in meinem Rücken schließt und mich fragend ansieht.

»Was machst du hier?«, will er wissen und geht weiter ins Zimmer. »Warst du nicht diejenige, die jegliche Annäherungen ausgeschlossen hat?«

Ich atme tief durch und folge ihm. Paco steht mit dem Rücken zu mir, sodass ich meine Arme um ihm schlinge und mich an ihn schmiege.

»Warum bist du so sauer?«, frage ich. »Ich verstehe es nicht.«

»Wirklich nicht?«, erwidert er, doch stößt mich zum Glück nicht von sich.

»Nein«, sage ich genervt von dem Thema.

»Gehst du mit ihm aus?«, fragt er weiter und ich stöhne auf.

»Paco, was soll das?«, erwidere ich. »Natürlich gehe ich nicht mit ihm aus.«

»Gut«, brummt er.

»Warum sprichst du mich nicht offen darauf an, wenn du doch eindeutig mitbekommen hast, dass er mich um ein Date gebeten hat, sondern bist zwei Tage beleidigt?«, werfe ich ihm vor.

»Mal abgesehen davon, dass ich nicht morgens mit dir aufstehe und abends mit einem anderen Mann ausgehe. Was denkst du eigentlich von mir?«

»Es … tut mir leid?«, nuschelt er in seinen nicht vorhandenen Bart.

»Hast du das gerade ernsthaft als Frage formuliert?«, will ich mit zusammengezogenen Augenbrauen wissen.

»Es tut mir leid«, sagt er nun klar und deutlich. Paco streicht mit seiner rechten Hand über meine Wange und beugt sich zu mir herunter. »Meinst du, ich habe mir dennoch einen Kuss verdient.«

»Möglich«, entgegne ich kichernd.

Paco grinst mich verführerisch an, sodass meine Knie weich werden, und das altbekannte Kribbeln in meinem Bauch einsetzt. Seine Lippen treffen sanft auf meine. Ich schlinge meine Arme um seinen Hals und erwidere den Kuss. Pacos Zunge streift über meine Lippen und bittet um Einlass. Diesen gewähre ich ihm nur zu gerne. Als er mich hochhebt und ich meine Beine um seine Hüften schlinge, trägt er mich augenblicklich zu dem riesigen Doppelbett.

»Denkst du«, murmelt er zwischen zwei Küssen. »Der Boss ist damit einverstanden?«

»Ich weiß nicht«, erwidere ich gespielt nachdenklich. »Steigert das deine Leistungen morgen auf dem Feld?« Währenddessen schiebe ich meine Hände unter sein Shirt und streiche über seine straffen Bauchmuskeln. Paco stöhnt auf, als meine Hand ihren Weg in seine Trainingshose findet.

»Alles, was du tust, steigert meine Leistungen«, raunt er. »Ob auf dem Feld oder im Bett.«

»Na dann«, erwidere ich und hauche ihm einen Kuss auf den linken Mundwinkel. »Leg dich hin.«

Paco zieht überrascht die Augenbrauen hoch, doch ich sage nichts. Er gibt meiner Bitte nach und legt sich flach auf den Rücken.

»Und jetzt Ms. Belfast?«

»Jetzt treibe ich Sie zu Höchstleistungen an, Mr. Alvarez.«

»O das klingt verlockend«, wispert er und zieht mir mein Shirt über den Kopf, sodass ich nur noch in meinem schwarzen Spitzen-BH vor ihm sitze. Pacos Augen wandern über meinen Körper und er streicht mit seinen Händen über meine Seiten. »Habe ich dir schon mal gesagt, wie schön du bist.«

Schmetterlinge fliegen wild in meinem Magen umher und ich beiße mir verzückt auf die Lippe.

»Heute noch nicht«, antworte ich. »Aber ich höre es sehr gerne.«

»Na warte.« Ich kreische laut, als er uns herumdreht, und ich auf dem Rücken lande. »Seien Sie nicht so laut, Ms. Belfast. Das Hotel hat überall Ohren.«

»Du meinst Jacksons?«, entgegne ich und presse die Lippen aufeinander. Für den Bruchteil einer Sekunde weiche ich seinem Blick aus, weil es mir immer noch unangenehm ist, dass sein bester Freund mich vor seinem Hotelzimmer erwischt hat.

»Hey«, meint er und streicht zärtlich über meine Wange. »Jackson ist mein bester Freund und absolut verschwiegen. Auch wenn er es viel zu sehr liebt, dich in Verlegenheit zu bringen, hält er die Klappe.«

»Ich sollte damit anfangen, ihn zu bestrafen.«

»Für seine dummen Kommentare?«, fragt Paco und ich nicke. Er lacht und fährt mit seinen Lippen über meinen Hals. »Das ist ein Fass ohne Boden, Babe.«

»Vermutlich hast du recht«, stimme ich ihm zu und suche seinen Mund mit meinem. Wir küssen uns ausdauernd und sanft. Pacos Hände streifen meinen Körper, zeichnen kleine Kreise auf meinem Bauch, während seine Lippen sich von meinem Hals zu meinen Brüsten vorarbeiten.

»Paco«, stöhne ich als er meine Brüste massiert und die Cups meines BHs nach unten zieht. Seine Lippen finden meine rechte Brustwarze und er umspielt sie sanft. Immer wieder saugt er an ihnen und nimmt sie tief in seinen Mund auf, ehe er sie mit einem schmatzenden Geräusch entlässt.

»Zieh dich aus!«, weist er mich an und zieht sich von mir zurück.

Schnell streife ich meine Jeans ab. Meine Pumps habe ich bereits verloren, als er mich hochgehoben hat. Paco entledigt sich ebenfalls seiner Kleidung, bis er komplett nackt über mir thront. Sein harter Schwanz steht steil empor. Begeistert strecke ich die Hand nach diesem aus und fahre mit meiner Hand darüber. Er ist samtig und warm. Die ersten Lusttropfen setzen sich auf seiner prallen Eichel ab und ich streiche sie mit meinem Daumen davon.

»Fuck, Babe«, keucht er. »Kannst du ihn so in den Mund nehmen?«

Ich nicke und Paco rutscht ein wenig höher. Meinen Kopf bette ich auf einem der riesigen Zierkissen, sodass er noch ein wenig angehoben wird. Paco stützt sich auf der Rückenlehne des Bettes ab und schiebt seine Eichel langsam zwischen meinen Lippen hindurch in meinen Mund.

Es dauert einen Moment, bis ich ihn vollends in mir aufgenommen habe, und ihm mit meinem Handzeichen zu verstehen gebe, dass er sich bewegen kann. Immer wieder gleitet seine Härte tief in meine Mundhöhle ein. Paco hat die Augen geschlossen und gibt sich vollkommen seinen Empfindungen hin. Es sieht unglaublich erregend aus, wie er über mir ist und seine Brust sich hebt und senkt, während er in meinen Mund stößt. Die Bewegungen werden schneller und schließlich schiebe ich ihn weg.

»Leg dich hin«, bitte ich ihn, um den Blowjob zu Ende zu bringen, aber so, dass ich mehr Kontrolle darüber habe. »Bitte.«

Paco kommt meiner Bitte nach und legt sich auf den Rücken, sodass ich mich über ihn beuge und seinen Schwanz erneut in den Mund nehme. Langsam lasse ich meine Zunge über die gesamte Länge seiner Härte gleiten und lecke die Lusttropfen von seiner geschwollenen Eichel.

Es dauert nicht lange, bis er in meinem Mund kommt. Sein Sperma schießt in meine Kehle und ich schlucke es herunter. Mein Herz rast in meiner Brust und ich sehe ihn leicht außer Atem an.

»Komm her.« Paco zieht mich auf seinen Schoß und reibt mit seiner Hand ein paar Mal über seinen Schaft, bis dieser wieder aufrecht steht.

»Kondom«, fällt ihm ein, ehe er den Mund verzieht. »Ich habe keine.«

»Wie bitte?«, kreische ich. »Wie kannst du keine Kondome haben?«

»Ich wusste doch nicht, dass du noch kommst.« Vorwurfsvoll sieht er mich an.

»Na toll«, murre ich. »Und jetzt?«

Ich schiebe beleidigt die Unterlippe nach vorne und sehe ihn an.

»Küss mich«, bittet Paco. Lächelnd beuge ich mich zu ihm vor und lege meinen Mund auf seinen. Er schiebt die linke Hand in meine Haare, um meinen Kopf an Ort und Stelle zu halten, und die rechte zwischen meine Beine. Sanft liebkost er meine Klit mit der Kuppe seines Daumens, und teilt meine Falten mit seinen Fingern. Erregt stöhne ich in den Kuss hinein, als er mit drei Fingern gleichzeitig in mich eindringt.

»Kommt das meinem Schwanz nahe, Baby?«

»Geht so«, murmle ich. »Mach trotzdem weiter.«

Paco lacht leise und küsst meinen Hals, während er seine Finger weiter rhythmisch in mir bewegt. Es dauert nicht lange, bis ich meinen ersehnten Höhepunkt erreiche.

Matt lasse ich mich auf ihn sinken. Paco schlingt seine Arme um mich und küsst meine nackte Schulter. Ich kuschle mich an ihn und schließe die Augen.

Für einige Minuten liegen wir da und hängen unseren Gedanken nach.

»Hast du den Deal mit BayPower bekommen?«, wechselt er komplett das Thema, was mich aber nicht stört. Im Gegenteil, es freut mich, dass er sich für meine Arbeit interessiert.

»Ja«, antworte ich stolz. »Zu meinen Konditionen. Du hättest sie sehen sollen.« Kichernd sehe ich ihn an. »Sie haben mir aus der Hand gefressen.«

Ich lege meine Unterarme auf seine Brust und stütze mein Kinn darauf ab.

»Daran habe ich keinen Zweifel«, erwidert er und knetet meinen Hintern. »Ich hätte diesen sabbernden Kerlen am liebsten eine reingehauen.«

»Ah, und wieso?«, frage ich.

»Wieso?«, echot Paco. »Weil du einfach verdammt scharf bist, Savannah. Die dachten sicher, dass es dich auch im Package gibt. Deal und Date.«

»Das ist doch Quatsch«, widerspreche ich ihm. Erst ist er eifersüchtig auf Jasper und nun auf meine Geschäftspartner, das kann doch nicht wahr sein.

»Ist es nicht«, wehrt er ab. »Am liebsten würde ich allen sagen, dass du zu mir gehörst.«

Mein Herzschlag setzt für einen Moment aus und schlägt doppelt so schnell weiter. Wie meint er das, dass er am liebsten jedem sagen würde, dass ich zu ihm gehöre? Mal abgesehen davon, dass wir noch nie darüber gesprochen haben, was wir sind, geht es nicht.

Zumindest nicht in der aktuellen Situation.

Ich bin seine Chefin und sobald jemand erfährt, dass wir daten wird es noch komplizierter. Die Männer in der Liga werden mich zerfleischen und als Flittchen hinstellen.

»Paco das geht nicht …«

»Ich weiß«, antwortet er und küsst mich sanft.

»Es ist nur … mir bleiben ihre Blicke nicht verborgen.«

»Wirfst du mir nicht die gleichen Blicke zu?«, stelle ich ihm die Gegenfrage.

»Schuldig im Sinne der Anklage.«

»Aber …?«

»Es ist wohl ein großer Unterschied, ob ich dir diese Blicke zu werfe oder irgendein anderer Mann.«

»Natürlich«, spotte ich. »Und wie wichtig ist dabei, was ich will.«

»Was willst du denn?«, fragt er und streicht meine Haare zurück, was durch die Locken wieder mal alles andere als einfach ist.

»Dich«, antworte ich. »Ich will dich, Paco Alvarez.«

»Ich will dich auch, Savannah Belfast«, flüstert er. »Außerdem wollte ich schon immer das schmutzige Geheimnis einer einflussreichen Frau sein.«

Ich lache laut los und mir wird bewusst, dass er das tatsächlich schon irgendwie ist. Was soll ich sagen? Es gefällt mir.

»So was wie mein Toy Boy?«

»Für einen Sugar Daddy bin ich wohl zu jung.«

»Und ich zu reich.«

»Gott«, meint er. »Du bist unglaublich. Bleibst du über Nacht?«

Paco schiebt mich allmählich von sich und schlägt die Bettdecke zurück. Wir legen uns in der Löffelchenstellung darunter und er zieht mich so fest er kann an sich.

»Glaubst du der Zimmerservice bringt uns Kondome?«, frage ich, als ich seinen erneut erigierten Schwanz an meinem Hintern spüre.

»Na klar«, meint er sarkastisch. »Der Zimmerservice bringt mir Kondome aufs Zimmer, ohne zu hinterfragen, was ich damit will. So funktioniert Geheimhaltung also im Hause Belfast.«

»Ein Versuch ist's wert.«

»Lieber nicht«, meint Paco. »So gern ich dich auch gevögelt hätte. Wenn du möchtest, kann ich dich gern noch etwas mit meinen Fingern verwöhnen.«

Zur Untermalung seiner Worte zupft er an meinen Brustwarzen, was mich aufstöhnen lässt.

»Nein, nein, lass uns schlafen«, entscheide ich. »Morgen wird ein langer Tag.«

»Gute Nacht, Baby«, flüstert er und haucht mir einen Kuss auf die Schulter.

»Gute Nacht«, wünsche ich ihm.

*

Am nächsten Tag warten Jasper und ich am Team Bus darauf, dass die Spieler das Hotel verlassen und einsteigen. Er ist schon die ganze Zeit so merkwürdig drauf, aber ich hinterfrage es nicht. Seitdem er mich um ein Date gebeten hat und ich ihm nicht zugesagt habe, hat er kaum noch ein Wort mit mir gewechselt. Im Gegensatz zu Paco ist mir das auch ganz recht. Es fehlt mir gerade noch, dass er tatsächlich eine Antwort von mir erwartet.

Laute Stimmen dringen zu uns durch und die Spieler strömen aus dem Hotel, und steigen in den Bus.

»Unsere Limousine«, sagt Jasper genau in dem Moment, in dem Paco aus dem Hotel kommt. Ich blase die Backen auf und schüttle den Kopf.

»Ich fahre mit dem Team.«

»Willst du mich verarschen?«, zischt er und greift nach meinem Arm. »Hör auf dich so lächerlich zu verhalten und nimm deinen Platz ein. Du bist die Eigentümerin des Clubs, kein Staff-Mitglied.«

»Lass mich los«, fauche ich. »Was glaubst du eigentlich, wer du bist? Es ist mein Club und meine Entscheidung!«

»Savannah, bitte«, meint er nun deutlich versöhnlicher, aber lässt mich immer noch nicht los. »Du musst damit aufhören ihre Freundin sein zu wollen. Das geht nicht.«

»Ich bin niemandes Freundin, schon lange nicht deine.« Nun reiße ich mich von ihm los und sehe ihn wütend an. »Packst du mich noch einmal an, schwöre ich dir, dass du den Job als General Manager vergessen kannst.«

»Dein Dad hat mich eingestellt«, meint er arrogant und gibt einen abschätzenden Laut von sich.

»Wie gesagt«, wiederhole ich. »Mein Club und meine Entscheidung. Dad ist raus. Wenn ich dich rausschmeiße, schmeiße ich dich raus.«

»Gibt es ein Problem?« Pacos Miene nach zu urteilen, würde er am liebsten seine Fäuste sprechen lassen und dass ohne jegliche weitere Erklärung.

»Nein«, sage ich. »Steigt ein.«

»Bist du sicher?«

»Steigt in den Bus«, zische ich. »Los.«

Von Paco sehe ich zu Jackson, der seinen besten Freund am Arm packt und vor sich her in den Bus schiebt. Paco wirft uns noch einen letzten Blick zu, ehe sie im Inneren des Busses verschwinden. Ich atme genervt aus und sehe Jasper an.

»Er sollte sich nicht immer so aufspielen«, meint er.

»Packst du mich noch einmal, und ich wiederhole einmal, vor egal wem an, kannst du darauf wetten, dass du deinen Job los bist. Hast du mich verstanden?«

»Savannah ich …«

»Ob du mich verstanden hast?«, will ich unmissverständlich von ihm wissen.

»Ja«, antwortet er zähneknirschend.

»Gut, dann erwarte ich ab sofort, dass du deinen Job als General Manager machst und aufhörst mich zu bewachen.«

Ohne ihm weitere Beachtung zu schenken, drehe ich mich herum und gehe auf unseren Busfahrer und die Security-Mitglieder zu.

»Mr. Brown fährt nicht mit dem Team Bus«, ordne ich an und steige ein.

Die Auseinandersetzung mit Jasper habe ich schnell vergessen, als ich die Reihen des Busses vor mir sehe. Immer wieder wirft mir der ein oder andere Spieler einen neugierigen Blick zu, aber im Grunde haben sie sich mittlerweile an meine Anwesenheit gewöhnt. Ich bin nun mal nicht mein Dad und mache Sachen anders als er.

»Hi«, sage ich bei dem richtigen Spieler angekommen. »Darf ich mich setzen?«

Paco hebt den Kopf und lächelt mich an.

»Klar«, sagt er und stellt seinen Rucksack auf
den Boden.

»Danke«, erwidere ich und setze mich.

Paco sieht zu mir herüber und holt tief Luft.

»Ist alles okay bei dir?«, will er wissen. »Das
sah nicht gut aus mit Jasper.«

»Bei mir ist alles in Ordnung«, antworte ich
und halte den Blick starr nach vorn gerichtet. »Er
hat verstanden, wo sein Platz ist.«

Paco antwortet mir nicht und drückt meine
Hand, die zwischen uns auf dem Polster liegt.

»Du machst das richtig, Sav«, redet er mir gut
zu.

»Danke«, erwidere ich und schenke ihm ein
ehrliches Lächeln. »Und jetzt lass meine Hand
los.«

»Natürlich Ms. Belfast«, erwidert Paco und ich
sehe den Schalk in seinen Augen. »Wie Sie wünschen, Boss.«

14. KAPITEL

Savannah

Ich steige aus meinem Privatjet in Berkeley und laufe geradewegs auf die bereitstehende Limousine zu. Jasper folgt mir schweigend auf dem Fuß. Seitdem die Maschine in Los Angeles abgehoben ist, habe ich kein Wort gesagt. Er zu seinem Glück auch nicht. Die Ansage am Bus muss mächtig bei ihm gefruchtet haben, denn er gibt keinen Piep mehr von sich, wenn ich ihn nichts frage.

»Wohin Ms. Belfast?«, fragt der Fahrer durch den Rückspiegel.

»Bees Facility«, ordne ich an. »Lassen Sie bitte die Trennwand hoch, Mr. Carter.«

»Wie Sie wünschen, Ms. Belfast.«

Die Trennscheibe fährt Zentimeter für Zentimeter nach oben und ich ziehe mein Handy aus meiner Handtasche. Jasper tippt nervös mit den

Fingern auf seinen Oberschenkeln herum, was mich nervt, aber ich sage nichts.

Das Spiel in Los Angeles ging mal wieder verloren. Nicht, dass es mich am Ende gewundert hat, denn das tut es nicht. Diese Saison geht einfach alles schief, was nur schiefgehen kann.

»Roger Belfast«, meldet sich mein Dad geschäftlich und ich verdrehe die Augen. Er sieht auf dem Display ganz genau, dass ich anrufe und dennoch meldet er sich mit seinem Vor– und Nachnamen, als wäre ich ein Geschäftspartner.

»Hi Dad«, sage ich und Jaspers Kopf fliegt herum. Überrascht davon, wen ich anrufe.

»Savannah, Schatz«, begrüßt er mich. »Wo bist du?«

»Auf dem Weg in die Facility«, sage ich. »Ich möchte, dass Mila und du auch kommt.«

»Aber … wieso?«, fragt er und ich höre, dass er aufsteht. »Was ist los, Sav?«

»Was los ist?«, zische ich und reibe mir mit den Fingern über die Stirn. »Dein Lebenswerk geht den Bach runter, Dad.«

»Sag das nicht.«

»Ich … ich weiß nicht, was ich noch tun soll. Alles … alles geht schief und …«

»Savannah, bitte!«, ruft er. »Das ist nicht wahr. Wir hatten immer mal eine Saison, die nicht lief.«

»Wir erreichen die Play-Offs vielleicht nicht mehr, Dad. Mit etwas Glück und Wohlwollen unserer Gegner sind wir maximal In The Hut.«

»Das weiß ich«, antwortet er angestrengt. »Aufregen bringt jetzt nichts. Wir stehen alle hinter dir.«

»Ach ja«, antworte ich abfällig. »Das sehe ich anders.«

»Wir kommen in die Facility«, sagt er. »Reg dich bitte nicht so sehr auf, Schatz. Das wird alles wieder. Ich möchte, dass du den General Manager, Coach Dixon und zwei ausgewählte Spieler, die Wahl überlasse ich dir, auch hinbestellst.«

»Danke Dad«, antworte ich ehrlich. »Bis gleich.«

Ich lasse das Handy sinken und schaue aus dem Fenster. Die Fahrtroute am Pazifik entlang lässt mich ein wenig entspannen. Dankbar, dass mein Dad mich unterstützt und das Ruder übernimmt, lehne ich mich zurück. Ich schaffe das nicht mehr ohne ihn. Denn wenn ich das tun würde, würde nicht alles schiefgehen. Das meiste ist nicht mal meine Schuld, aber die Buhrufe der Fans galten auch dieses Mal nicht dem Team, sondern mir.

»Bitte ruf Mr. Fox an«, wende ich mich an Jasper. »Er soll Coach Dixon, Desmond Price und Paco Alvarez in die Facility bestellen, sobald sie in Berkeley gelandet sind.«

»Mache ich«, antwortet er und zieht sein Handy aus der Innentasche seines Sakkos.

*

Die Absätze meiner High Heels hallen auf dem Marmorboden wider, als ich mit Jasper den großen Konferenzraum ansteuere. Die Tür ist bereits geöffnet und Denise wartet mit meinem Dad und Mila auf mich.

»Danke Denise«, wende ich mich an sie. »Sag uns bitte Bescheid, wenn das Team angekommen ist.«

»Natürlich«, antwortet sie und verlässt den Konferenzraum wieder. Sie schließt leise die Tür hinter sich. Kaum, dass sie gegangen ist, sacke ich förmlich in mir zusammen und breche in Tränen aus. Es ist einfach alles zu viel.

Das Team.

Die Verantwortung.

Der Spott.

Die Fans.

»Savannah!« Meine Mom, die ich bis dato gar nicht wahrgenommen habe, nimmt mich in den Arm. »Beruhig dich.«

»Es tut mir leid, Mom«, schluchze ich.

»Es gibt nichts …« Sie hält inne. »Bitte verlassen Sie den Raum, Mr. Brown.«

»Mrs. Belfast«, meint Jasper. »Mit Verlaub, aber ich bin der General Manager und …«

»Und ich bin die Matriarchin dieser Familie. Kennen Sie das Wort?«

»Äh …«

»Das bedeutet, dass mein Wort über allem steht, wenn es um familiäre Angelegenheiten geht. Das ist eindeutig eine«, herrscht sie ihn an. »Meines Wissens gehören Sie nicht zu dieser Familie.«

»Und werden es auch nie tun«, murmelt Mila, die ebenfalls zu mir gekommen ist.

Aus dem Augenwinkel sehe ich, wie Jasper zu meinem Dad sieht und hofft, dass der Geschäftsmann in ihm, ihn bleiben lässt, aber mein Dad reagiert nicht. Jasper macht wütend auf dem Absatz kehrt und verlässt den Raum.

»Savannah, Schatz«, sagt Mom. »Es gibt nichts, was dir leidtun sollte. Du bist neu in deinem Job und natürlich geht da auch mal was schief.«

»Aber ich …«, schluchze ich. »Es darf nichts schiefgehen, verstehst du? Ich bin die Eigentümerin dieses Clubs, ich bin Dads Nachfolgerin und eine … komplette Versagerin.«

»Das will ich nie wieder hören!« Entrüstet sieht meine Mutter mich an. »Hast du mich verstanden?«

»Aber …«

»Savannah!«, befiehlt sie. »Nie wieder! Du bist unsere Tochter, eine Belfast und du wirst die Bees wieder zu Erfolgen fühlen.«

»Auf dem Papier bin ich eure Tochter«, entgegne ich und löse mich von ihr. Mit verschränkten Armen gehe ich auf die große Fensterfront zu und starre auf den leeren Trainingsplatz.

»Wie meinst du das?«, hakt meine Mom nach. »Auf dem Papier?«

»Ich meine, dass ich genetisch gesehen keine Belfast bin«, antworte ich traurig. »Vielleicht sind meine Gene … ist meine richtige DNA nicht dafür gemacht.«

»Wie kannst du so was sagen?«, entrüstet sich meine Mom.

»Das denke ich aber auch«, mischt mein Dad sich ein und tritt neben mich. Die Hände in die Taschen seiner Hose vergraben, sieht er ebenfalls auf den Trainingsplatz hinaus. »Früher hast du immer König der Löwen Teil zwei geschaut.«

»Dad ...«, flüstere ich. »Für Kindheitserinnerungen ist jetzt wirklich nicht der richtige Platz.«

»Lass mich aussprechen, Savannah«, erwidert er. »Du hast den Film geliebt. Wir mussten dir sogar eine zweite und dritte VHS-Kassette kaufen, weil du ihn so oft geschaut hast. Erinnerst du dich an das Lied >Wir sind eins<?«

»Dad, was soll das?«

»Antworte mir, Savannah.«

»Ja.«

»Und erinnerst du dich an Kiaras Text?«, bohrt er weiter.

Ich presse die Lippen zusammen und nicke langsam. Natürlich erinnere ich mich daran. Ich konnte jede Zeile, jedes Wort mitsingen.

»Eine große Königin, ob ich so was auch bin, und so was kann«, sage ich den Text brav auf.

»Genau«, erwidert mein Dad. »Einmal hast du mich angeschaut und gefragt, ob du einmal die Königin der NFL wirst.«

»Das ist lächerlich!« Nun wende ich mich endgültig ab. Ich war ein Kind. Sechs oder sieben Jahre alt. Damals dachte ich natürlich noch, dass ich einmal diese Liga beherrschen werde wie eine Königin. Doch das ist lange vorbei.

»Ich habe dir geantwortet, dass du einmal die Königin der Liga sein wirst, weil du meine Tochter bist.« Ich schlucke. »Es ist mir egal, was auf deiner Geburtsurkunde steht oder was angeblich deine DNA ist. Seit zwanzig Jahren willst du nur eins: Die Berkeley Bees leiten. Warum gibst du deinen Traum auf? Weil es mal nicht läuft?« Dad lacht freudlos auf. »Wie oft lief es bei mir nicht? Du darfst fallen, Savannah. Du darfst um

Hilfe bitten und ich bin sehr stolz auf dich, dass du mich um Hilfe bittest.«

»Uns um Hilfe bittest«, sagt meine Mom und kommt auf mich zu. »Du bist unsere Tochter, Savannah. Damit bist du eine Belfast.«

Ich sehe meine Eltern und meine Schwester an. Sie alle lächeln und nicken mir zu.

»Du darfst nie vergessen, wer du bist. Das tust du, wenn du jetzt aufhörst, die Bees zu leiten«, sagt mein Dad mit fester Stimme.

Ohne etwas zu antworten, wende ich mich ab und sehe noch einmal aus dem Fenster.

»Eine große Königin«, singe ich leise vor mich hin. »Ob ich so was auch kann, und so was bin.«

»Du bist es.« Dad tritt hinter mich und drückt mich wortlos an sich. »Ich bin so stolz auf dich. Nicht jeder kann sagen, dass seine Kinder in seine Fußstapfen treten. Du wirst das schaffen, Savannah.«

Ich straffe die Schultern und nicke.

Sie haben recht, ich werde das schaffen.

Paco hat recht, dass unsere Geburtsurkunden und Gene nichts darüber aussagen, was wir erreichen können.

»Ihr habt recht«, sage ich und drehe mich zu ihnen herum. Meine Tränen wische ich von meinen Wangen und straffe die Schultern. »Ich bin eine Belfast und ich werde das schaffen. Vielleicht mit etwas Hilfe.«

Lachend kommt meine Familie auf mich zu und nimmt mich in den Arm.

»Wir lieben euch«, sagt meine Mom. »Für uns seid ihr unsere Töchter.«

Es vergehen einige Minuten, in denen wir als Familie einfach nur dastehen, bis ich mich von ihnen löse und auf den Konferenztisch zugehe.

»Alles klar!« Mit einem Klatschen sehe ich sie an. »Wie gehen wir vor?«

*

Jasper, Paco, Desmond und Coach Dixon betreten, gefolgt von Mr. Fox, dem Teammanager, den Raum.

»Guten Abend«, begrüße ich sie.

Nach und nach suchen sie sich einen Platz an der langen Tafel.

Ich sitze am Ende des Tisches, dort wo früher mein Dad immer saß. Dieser sitzt zu meiner Rechten. Mom hat den Raum mittlerweile verlassen, da sie der Meinung ist, mit diesen offiziellen Dingen nichts zu tun zu haben. Mila bereitet eine Pressemitteilung über das vor, was ich gleich verkünden werde.

»Meine Herren«, sage ich. »Danke, dass Sie so spät noch gekommen sind.«

Sie antworten mir nicht, sondern sehen mich lediglich angespannt an.

»Die Bees befinden sich aktuell in einer Lage, die uns wohl allen nicht gefällt«, rede ich weiter. »Darum habe ich mich dazu entschlossen, mit Ihnen gemeinsam eine Lösung zu finden. Eine Lösung, die für das Team und den Club die Beste ist.«

»Und die soll was sein?«, fragt Coach Dixon.

»In den fast zwanzig Jahren, in denen ich die

Bees trainiere, habe ich noch nie eine so desolate Führung erlebt, wie in diesem Jahr.«

Alle im Raum, mein Dad eingeschlossen, schnappen nach Luft. Ich hingegen habe mit nichts anderem von ihm gerechnet. Er war noch nie einverstanden damit, dass ich die Bees übernehme und kein Mann, der seit Jahren im Business ist, und vor allem ein Mann, mit dem er sich gut versteht.

»Und ich habe in den sechs Monaten, in denen mir die Bees mehrteilig gehören, noch nie einen so katastrophalen Head Coach erlebt«, schieße ich zurück. »Genau da liegt der Punkt: Ihre Arbeit, im Gegensatz zu meiner, übt sich aktiv auf die Leistung des Teams aus.«

»Das verbitte ich mir!« Der Kopf rot wie eine Tomate, springt er auf und starrt mich an.

»Setzen Sie sich wieder hin«, sage ich.

»Ich lasse mich nicht von dir als unfähig hinstellen, Savannah!«

»Setz dich hin, Robert«, sagt mein Dad und sieht ihn wütend an. »Sofort!«

»Roger, bitte«, meint er. »Das ist dein Lebenswerk, das ist …«

»Das ist meine Tochter«, erwidert mein Dad mit drohender Stimme und erhebt sich nun auch. Wohlgemerkt steht Coach Dixon immer noch. »Ich stehe hinter Savannah, weil sie das alles hier verdammt gut macht. Deine Spieler haben noch kein schlechtes Wort über meine Tochter verloren.«

»Frag dich mal warum«, murrt er und sieht eindeutig zu Paco.

Mein Herz rutscht mir in die Hose und ich befürchte bereits, dass er uns verraten wird. Paco zuckt nicht mal mit der Wimper. Entweder ist es ihm egal, ob der Coach uns verrät, oder er ist ein derart guter Schauspieler, dass er seine Reaktion verbergen kann.

»Vielleicht weil Savannah sie versteht, weil sie in ihrem Alter ist und ein gutes Verhältnis zu ihnen hat?«, rät mein Dad.

»Setzt euch beide wieder hin.« Sie setzen sich doch tatsächlich hin. »Mir ist … tut mir leid, Leute«, wende ich mich an Desmond und Paco. »Mir ist mehrfach zu Ohren gekommen, dass Sie sich ihren Spielern gegenüber mehr als unter der Gürtellinie verhalten.«

»Blödsinn«, zetert er sofort weiter.

»Ach ja?«, frage ich.

Desmond räuspert sich.

»Coach hören Sie«, meint er. »Sie sind schon manchmal … drüber.«

»Drüber?« Mein Gott, der Mann geht mir langsam echt auf die Nerven.

»Sie rasten beim Training unnötig aus«, führt Desmond weiter aus. »Machen die neuen Spieler schlecht und geben Ihnen nicht wirklich den Halt, den sie brauchen. Das war früher nicht so.«

»Ihr seid alle zu weich, Price.«

»Wir sind nicht zu weich«, mischt Paco sich ein. »Es macht nur leider wenig Spaß zum Training zu kommen oder zu Spielen zu gehen, wenn man pausenlos angeschrien wird.«

»So ein Blödsinn«, weist der Coach alle Anschuldigungen von sich. »Dann solltet ihr mal eure Leistung bringen.«

»Wir bringen unsere Leistung«, hält Paco dagegen und legt sich mit ihm an. Für mich wohlgemerkt.

»Da bin ich mir bei dir sicher«, murmelt er und sieht mich an.

Was hat dieser Typ eigentlich für ein Problem? Ja, ich bin eine neue Generation von Eigentümern in der NFL und ja, ich bin eine Frau. Scheiße, ja ich vögle nun mal mit meinem Kicker, aber das geht ihn alles einen feuchten Dreck an!

»Was ist eigentlich Ihr Problem, Coach?«, frage ich. »Dass ich mich gut mit den Spielern verstehe, dass ich mit einigen befreundet bin?«

»Das ist unprofessionell.«

»Dass ich eine Frau bin«, rede ich weiter und übergehe seinen Einwand. »Was ist es?«

»Mein Problem ist, dass du meinen Spielern den Kopf verdrehst mit deinen kurzen Kleidern, den High Heels und Blicken, die du ihnen zuwirfst, als wären sie nicht deine Angestellten, sondern Männer.«

Ich schnappe hörbar nach Luft. Meinem Dad geht es nicht anders. Jasper gibt einen Laut von sich, den er sich auch sparen kann.

»Und um deine Frage zu beantworten: Ja, ich habe ein Problem damit, dass du ihnen die Köpfe verdrehst und das Gefühl gibst, dass jeder von ihnen mehr ist, als nur dein Spieler. Wenn sie es nicht sind …«

Nun erhebe ich mich, die Fingerspitzen auf der Tischplatte aufgestützt, sehe ich diesen unverschämten alten Mann an.

»Wie viel Prozent der Franchise besitze ich, Jasper?«

»Einundfünfzig«, antwortet er verdattert.

»Und was bedeutet das?«

»Was soll das Savannah?«, fragt er.

»Beantworte meine Frage.«

»Es bedeutet, dass du die Mehrheit in allen Entscheidungen trägst.«

»Danke«, sage ich und wende mich wieder an Coach Dixon. »Ich trage die Mehrheit in allen Entscheidungen, denn ich bin die gottverdammte Besitzerin dieser Franchise. Bisher habe ich immer versucht einen Mittelweg zu finden, mir Rat von Leuten geholt, die sowieso nicht hinter mir stehen. Das ist jetzt vorbei.«

Ich atme tief durch und schaue zu Paco. Er nickt mir kaum erkennbar zu und lächelt. Das bestätigt mich in meinem Tun. Auch die Worte meines Dads, dass ich seine Tochter bin und nicht aufgeben werde.

Die Königin der NFL.

»Sie sind mit sofortiger Wirkung von allen Tätigkeiten, die der Posten des Head Coaches mitbringt, enthoben, Mr. Dixon«, verkünde ich und lasse es mir auch nicht nehmen, ihn nicht weiter mit diesem Titel anzusprechen. »Das heißt kurzgefasst: Sie sind gefeuert.«

Seine Gesichtsfarbe wird wieder ungesund rot. Er tobt innerlich, aber hält zu meiner Überraschung den Mund.

»Coach Franklin wird den Posten des Head Coaches ab morgen früh übernehmen«, beschließe ich weiter. »Jasper, du sagst ihm Bescheid. Mr. Fox, Paco, Desmond ihr bleibt bitte noch kurz. Der Rest kann gehen.«

Coach Dixon springt auf, dabei fliegt sein Stuhl zurück.

»Das ist eine Farce, eine absolute Farce«, regt er sich weiter auf. »Das muss ich mir nicht bieten lassen, nicht von einer …«

»Pass jetzt genau auf, was du sagst, Robert«, erwidert mein Dad knurrend. »Du redest immer noch von meiner Tochter. Das ist das Business, komm damit klar.«

Ohne noch etwas zu sagen, stürmt er, gefolgt von Jasper aus dem Raum.

Mein Dad gibt mir einen Kuss auf die Wange und drückt mich.

»So agiert eine Belfast«, flüstert er. »Ich bin stolz auf dich.«

Mein Herz macht einen Sprung und er verlässt ebenfalls den Raum. Nachdem die Tür wieder geschlossen ist, sehe ich in die Runde.

»Da ich gerade den Head Coach gefeuert habe und man wohl nun auf mich feuern wird«, witzle ich. »Wärt ihr so nett und würdet es dem Team sagen?«

»Natürlich«, sagt Desmond. Mr. Fox und Paco nicken.

»Ach und sagt ihnen bitte auch, dass ich sie morgen früh alle sprechen möchte, ehe Coach Franklin seinen neuen Posten anfängt. Den ich gleich noch anrufen werde. Das war's, danke. Ihr könnt gehen.«

»Einen schönen Abend noch, Ms. Belfast«, wünscht mir Mr. Fox.

»Den wünsche ich Ihnen auch.«

»Ciao«, verabschiedet sich Desmond bei mir und folgt ihm.

Paco rührt sich nicht. Er bleibt still auf seinem Platz sitzen und sieht mich an.

»Was ist?«, frage ich mit hochgezogenen Augenbrauen. »Willst du nicht auch gehen?«

»Komm her«, meint er und streckt die Hand nach mir aus.

»Paco wir sind in der Facility.«

»Na und?«, meint er. »Komm jetzt.«

Ich seufze und gehe um den Tisch herum. Er rutscht mit seinem Stuhl zurück und zieht mich auf seinen Schoß.

»Ich bin verdammt stolz auf dich«, sagt er und küsst mich sanft. »So, so stolz, Baby. Du bist eine wahre Anführerin. Und irgendwie hatte der Coach schon recht.«

»Ah, und womit?«, will ich angespannt wissen.

»Du verdrehst uns ziemlich den Kopf«, gesteht Paco mir. »Vor allem deinem Kicker.«

»Du Blödmann«, meine ich und boxe ihm sanft gegen die Schulter, bevor ich meine Lippen wieder mit seinen verschließe.

15. KAPITEL

Paco

Berkeley Pacific Arena, drei Wochen später

Ohne Coach Dixon läuft es richtig gut. Wir haben die Spiele seit seiner Entlassung alle gewonnen. Umso besser ist auch die Stimmung nach dem heutigen Heimsieg. Die Kabinentür wird geöffnet und Dalton tritt ein. Er hat seine Operation gut überstanden und läuft seitdem auf Krücken. Es wird noch Monate, vermutlich bis zum Beginn der neuen Saison dauern, bis er wieder zurück beim Team ist, aber wir sind alle guter Dinge, dass er es schafft. Cody macht seinen Job verdammt gut und beweist immer mehr, dass er der richtige Quarterback ist, um uns durch den Rest der Saison zu führen. Die drei Siege haben uns ein wenig Oberwasser gegeben, doch gerettet haben sie uns nicht. Die Play-Offs erscheinen aber kein so weit entfernter Traum mehr, wie noch vor ein paar Wochen.

»Schön dich zu sehen«, sage ich und klopfe Dalton auf die Schulter. »Wie geht's dir?«

»Ich wäre gern bei euch auf dem Feld, aber sonst geht's mir gut.«

»Schön«, antworte ich und lasse meine Teamkollegen zu ihm, um ihn ebenfalls zu begrüßen.

Auch wenn es in den letzten Wochen wieder besser lief, bin ich nicht komplett realitätsfern und weiß, dass wir es dieses Jahr nicht in den Super Bowl schaffen. Dafür ist das Team nicht stark genug. Unser Spielmacher hat das Kreuzband gerissen und die Rookies können einfach noch nicht die Leistungen von Dylan und Jason abrufen. Allein die Jahre an Erfahrungen, die ihnen fehlen, um in den wichtigen Situationen nicht die Nerven zu verlieren, machen so viel aus.

Die Spieler verfallen in Plaudereien, telefonieren zum Teil mit ihren Lieben in der Heimat oder aktualisieren ihre Social Media Accounts. Ich genieße es sehr, dass die Stimmung heute so gut ist und freue mich vor allem für eine Person, dass es mit den Bees wieder bergauf geht: Savannah!

Sie musste in den letzten Wochen so viel Hohn und Spott über sich ergehen lassen, dass diese Siegesserie auch ihrem Ego guttut. Sie hat die richtige Entscheidung getroffen, als sie sich von Coach Dixon getrennt hat. Was in den ersten Tagen auch in der Presse zerrissen wurde. Aber Savannah blieb stark, ließ sich von der Berichterstattung nicht beeinflussen.

Ein weiteres Mal an diesem Abend wird die Tür geöffnet und das Hallen der Absätze verrät mir bereits wer kommt. Zunächst schiebt sich unser toller General Manager in die Kabine, schließt arrogant sein schlechtsitzendes Sakko und räuspert sich, sodass wir ihm auch alle unsere Aufmerksamkeit schenken müssen.

Jackson schnaubt neben mir. Er kann ihn genauso wenig leiden wie ich, aber wir müssen uns bedeckt halten. Jasper hat sich in der Chefetage mittlerweile eine Position erschlichen, die uns möglicherweise noch gefährlich werden könnte. Denn warum auch immer vertraut Savannah ihm und gibt viel auf seine Meinung. Die meiner Meinung nach in der Regel unqualifiziert ist. Wäre sein Dad nicht der ehemalige Sportvorstand des Clubs würde Jasper hier keinen Fuß auf den Boden bekommen.

»Ms. Belfast für Sie, meine Herren«, kündigt Jasper sie an.

Savannah betritt die Kabine und ein strahlendes Lächeln ziert ihr schönes Gesicht. Zugegebenermaßen macht sie das noch attraktiver. Mein Herz schlägt schneller, wenn ich sie so glücklich sehe. Auch weil ich meinen Teil dazu beigetragen habe, dass sie glücklich ist.

»Danke Jasper«, sagt sie und streicht über seinen Oberarm. Ich atme tief durch, um keinen unangebrachten Laut oder Kommentar von mir zu geben. Ja, es geht mir gegen den Strich, dass sie ihn viel öfter sieht als mich und ja, genauso geht es mir gegen den Strich, dass sie mir niemals so über den Arm streichen würde in der Öffentlichkeit.

Würde ich nicht genau wissen, dass sie heute Nacht in meinem Bett liegt, wäre ich tatsächlich eifersüchtig auf General Pissbacke.

»Herzlichen Glückwunsch zu diesem wirklich herausragenden Sieg heute«, sagt Savannah und klatscht in die Hände. Ihr Team bestehend aus Jasper und noch weiteren Mitarbeitern aus der Verwaltung sowie dem Aufsichtsrat tun es ihr gleich. Ein Raunen und Grölen geht durch die Mannschaft und wir klatschen ebenfalls.

»Vielen Dank«, spreche ich für das Team.

»Zur Feier des Tages möchte ich Sie und Ihre Partnerinnen heute Abend einladen«, spricht Savannah weiter und ich sehe sie überrascht an, während meine Teamkollegen erneut applaudieren. Einerseits ist es natürlich schön, dass sie dem Team die Chance geben möchte ganz offiziell zu feiern, aber andererseits kann ich es auch nicht verstehen, weil ich dachte wir verbringen den Abend zu zweit. In den letzten Tagen haben wir uns wenig bis gar nicht gesehen. Morgen ist trainingsfrei und damit wäre es die perfekte Gelegenheit, mal wieder ein wenig für uns zu sein.

Savannah scheint allerdings andere Pläne zu haben. Freundlich teilt sie den Spielern den Club mit, den sie im Hafen von Berkeley angemietet hat, und wünscht uns allen bis dahin eine gute Heimfahrt.

Sie verlässt die Kabine und ich hechte ihr hinterher.

»Warte mal!« Savannah bleibt stehen und dreht sich fragend zu mir herum.

»Ja?« Immer noch befinden sich einige Mitarbeiter im Gang vor der Kabine, während meine Mitspieler diese langsam verlassen. Zu ihnen gehört auch Jasper, der uns beobachtet.

»Wieso sagst du mir nicht, dass du einen Teamabend ausrichtest?«

»Ich verstehe nicht«, antwortet sie. »Das habe ich mir im Falle eines Sieges überlegt.«

»Wieso sagst du nichts?«, frage ich erneut.

»Weil Sie einer der Spieler sind, Mr. Alvarez«, mischt sich Jasper in unsere Unterhaltung ein und ich balle die Hände zu Fäusten. »Das ist absolut keine Entscheidung, die Savannah mit Ihnen absprechen muss. Auch wenn Sie und Mr. Price stellvertretend als Kapitäne für das Team sprechen.«

»Können wir uns vielleicht ohne den unterhalten?«, frage ich an Savannah gewandt.

»Er hat doch recht«, antwortet sie und ich reiße die Augen auf.

»Wie bitte?« Neben mir sehe ich den Penner süffisant grinsen.

»Du bist einer der Spieler und es gibt keinen Grund dir diese Entscheidung mitzuteilen«, bekräftigt sie ihre Entscheidung noch mal. »Demnach hat Jasper recht.«

»Willst du mich verarschen, Savannah?«, erwidere ich knurrend und mache einen Schritt auf sie zu.

»Bleiben Sie weg von ihr.« Jasper drückt seine Hand gegen meinen Oberarm und ich wende meinen Blick von Savannah ab und sehe ihn an.

»Ist die Hand nicht in drei Sekunden von meinem Arm verschwunden, kannst du was erleben«, drohe ich. »Eins, zwei …«

»Hört auf!« Savannah schiebt seine Hand weg und sieht genervt zwischen uns hin und her. »Eure ewigen Hahnenkämpfe gehen mir auf die Nerven. Du, hast nicht zu bestimmen, wie und ob er mir zu nahekommt«, rügt sie Jasper, was mich grinsen lässt, doch dieses vergeht mir schnell, als sie mich ansieht. »Und du hast dich nicht in Entscheidungen des Managements einzumischen. Du bist einer der Spieler, Paco!«

Keiner von uns beiden sagt etwas.

»Habt ihr mich verstanden?«, setzt Savannah in ihrem besten Boss-Ton nach. »Jasper?«

»Natürlich«, antwortet er.

»Paco?«

»Du kannst mich mal und du weißt genau, dass es hier um was anderes geht.«

Ohne auf ihre Reaktion zu warten, drehe ich mich herum und gehe zurück in die Kabine, um meine Tasche zu holen.

»Die Party ist eine Pflichtveranstaltung, Mr. Alvarez!«, ruft sie mir nach, was mich weiterhin wütend macht. Lieber würde ich nach Hause gehen und von dieser Farce den Rest des Abends nichts mehr mitbekommen.

*

Der Club, den Savannah gemietet hat, ist nur für uns geöffnet heute Abend. Dementsprechend ruhig und entspannt ist es auch. Ich geselle mich zu Jackson und seiner Frau Gina sowie Damien mit seiner Verlobten Sophie.

»Hi«, grüße ich in die Runde und trinke von meinem Whiskey.

»Hey«, meint mein bester Kumpel. »Da bist du endlich.«

Lange war ich mir nicht sicher, ob ich den Abend nicht ausfallen lasse und die Strafe, die Savannah mir dafür aufbrummt, hinnehmen soll. Doch das habe ich mich letztendlich nicht getraut. Plus: Ich wollte Jasper nicht das Feld überlassen. Was ich aber irgendwie doch tun muss. Savannahs Eltern und ihre Schwester Mila sind auch da. Natürlich steht Jasper bereits den ganzen Abend bei Familie Belfast und redet mit ihnen, als wäre er ihr zukünftiger Schwiegersohn. Nicht, dass Savannah und ich auch nur ansatzweise so weit wären, dass ich mich als ihr Schwiegersohn in Spe bezeichnen kann, aber es geht mir gehörig auf die Eier, wie er sich aufführt.

»Ich hole mir noch einen Drink, Baby«, säuselt Gina Jackson ins Ohr.

»Mach das«, erwidert er desinteressiert und sie geht zur Bar. Ich sage nichts und auch Damien und Sophie schweigen. Was bringt es auch? Jackson ist erwachsen und er muss selbst einsehen, ob seine Ehe so noch einen Sinn hat oder nicht.

»Delia, hey!«, ruft Sophie. »Was machst du denn hier?«

Savannahs Freundin kommt grinsend auf uns zu.

»Sav hat mich auch eingeladen«, meint sie und begrüßt Sophie mit einem Kuss auf die Wange. »Scheinbar könnt ihr doch noch gewinnen.«

»Man sollte die Golden Gate Bridge sperren, wenn du sie überqueren willst«, mault Jackson sie an.

»Jetzt sei doch nicht so«, erwidert Delia kichernd. »Erstens müsstest selbst du wissen, dass es mehr als eine Brücke gibt und zweitens: Du hast in diesem Spiel auch alle Bälle gefangen, die dir zugeworfen wurden.«

»Es waren auch nur zwei«, nuschle ich, was mir einen Schlag in die Rippen von Jackson einbrockt. »Aua.«

»Deine Field Goals waren auch nur dem Wind zu verdanken«, mault Jackson zurück.

»Du bist aber heute wieder empfindlich«, gebe ich amüsiert zurück.

»Da bin ich wieder.« Gina kommt zu uns zurück und schmiegt sich an ihren Mann. »Hi, ich bin Gina. Gina Springs, Jacksons Ehefrau und du?«

»Ich bin Delia«, meint diese und schüttelt ihre Hand. »Eine Freundin von Savannah.«

»Cool«, sagt sie.

»Du bist freiwillig mit dem da verheiratet?«, neckt Delia Jackson weiter. »Ich bin von Beruf Scheidungsanwältin. Falls du mal Hilfe brauchst.«

Dann zieht sie doch ernsthaft eine Visitenkarte aus ihrer Clutch und reicht sie Gina. Damien spuckt fast seinen Whiskey wieder aus und auch Sophie und ich sind sprachlos.

»Oh, danke, aber nein«, lehnt Gina ab. »Wir sind sehr glücklich. Niemand denkt an Scheidung.«

»Glaub mir, Liebes«, meint Delia und zwinkert ihr zu. »Jeder denkt mal an Scheidung.«

»Könntest du vielleicht aufhören die ganze Zeit von Scheidung zu quatschen?«, fragt Damien. »Wie du vielleicht weißt, wollen wir bald heiraten.«

Überglücklich zieht er Sophie an sich. Man sieht ihm an, wie sehr er sie liebt und wie wichtig sie für ihn geworden ist. Nachdem der Skandal um den Unfalltod seines Bruders die Runde machte, für den Sophie auch noch verantwortlich war, hätten wir niemals gedacht, dass die Sache zwischen ihnen noch zu retten ist.

»Ihr dürft gerne heiraten, um Gottes Willen.« Delia lacht. »Melissa ist auch verheiratet. Das ist es doch auch. Die Menschen heiraten, merken, dass es ein großer Fehler war, und brauchen mich. So verdiene ich mein Geld.«

Ich trinke meinen Whiskey aus und lasse sie stehen, um mir ein neues Glas zu holen.

»Paco, hey!« Mein Blick streift durch den Raum und ich sehe Mila nach mir winken. »Komm mal her.«

Was soll das denn? Das Letzte, was ich will, ist mich mit Savannahs Eltern zu unterhalten. Ich bezweifle, dass sie wissen, was zwischen uns läuft. Nachdem wir uns im Stadion gestritten haben, will ich noch weniger bei ihnen stehen. Außerdem ist auch Jasper dort.

»Ja?«, frage ich bei ihnen angekommen.

»Du hast super gespielt heute«, lobt sie mich.

»Danke?« Die Skepsis muss mir ins Gesicht geschrieben sein. Jasper murmelt etwas und ich schaue zu ihm. »Ja, es war ein gutes Spiel von uns. Das Team hat seine Stärken ausgespielt.«

»Seien Sie nicht so verlegen, Mr. Alvarez«, meint Savannahs Dad. »Bereits als ich Sie gedraftet habe, wusste ich, dass Sie einmal zu den Spielern gehören, die uns zum Super Bowl führen. Das haben Sie getan.«

»Danke Sir«, flüstere ich und sehe zu Savannah, die mit verkniffener Miene neben mir steht.

Sie will mich nicht im Kreise ihrer Familie haben, eindeutig. Sonst würde sie nicht so gucken, wie sie guckt. Hauptsache Jasper ist immer herzlich willkommen.

»Delia!«, ruft Savannah als wäre sie froh, dass sie dem Gespräch entfliehen kann. »Da bist du ja!«

»O hey«, meint diese und stößt nun auch zu uns. »Ich glaube die anderen sind etwas sauer auf mich.«

Ich lache auf. Etwas sauer? Na ja, Jackson sollte sich wirklich mal überlegen, ob er ihre Dienste nicht in Anspruch nimmt und die Scheidung einreicht. Allerdings sind er und Delia wie Feuer und Wasser, das würde niemals gutgehen zwischen den beiden. Noch dazu hat sie Gina ihre Dienste angeboten und nicht ihm. Damien hingegen kann ich verstehen, dass er ihr Gerede von Scheidung nicht gut findet.

»Was hast du gemacht?«, presst Savannah hervor.

»Mich als Scheidungsanwältin angeboten«, antwortet Delia und zuckt mit den Schultern. Während Mr. Belfast, Mila und ich laut lachen, schauen Mrs. Belfast, Savannah und Jasper sie entsetzt an.

»Ich würde mich nicht scheiden lassen, wenn ich die richtige Frau gefunden hätte«, schleimt Jasper neben mir und wirft Savannah schmachtende Blicke zu.

»Entschuldigt mich«, grummle ich. »Mir wird schlecht.«

Damit mache ich auf dem Absatz kehrt und gehe an die Bar, um mir einen neuen Whiskey zu bestellen.

»Einen Whiskey bitte.«

»Zwei.« Savannah taucht neben mir auf.

Der Barkeeper nickt und bereitet zwei Whiskey vor, die er vor uns abstellt.

»Sorry wegen meiner Schwester«, meint sie. »Sie denkt manchmal … nicht nach.«

Ich drehe den Kopf und sehe sie angepisst an. Das ist es, was sie mir zu sagen hat? Nach allem, was heute war, entschuldigt sie sich in erster Linie für ihre Schwester? Wow. Savannah ist es scheinbar echt völlig egal, was zwischen uns ist oder vielmehr war, denn langsam glaube ich nicht mehr daran, dass das, was wir in den letzten Wochen geteilt haben, für sie genauso echt war wie für mich.

»Mehr hast du nicht zu sagen?«, frage ich und stürze den Whiskey in einem herunter, um weg von dieser Frau zu kommen.

»Ich … also ich weiß nicht«, stammelt sie. »Nein.«

»Dann entschuldige mich noch mal«, murre ich. »Und diesmal bleib, wo du bist. Geh am besten wieder zu deinen Eltern und ihrem Traumschwiegersohn zurück, mit dem du die Bees führen kannst. Delias Angebot solltest du dann auch nicht annehmen, so hervorragend wie ihr zueinander passt.«

Savannah schaut mich mit offenem Mund an und ich lasse sie sitzen und sehe zu, dass ich die-

ser beschissenen Party endlich den Rücken kehre. Wie ich es von Anfang an vorhatte.

16. KAPITEL

Savannah

Ich parke meinen Porsche in Pacos Einfahrt und steige aus. Die Fahrertür schlage ich hinter mir zu und gehe auf die Haustür zu, die mir genau in diesem Moment geöffnet wird.

Wenig erfreut sieht Paco mich an. Die Hände vor der Brust verschränkt, lehnt er am Türrahmen und betrachtet mich.

»Ich wusste, ich bereue es dir den Code gegeben zu haben«, meint er und macht mich damit zusätzlich stinksauer.

»Was bildest du dir eigentlich ein!«, rufe ich.

»Ich?« Unschuldig sieht er mich an. »Was bilde ich mir deiner Meinung nach denn ein?«

»Ziemlich viel«, sage ich und komme vor ihm zum Stehen. Trotz meiner Absätze ist er immer noch ein wenig größer als ich. »Das war eine

Pflichtveranstaltung, Paco. Du verpisst dich nach nicht mal einer Stunde wieder.«

»Tut mir leid, dass ich keinen Bock hatte mir weiterhin reinzuziehen, wie General Pissbacke sich bei deinen Eltern einschleimt.«

»Bei meinen …« Verständnislos sehe ich ihn an. »Das stimmt doch gar nicht. Meine Mutter und Mila mögen ihn nicht mal.«

»Aha.«

»Paco.« Ich kneife die Augen zusammen und trete auf ihn zu. Jetzt sind wir einander so nah, dass meine Brüste beinahe seine Brust berühren. »Was ist dein Problem?«

»Wenn du das nicht weißt, sorry«, antwortet er und geht, ohne mich weiter zu beachten ins Haus. Wenigstens schlägt er mir nicht die Tür vor der Nase zu, sodass ich ihm folgen kann und wir unseren Streit im Inneren weiterführen können.

»Hör zu«, sage ich, als wir im Wohnzimmer angekommen sind und uns dort gegenüberstehen. Ich immer noch in meinem Party-Outfit, wohingegen Paco eine lockere Jogginghose und T-Shirt trägt. »Können wir bitte normal miteinander reden?

»Wenn du mir sagst, worüber du reden willst?«, fragt er.

»Das weißt du doch genau«, erwidere ich. »Ich kann dir gewisse Sachen nicht sagen.«

Das muss er doch verstehen, dass er als Spieler über einige Vorgehensweisen und Beschlüsse innerhalb des Managements und der Franchise nicht in Kenntnis gesetzt werden kann. Das gehört sich nicht und da muss ich ganz deutlich trennen zwischen ihm als meinen Spieler und ihm als meinen … ja, meinen was? Meinen Freund? Mein Partner? Dem Typen, der mich öfters in einer Nacht zum Orgasmus bringt, als jeder vor ihm. Ich stoße genervt die Luft aus und reibe mir über die Stirn.

»Du kannst mir gewisse Sachen nicht sagen, das verstehe ich, aber so was wie eine Party doch wohl«, antwortet er. »Immerhin ging es darum, was wir heute Abend machen, und ich habe mir das nun mal anders vorgestellt. Wenn Melissa und Kyra sauer sind, weil ihre Männer sie nicht einweihen, findest du das auch okay.«

»Melissa und Kyra sind aber nicht ihre Chefs!«, schreie ich ihn beinahe an und schlage mir die Hände vors Gesicht. »Das funktioniert so nicht.«

»Wie gut, dass es mit Jasper funktionieren würde, denn er darf ja alles wissen«, schießt er erneut gegen meinen General Manager.

»Es geht hier nicht um Jasper!«

»Doch Savannah«, feuert er zurück. »Es geht hier sehr wohl um Jasper. Der Typ schwirrt den ganzen Tag um dich rum, teilt dein Interesse zu wirtschaftlichen Themen rund um die Bees und kann dir bei all deinen Entscheidungen zur Seite stehen. Weißt du, wie beschissen ich mich fühle, wenn er mir dann sogar noch sagt, wie ich in einer privaten Unterhaltung mit dir zu reden habe.«

»Das war keine private Unterhaltung«, widerspreche ich ihm.

»Natürlich war das eine private Unterhaltung«, erwidert er. »Savannah bitte … wir hatten eine Auseinandersetzung über deine Entscheidung, weil ich den Abend gern anders mit dir verbracht hätte. Diese hatte nichts mit unseren Positionen bei den Bees zu tun. Aber er macht es zu einer, weil er sich immer einmischt und glaubt, dass er mein Vorgesetzter ist.«

»Er ist der General Manager.«

»Dios mío!« Paco wirft die Hände in die Luft. »Es ging aber um uns, dich und mich. Savannah und Paco als ... Paar!«

Da ist es, das Wort, das ich die ganze Zeit gekonnt umschiffen wollte, weil ich es mir nicht eingestehen vermochte, dass wir ein Paar sind.

Denn ehrlich gesagt fühle ich mich so ganz und gar nicht. Für mich ist es immer noch Freundschaft Plus. Natürlich löst er immer, wenn er mich berührt und ansieht, dieses Kribbeln in mir aus. Aber es offiziell machen ... So weit war ich noch nicht. Ich dachte, dass Paco es auch nicht ist.

»Paar?«, krächze ich. Meine Stimme fühlt sich an wie Schmirgelpapier.

»Ja, ein Paar, Savannah. Denn das sind wir in meinen Augen«, sagt er genervt und setzt sich auf die Lehne der Couch. Ratlos sieht er mich an. »Ich verstehe, dass du Angst hast vor dem, was auf uns zukommt. Für mich ist es auch okay, dass du es noch für dich ... uns behalten möchtest, aber wenn du vor mir nicht dazu stehen kannst, ist es nicht okay.«

»Aber wieso denn nicht?«, frage ich und beiße mir auf die Lippe.

»Wie würdest du dich denn fühlen, wenn eine Frau, die du nicht leiden kannst, immer bei mir ist. Vielleicht jemand vom Staff. Sie ist immer in meiner Nähe, ist in alle meine spielerischen Abläufe involviert und bekommt von mir auch noch immer recht.«

Mir wird schlecht bei der Vorstellung, dass eine andere Frau ihm näher ist. Nicht auf körperlicher Ebene, sondern emotional. Ihn besser versteht und für ihn da ist. Immer an seiner Seite. Den ganzen Tag und ich weit weg bin, und das auch noch weiß. Das macht mich furchtbar eifersüchtig.

»Es tut mir leid«, platzt es aus mir heraus. »Das wäre schrecklich.«

»Siehst du«, meint er und streckt seine Hand nach mir aus. Ich nehme sie an und lasse mich in seine Arme ziehen. Paco schlingt seinen freien Arm um meine Hüfte und haucht mir einen Kuss auf die Wange. »Ich will dich, Savannah. Und ich habe wirklich Verständnis für deine Situation und was ich in der Öffentlichkeit für dich sein muss. Aber ich lasse mich von Jasper nicht in die zweite Reihe stellen. Niemals.«

»Er ist der General Manager«, argumentiere ich.

»Das kann er auch gern bleiben, na ja ... vielmehr wird das nicht zu verhindern sein«, murrt er. »Aber ich bin der Mann an deiner Seite und wenn ich mit dir rede, rede ich mit dir. Kapiert?«

Mein Herz klopft wild in meiner Brust und die Schmetterlinge brechen sich ihren Weg durch meinen Magen.

»Der Mann an meiner Seite«, wispere ich.

»Hm«, flüstert Paco und küsst meinen Hals. »Der Mann an deiner Seite. Deiner verdammt sexy Seite.«

Seine Hände gehen auf Wanderschaft, streifen meine Hüften und finden ihren Weg unter mein Minikleid. Paco schiebt es nach oben und knetet meinen Hintern. Ich dränge meinen Körper an seinen und stöhne auf, als er den dünnen Steg meines Slips beiseiteschiebt und mich streichelt. Seine Finger sind kalt und als sie auf mein erhitztes Fleisch treffen, zucke ich zusammen.

Stöhnend vergrabe ich mein Gesicht an seiner Halsbeuge, während er drei Finger in mich einführt.

»Ich liebe es, wie bereit du immer für mich bist«, raunt er mir zu. »So feucht, Baby.«

»Paco«, keuche ich. Sein Daumen umkreist meine empfindliche Klit. »Mehr.«

Doch statt mir mehr zu geben, zieht er sich von mir zurück und schiebt mich von sich.

»Zieh dich aus.« Die Lust in seinen Augen lässt mich erschaudern und ich beiße mir auf die Unterlippe, als ich nach hinten fasse, um den Reisverschluss meines Kleides herunterzuziehen. Der schwarze Satinstoff lässt sich nur mühselig von meinem Körper schälen.

Paco beobachtet mich mit Argusaugen, während er sich an seiner Minibar einen neuen Whiskey einschenkt.

In meiner purpurroten Unterwäsche stehe ich vor ihm. Seine Augen scannen meinen Körper und bescheren mir gleichzeitig eine Gänsehaut.

»Hast du die für mich angezogen?«, will er wissen und nippt an seinem Glas.

»Ja«, erwidere ich mit belegter Stimme.

»Lehn dich über die Couch«, weist er mich an.

Nickend komme ich seiner Forderung nach. Ganz langsam beuge ich mich über die Lehne und stütze meine Hände auf dem weichen Polster der Sitzfläche ab.

»Das gefällt mir«, stöhnt er beinahe. »Wie gern würde ich dich dafür bestrafen, dass es dich so anmacht, meine Chefin zu sein.«

»Es macht mich nicht an«, widerspreche ich, als er fest in die zarte Haut meines Hintern fasst. »Autsch!«

»Das tat wohl nicht weh«, meint er amüsiert und gibt mir einen festen Klaps auf den Hintern. »Im Gegensatz dazu.«

Diesmal sage ich nichts. Lausche vielmehr meinem heftigen Herzschlag.

»Paco«, kreische ich, als kalte Flüssigkeit über meinen Rücken läuft. »Was tust du?«

»Nichts schlimmes«, meint er und leckt den Whiskey von meiner Haut. »So schmeckt er noch viel besser.«

Zusätzlich lässt er seinen Schwanz an meinem Hintern kreisen. Dass ich immer noch meine Unterwäsche trage, scheint ihn nicht zu stören. Das Glas wird auf dem Boden abgestellt und er kniet weiterhin hinter mir. Seine Lippen fahren über meine Oberschenkel bis zu meinem Hintern. Als er mir sanft hineinbeißt, stöhne ich auf.

»Du stöhnst so schön für mich, Sav«, flüstert er und hakt seine Finger in den Bund meines Slips ein. »Nein, der bleibt an.«

Paco lässt wieder vom Saum meines Slips ab und richtet sich stattdessen auf.

»Ist die Position für dich okay?«, fragt er und küsst mich liebevoll zwischen den Schulterblättern. Die Sanftheit dieses Kusses treibt mir beinahe die Tränen in die Augen. Gerade auch weil er in einem solchen Kontrast zu dem Sex steht, den wir gleich haben werden. Paco ist stets darauf bedacht, dass es mir gut geht, beim Sex. Auch wenn er mich gern bestrafen möchte wie dieses Mal.

»Vielleicht …« Ich wackle mit meinem Hintern vor seinem Schwanz herum. »Sollte ich öfters deine dominante Chefin sein.«

Er lacht auf.

»Ich weiß nicht«, meint er und hakt meinen BH auf. Sanft schiebt er den Stoff von meinem Rücken und teils über meine Schultern, aber hindert mich daran gänzlich hinauszuschlüpfen. »Es ist auf jeden Fall heiß.«

Paco schiebt den Steg meines Slips erneut zur Seite reibt mit seiner Eichel durch meine Schamlippen.

»So gut«, flüstert er und küsst gleichzeitig meinen Rücken. »So feucht.«

Meine Brustwarzen reiben über den Stoff meines BH, der sie nur noch locker bedeckt. Ich stöhne auf, als er langsam in mich eindringt. Es ist erst das zweite Mal, dass wir ohne Kondom miteinander schlafen. Ich habe meine Spirale erneuern lassen und wir sind beide sauber. Trotzdem fühlt es sich so viel besser an.

»Paco!«, rufe ich, als er mit einem festen Stoß in mich eindringt. »O Gott, ja!«

Seine großen Hände umfangen meinen Hintern und er schiebt sich mit einem Stoß in mich. Mein Oberkörper ruckt nach vorne und ich presse mein Gesicht in die Zierkissen auf der Couch, dass nicht die gesamte Nachbarschaft noch etwas von unserem Liebesspiel haben. Zwar glaube ich, dass die Grundstücke weit genug voneinander entfernt sind, aber trotzdem.

»Du fühlst dich so gut an, Baby«, keucht er. »So verdammt gut.«

Pacos Stöße werden fester und als er eine Hand hinzunimmt, um zusätzlich meine Klit zu reizen, springe ich über die Klippe. Mein Orgasmus fegt heftig über mich hinweg. Paco hingegen ist noch nicht so weit und reizt meine Klit weiter, was mich schier verrückt macht. Wieder und wieder reibt er mit seinen rauen Fingern über das empfindliche Nervenbündel zwischen meinen Beinen.

»Paco bitte«, flehe ich. »Lass mich noch mal kommen.«

»Erst wenn ich so weit bin«, antwortet er und an seiner Stimmlage erkenne ich, dass er es absichtlich hinauszögert so weit zu sein.

»Dann beeil dich«, murre ich und bewege mein Becken, um mehr Reibung zu erzeugen.

»Ich gebe den Ton an, Sav«, zischt er und gibt mir einen Klaps auf den Hintern, während er meine Klit weiter reibt. »Und ich komme, wenn ich das will.«

»Aber ich …«, will ich erneut protestieren, als er sich noch ein letztes Mal fest in mich hineinschiebt. Sein Stoß lässt alles in mir verstummen.

Mit einem animalischen Brüllen kommt er zum Orgasmus und ich folge ihm sofort. Meine Pussy zieht sich um seinen großen Schwanz zusammen. Stöhnend sacke ich endgültig über der

Couch zusammen, während Paco sein Sperma in meinem Inneren verströmt.

»Wow«, flüstert er. »Das war der Wahnsinn.«

Er zieht sich aus mir zurück und hilft mir aus meinem Slip. Dann dreht er mich zu sich herum und drückt mir einen sanften Kuss auf die Lippen, den ich erwidere.

»Hi«, meint er lächelnd und ich schmunzle.

»Hi«, antworte ich und streiche seine verschwitzten Haare zurück. »Das war gut.«

»Ja?«, raunt er. »Ich wusste nicht, ob du es so magst.«

Zwar war unser erstes Mal diese heftige Nummer im Aufzug, aber seitdem haben wir es immer ganz vorbildlich im Bett getrieben. Vornübergebeugt auf seiner Couch war eine Premiere.

»Ich fand's gut«, gestehe ich ihm und küsse ihn ein weiteres Mal.

»Wie wäre es, wenn wir duschen und danach ins Bett gehen«, schlägt er vor.

»Klingt verlockend«, erwidere ich und schlinge meine Arme um seine Hüften, während er mich nach oben trägt.

Im Badezimmer angekommen, stellt Paco mich ab und wir ziehen uns wortlos aus. Anschließend nimmt er meine Hand und führt mich in die geräumige Dusche. Wie zu erwarten, kommt das Wasser zunächst eiskalt runter, was mich aufschreien lässt.

»Hab dich nicht so«, meint er und küsst mich sanft. Das Wasser wird wärmer, während Paco mein Gesicht in seine Hände nimmt und den Kuss intensiviert. Unter dem Wasserstrahl schiebt er mich zurück, ehe er mich auf die kleine, in der Wand eingelassene Bank setzt. Ich schlinge meine Beine um ihn und schaue ihn lächelnd an.

Er erwidert meinen Blick und dringt langsam in mich ein.

Unter dem heißen Wasserstrahl in der Dusche liebt er mich. Seine Stöße sind langsam und zurückhaltend, sodass ich ihn bereits bitten möchte, mir mehr zu geben, aber jedes Mal bremse ich mich, weil es sich so gut anfühlt.

Hier mit ihm zu sein, ist alles, was ich gerade möchte.

Keine Bees.

Kein General Manager.

Keine Verpflichtungen.

Keine beruflichen Stände, die uns verbieten zusammen zu sein.

Nur wir beide und das fühlt sich verdammt gut an.

Mit einem rauen Stöhnen auf den Lippen ergießt er sich in mir und als er sich aus mir zurückzieht, und sein Sperma an meinen Schenkeln hinabsickert, grinst er mich an.

»Du bist mein, Savannah Belfast«, sagt er.

Er wäscht das Sperma ab und küsst mich immer wieder, während er mir das Gefühl gibt, die einzige Frau auf der Welt zu sein, die er will.

*

Am nächsten Morgen starten wir mit einem Frühstück entspannt in den Tag und ich schiebe es vor mir her, ins Büro zu fahren. Paco hat heute frei.

»Was machen wir heute?«, fragt er und schlingt seine Arme von hinten um mich, während ich darauf warte, dass der Kaffee durchläuft.

»Ich muss arbeiten«, entgegne ich und lehne meinen Hinterkopf an seine Schulter.

»Du solltest auch frei haben, wenn wir frei haben.«

»Du weißt, dass das nicht geht, Paco«, antworte ich und greife nach den Kaffeetassen, ehe ich mich zu ihm herumdrehe und ihn anlächle.

»Schade«, meint er und drückt mir einen sanften Kuss auf die Lippen. »Wie lange musst du …«

Das Klingeln meines Handys reißt uns aus unserem Gespräch. Ich drücke mich an ihm vorbei und nehme das Gespräch entgegen.

»Hey Denise«, begrüße ich meine Assistentin.

»Wo bist du?«, will sie wissen. »Hier ist die Hölle los.«

Ich stutze und sehe zu Paco, der die Augenbrauen hochzieht.

»Welche Hölle?«, frage ich.

»Der ganz normale Montagmorgen«, meint sie. »Außerdem hat schon zweimal die Assistentin von Caleb Turner angerufen und braucht die Liste der Spielernamen, die außer Damien O'Riley zur Charity-Gala am Wochenende kommen.«

Ich blase die Backen auf und trinke von meinem Kaffee.

»Gib mir eine halbe Stunde, dann bin ich im Büro, ja?«

»Super, danke«, sagt sie. »Tut mir leid, Savannah.«

»Es ist nicht deine Schuld«, erwidere ich. »Danke.«

Wir beenden das Gespräch und ich lege mein iPhone auf der Kücheninsel ab. Dann sehe ich Paco an, der die Arme vor der Brust verschränkt hat und mich grimmig anschaut.

»Ich muss ins Büro.«

»Das habe ich mir gedacht«, meint er und verdreht die Augen.

»Jetzt sei nicht so«, murmle ich und gehe auf ihn zu. Nur sehr widerwillig lässt er seine Arme sinken, sodass ich mich gegen ihn lehnen kann.

»Wie bin ich denn?«

»Genervt.«

»Tut mir leid, dass ich meinen freien Tag gern genauso wie meine Kollegen mit meiner Freundin verbringen möchte«, sagt er und drückt mich weg.

Da ist es, dieses Wort, das eigentlich nicht mehr aus seinem Mund kommen sollte.

»Ich bin aber nicht deine Freundin.«

»Natürlich bist du meine Freundin und jetzt fang nicht wieder mit dieser Grundsatzdiskussion an.«

»Ich muss trotzdem ins Büro.«

Paco kommt auf mich zu, zieht mich an sich und küsst mich innig. Seufzend lege ich meine Arme um seinen Hals, und vergrabe meine Finger in seinen Haaren.

»Bis später, Baby«, sage ich und lächle ihn an.

»Bis später und ich nehme an, dass ich dich nicht von der Arbeit abholen soll?«

»Nein.«

»Und auch nicht ins Büro kommen soll, um dich zu überraschen.«

»Nein«, sage ich.

»Na gut.« Er gibt mir einen Klaps auf den Hintern. »Bis heute Abend, Savannah.«

»Bis heute Abend!«, rufe ich und verlasse daraufhin seine Villa, um ins Büro zu fahren.

17. KAPITEL

Savannah

Berkeley Pacific Arena, eine Woche später

Völlig fassungslos starre ich auf das grausige Schauspiel, dass mein Team auf dem Platz bietet. Es ist schier eine Katastrophe, das kann ich nicht anders sagen. Es ist ein Wunder, dass wir nur ein Field Goal zurückliegen und New Orleans so verdammt viel Pech heute in seinen Drives hat, weil sie eine Flag nach der anderen kassieren. Keine Ahnung, wie viele Strafen bereits auf ihr Konto gehen, aber sie halten uns im Spiel.

Das Hoch der letzten Wochen ist bei mir komplett verflogen und stattdessen ist da nur noch Frust. Das seit mehr als einer Stunde. Ich bin stinksauer auf mein Team und verstehe nicht, wie sie sich so präsentieren können. Mit dem neuen Head Coach sollte doch alles besser werden.

»Ich verstehe das nicht«, sage ich und fahre mir durch die Haare. »Wie können sie nur so unfassbar schlecht spielen.«

Genervt gehe ich in meiner Loge auf und ab. Wieder und wieder. Doch des Rätsels Lösung will nicht kommen. Nichts fällt mir ein, dass das Chaos auf dem Feld wieder wegmacht. Außer, dass ich den Schiedsrichtern danken kann, dass sie dafür sorgen, dass New Orleans eine Strafe nach der anderen bekommt.

Unsere Offense geht aufs Feld und stellt sich auf. Cody gibt den Drive frei. Der Snap wird von Holden gespielt, der ihn auch einigermaßen gut anbringt. Doch Cody bewegt sich wie festgeklebt in der Pocket. Da ist überhaupt keine Bewegung drin. Keine Dynamik, nichts von dem, was er in den letzten Spielen so gut gemacht hat. Natürlich nutzen das die Defense Spieler von New Orleans und sacken ihn.

»Das darf doch nicht wahr sein!«, rufe ich und ernte einige Blicke aus der Loge.

Leider muss ich immer wieder hochrangige Sponsoren in meine Loge einladen, die mit mir gesehen werden wollen. Heute sind es die Vertreter von Pacific Railways, dem Sponsor des Stadions. Mit der größte und wichtigste Franchisepartner, den wir haben. Die zwei Herren im Alter meines Dads nehmen eigentlich nicht viel Notiz von mir. So lange ich nicht über mein Team fluche wie ein Rohrspatz. Heute mache ich das ausgesprochen laut und oft.

Meine Eltern und meine Schwester sind auch da und bekommen mal wieder ein ausnahmslos schlechtes Spiel geboten.

»Vielleicht solltest du weniger fluchen«, meint Jasper und tritt neben mich. Ich werfe ihm einen genervten Blick zu und verschränke die Arme vor der Brust.

»Wieso spielen sie wieder so schlecht?«, frage ich. »Ich verstehe das nicht. Paco hat kein einziges Field Goal zwischen die Pfosten gebracht, keins. Das ist untypisch für ihn.«

Die gesamte Leistung auf seinen Schultern abzulegen ist nicht fair. Dennoch sind das neun wichtige Punkte, die uns durch die Lappen gingen. So kenne ich ihn nicht und neben Desmond und Jackson ist er gefühlt die letzte Konstante in diesem Team.

»Jeder hat mal einen schlechten Tag«, ergreift Jasper Partei für Paco und ich nicke.

»Leider, ja.«, antworte ich seufzend.

Mittlerweile sind wir im dritten Versuch und ich schüttle nur noch mit dem Kopf. Ich habe keinen Bock ihnen wieder eine Ansage zu machen, noch weniger, weil ich viele der Spieler einfach zu gern mag, um ständig die unzufriedene Chefin raushängen zu lassen.

»Das gibt es nicht!«, rufe ich und mache eine Wegwerfbewegung mit der linken Hand. »Nur ein Field Goal.«

Die Offense geht vom Feld und die Special Teams um Paco betreten es. Sie stellen sich auf und ich schlage mir die Hände bereits vors Gesicht, weil ich es nicht sehen möchte.

Der Snap kommt und Paxton hält den Ball perfekt fest. Paco führt den Kick durch. Den Ball verfolgend, geht dieser wieder an den Torstangen vorbei.

Diesmal sage ich nichts mehr. Mit weit offenstehendem Mund stehe ich in meiner Loge. Während seine Mitspieler ihn trösten, weiß er genau was los ist. Das ist das mieseste Spiel, das ich jemals von ihm gesehen habe und ich frage mich warum.

An der Seitenlinie angekommen, entlädt sich sein Frust. Er zieht seinen Helm vom Kopf und donnert diesen dermaßen hart auf den Boden, dass das Gesichtsgitter abfällt.

»Idiot«, flüstere ich. »Wieso provozierst du den Stress?«

»Was ist denn mit Alvarez los?«, fragt mein Dad und wirft mir einen ratlosen Blick zu. »So kenne ich ihn gar nicht.«

»Frag mich nicht, Dad«, antworte ich kopfschüttelnd. »Ich freue mich wieder einen Anschiss zu verteilen.«

»Es tut mir leid, Schatz.« Mein Dad gibt mir einen Kuss auf die Schläfe und lässt mich stehen.

Für den Rest des Spiels wird die Leistung auch nicht besser, sodass wir dreißig Sekunden vor Schluss zwar nur mit einem Field Goal hinten liegen, aber ich bereits sicher bin, dass Paco auch diesen vergeigen wird.

Es kommt wie es kommen muss und auch dieses Field Goal sitzt nicht. Was macht der gnädige Herr? Zerstört den zweiten Helm am Abend.

Ich bleibe tapfer stehen, auch weil ich weiß, dass die Kameras natürlich wieder auf mich schwenken werden. So ist es bei jedem Spiel bisher gewesen. Tatsächlich dauert es nicht lange, bis ich eingefangen werde. Starr halte ich an meinem Blick fest und warte darauf, dass sie sich ein neues Ziel suchen. Zu meiner Überraschung pfeifen mich die Fans nicht aus. Was mir zumindest ansatzweise die Sicherheit gibt, dass sie auch begriffen haben, dass das Team es verbockt und nicht ich.

Nachdem die Teams langsam ihrer Wege gehen und im Inneren des Stadions verschwinden, mache ich auf dem Absatz kehrt und mache mich auf den Weg in die Kabine. Diesmal werde ich nicht warten, bis die Spieler aus der Dusche kommen und bereit sind, nach Hause zu fahren. Ich will sie vorher erwischen und meinem Frust freien Lauf lassen. Denn dieses Mal gibt es keine Entschuldigungen. Das war unglaublich fahrlässig, was sie gespielt haben.

Die Loge lasse ich hinter mir und fahre, dicht gefolgt von Jasper, mit dem Aufzug ins Innere des Stadions.

»Warte doch!« Jasper hastet hinter mir her. »Savannah!«

»Lass mich«, zische ich. »Ich will das klären.«

»Aber doch nicht so!« Er greift nach meinem Oberarm, sodass ich herumgeschleudert werde und beinahe gegen ihn pralle. »Bitte.«

Unsere Blicke kreuzen sich und ich öffne den Mund, um ihm zu sagen, dass er recht hat.

»Ich habe dir doch gesagt, dass du deine Pfoten von ihr nehmen sollst!«

Plötzlich geht alles ganz schnell. Eine Faust schellt nach vorne und Jasper wird von mir weggeschleudert. Es knackt einmal und Paco stürzt sich auf meinen General Manager. Noch immer in voller Montur ringt er Jasper zu Boden. Mitten im Kabinengang schlägt er ihm wieder und wieder auf die Nase.

Was ist denn nur los mit ihm? Ich kann das gar nicht glauben und dementsprechend schockiert stehe ich auch daneben.

»Savannah, weg da!« Jemand zieht mich zurück, wo ich erst spät bemerke, dass es Jackson ist und ich gegen Desmond geschubst werde.

Dann stürzen er und Damien sich auf Paco, um ihn von Jasper runterzuziehen, der gar keine Ahnung hat, wie ihm geschieht.

»Hör auf!«, brüllt Jackson seinen besten Freund an. »Tickst du noch ganz richtig?«

»Er soll seine Pfoten von ihr nehmen!«, brüllt Paco außer sich zurück und schubst Jackson weg.

»Und du glaubst, du machst es besser, indem du ihn verprügelst, du Vollidiot. Willst du, dass sie dich so anschaut?«

Jacksons Gesicht ist hochrot vor Wut, während meins kreidebleich sein muss. Er schleudert Paco herum, sodass er mich ansehen muss. Mein Herz rast in meiner Brust und ich bin dankbar, dass Desmond mich festhält. Die Security-Männer, die ich zu meiner Sicherheit bezahle, stehen nur tatenlos da und schauen sich das Schauspiel an.

War wohl auch das Spannendste, was die Spieler in den letzten Stunden abgeliefert haben. Wieso sollte man sich vor einen fuchsteufelswilden Footballer stellen? Da steht man lieber brav an der Seite und hofft, dass es keiner merkt.

Damien hilft Jasper auf und einer der Securitys reicht ihm ein Taschentuch. Seine Nase ist komplett schief und sein linkes Auge schwillt sekündlich mehr zu.

»Das sollte sich jemand ansehen«, meint Desmond.

»Geht schon«, murmelt Jasper.

»Bitte geh zum Arzt«, sage ich. »Das sieht nicht gut aus.«

Paco schnaubt verächtlich und schüttelt den Kopf. Anschließend murmelt er noch etwas auf Spanisch, was ich nicht verstehe. Das ist vielleicht auch besser so, denn es war sicherlich absolut nichts Nettes in Richtung Jasper.

»Komm schon«, sagt Damien. »Lass uns zum Arzt gehen.«

Schließlich gibt Jasper nach und folgt Damien, aber nicht ohne sich noch mal an Paco zu wenden.

»Das wird Konsequenzen haben«, zischt er. »Den General Manager verprügeln. Unglaublich!«

»Wenn er es doch nicht besser verdient«, spottet Paco und mir klappt die Kinnlade runter.

»Nicht besser verdient«, zischt Jasper, statt Damien endlich zu folgen. »Was ist dein beschissenes Problem, Alvarez? Du hast gewonnen, was du wolltest!«

Ich keuche und als Jaspers Blick meinen trifft, weiß ich, dass dieser nicht nur schmerzverzerrt wegen der Prügel von vorhin ist. Er weiß, was wir miteinander haben.

»Entschuldige dich!«, verlange ich von Paco und gehe auf ihn zu.

»Auf keinen Fall«, antwortet er mir.

»Du entschuldigst dich sofort!«

»Nein!«, erwidert er knurrend. »Ich habe es ihm jetzt schon einige Mal gesagt und scheinbar geht das nicht in sein Hirn rein. Er hat dich nicht anzufassen.«

»Das hast du nicht zu bestimmen.«

»Willst du wetten?«, feuert Paco zurück, als sich plötzlich Jackson zwischen uns schiebt.

»Habt ihr eigentlich noch alle Tassen im Schrank?«, fragt er. »Wenn ihr wollt, dass alle erfahren, dass ihr mehr seid als … Boss und Spieler, dann streitet euch hier weiter. Aber ich würde vorschlagen, dass du duschen gehst und du in dein Büro.«

Alles in mir wehrt sich dagegen, mir von Jackson etwas sagen zu lassen, aber er hat recht. Paco und ich bewegen uns gerade auf sehr, sehr dünnem Eis. Eigentlich ist es schon eingebrochen bei allem, was in den letzten Minuten passiert ist.

»Er hat recht«, resigniere ich. »Geh duschen und komm danach in mein Büro.«

Damit drehe ich mich herum und verlasse mit meinen Securitys den Kabinenbereich.

*

Es klopft an meiner Bürotür und Jasper kommt herein.

»Darf ich?«, will er wissen und ich nicke.

»Natürlich«, erwidere ich und beiße mir auf die Lippe. Sein linkes Auge ist komplett zugeschwollen und seine Lippen aufgeplatzt. Das Veilchen rund um sein Auge sagt zudem auch alles aus, was man wissen muss.

»Warum tickt er so aus?«, fragt er. »Bitte sag mir die Wahrheit, Savannah. Habe ich recht, läuft da was zwischen euch?«

Mein Herz rast in meiner Brust und mir wird ganz schlecht. Bisher dachte ich, dass wir es geheim halten, aber dem ist wohl nicht so.

»Ich habe die Vermutung schon länger, dass ihr mehr seid als Freunde oder … Kollegen im weitesten Sinne. Du bist sein Boss. Nach der Aktion heute bin ich mir mehr als sicher, dass da mehr ist.«

»Wir sind zusammen«, sage ich und suche seinen Blick. »Es tut mir so leid, dass er dich verprügelt hat. Das wird Konsequenzen für ihn haben.«

»Savannah, es geht hier nicht um mein Auge oder meine Lippe«, antwortet er. »Du bringst dich in Teufelsküche damit.«

»Das ist nichts, was ich mit dir besprechen muss oder worüber ich dir Rechenschaft schuldig bin«, entgegne ich und atme tief durch. »Paco wird seine Strafe bekommen für das, was er gemacht hat, aber darüber hinaus geht es dich nichts an.«

»Sav, wir sind doch auch Freunde, oder?«, fragt er. »Okay, ja, ich habe versucht bei dir zu landen, aber das hat allen Anschein nicht sollen sein. Wir mögen uns doch und arbeiten gut zusammen. Jetzt sag mir bitte was da los ist.«

»Paco denkt, dass zwischen uns mehr ist und deswegen ist er eifersüchtig«, erkläre ich ihm und atme tief durch. »Dass er dich derart attackiert, hätte ich allerdings nicht für möglich gehalten.«

»Okay.« Jasper nickt. »Möchtest du, dass ich mich die nächsten Tage nicht mehr blicken lasse?«

»Du kannst morgen früh normal zur Arbeit kommen, wenn du dich dazu in der Lage fühlst«, erwidere ich. »Es gibt keinen Grund, dass du nicht kommst.«

»Oh, okay.« Er sieht sichtlich überrascht aus von meiner Entscheidung.

Es klopft erneut.

»Ja«, sage ich und Paco tritt ein.

»Du wolltest mich sprechen.«

»Komm rein«, erwidere ich. »Du kannst gehen, Jasper.«

Jasper geht an Paco vorbei. Die beiden wünschen sich nur durch Blicke die Pest an den Hals. Ich atme tief durch und warte, bis Jasper die Tür hinter sich geschlossen hat. Dann gehe ich zurück zu meinem Schreibtisch und lehne mich dagegen. Die Hände stütze ich links und rechts neben mir ab.

Paco steht regungslos vor mir. Ausnahmsweise hält er mal die Klappe.

»Was denkst du, was ich jetzt tun muss?«, frage ich. »Warum bringst du mich in diese Lage?«

»Savannah ich ...«

»Wie konntest du das nur tun?«, fahre ich fort und meine Stimme wird immer schriller. »Ihn verprügeln ... im Kabinengang. Du kannst froh sein, dass es nicht vor Paparazzi wimmelte, dort. Ich verstehe dich nicht, Paco. Es war doch alles in Ordnung zwischen uns.«

»Es tut mir leid.«

»Reden wir über deine Strafe.« Absichtlich übergehe ich seinen Versuch, sich bei mir zu entschuldigen, weil ich weiß, wie wichtig es ist, dass ich jetzt nicht den Faden verliere und in ihm den

Mann sehe, in den ich mich verliebt habe, statt meinen Spieler, der mächtig in der Scheiße sitzt.

»Darf ich nicht mal was zu meiner Verteidigung sagen?«, fragt er doch allen Ernstes und ich lache freundlos auf.

»Was willst du denn noch dazu sagen?«, frage ich genervt. »Du hast den General Manager verprügelt, weil er mich angefasst hat. Du wusstest nicht mal, warum er mich anfasst. Was bitte hast du noch zu deiner Verteidigung zu sagen?«

»Ich war eifersüchtig.«

»Mal wieder«, spotte ich. »Du warst mal wieder eifersüchtig, toll, Paco. Wirklich klasse.«

»Es tut mir leid.«

»Reden wir über deine Strafe«, nehme ich das eigentliche Thema wieder auf und gehe hinter meinen Schreibtisch. Dort setze ich mich hin und deute auf den Stuhl davor. »Setz dich.«

Er kommt meiner Bitte nach und lässt sich wenig begeistert auf den Stuhl fallen.

»Du wirst für ein Spiel suspendiert.«

»Was? Das kannst du nicht machen, das ist …«

»Lass mich gefälligst ausreden«, sage ich. »Geht das?«

»Von mir aus«, antwortet er patzig wie ein kleines Kind und verschränkt zusätzlich die Arme vor der Brust.

»Außerdem wirst du einhunderttausend Dollar Strafe an eine gemeinnützige Organisation zahlen, die sich gegen Opfer von Gewalt einsetzt.«

»Sag mal, hast du sie noch alle?« Paco springt auf und stützt sich auf der Tischplatte ab. Wenig beeindruckt sehe ich ihn an. »Was soll der Scheiß, Savannah?«

»Hinsetzen!« Er zögert. »Setz dich hin, Paco!« Er lässt sich wieder auf den Stuhl fallen und schüttelt den Kopf.

»Du zahlst die Strafe und du bist für ein Spiel suspendiert«, wiederhole ich es noch einmal.

»Du kannst es dir in dieser Situation gar nicht erlauben mich zu suspendieren.«

»Du wirst schon sehen, was ich kann, und was nicht«, antworte ich, wütend, dass er unsere sportliche Situation, zu der er auch seinen Teil beiträgt, als Argument nutzt, um seine Suspendierung zu verhindern. »Außerdem wirst du dich vor dem Team für dein Handeln rechtfertigen und ich erwarte eine offizielle Entschuldigung bei Jasper.«

»Soll ich ihm die Füße küssen?«, spottet er.

»Hör auf es ins Lächerlich zu ziehen, Paco«, bitte ich ihn mit ruhiger Stimme. »Ich muss handeln und es muss für dich Konsequenzen haben. Wenn es die Runde macht, was zwischen uns ist, und ich dich nicht genauso behandle wie alle anderen, verliere ich mein Gesicht nicht nur vor der Mannschaft, sondern auch dem Rest der Liga. Willst du das?«

»Nein«, antwortet er. »Es tut mir leid und kommt nicht mehr vor.«

»Gut.« Ich nicke. »Du kannst gehen.«

Mir entgeht nicht, dass er schluckt und traurig darüber ist, dass ich ihn wegschicke, aber gerade kann ich ihn nicht um mich haben. Dieser Ausraster war zu viel.

»Ich schätze, ich habe es versaut«, meint er.

»Ja, das hast du«, antworte ich. »Ich brauche Abstand.«

»Sicher«, flüstert er. »Es tut mir leid, Savannah.«

Als ich ihm nicht mehr antworte, verlässt er das Büro.

18. KAPITEL

Paco

Berkeley Pacific Arena, eine Woche später

Es gibt doch nichts Schlimmeres, als bei einem Thursday Night Game auf der Tribüne zu sitzen und seinen Kollegen zuzusehen. Das nicht mal wegen einer Verletzung, sondern offiziell wegen disziplinarischer Maßnahmen. Savannah hat das allen Ernstes genau so an die Presse weitergegeben. Diese hat eins und eins zusammengezählt und munkelt seitdem darüber, was zwischen dem General Manager und mir vorgefallen ist. Auf die Wahrheit kommen sie zum Glück nicht.

»Ist hier noch frei?« Ich schaue nach oben und sehe Dalton neben mir stehen.

»Klar«, antworte ich und deute ihm an sich zu setzen.

Dalton lässt sich auf den freien Platz neben mich fallen und wirft mir einen fragenden Blick zu.

»Was ist?«, will ich wissen.

»Wie zur Hölle kann man so dumm sein und den General Manager aus Eifersucht niederschlagen?«, fragt er knurrend. »Ich kapiere es nicht, Paco.«

»Wie gut, dass du das auch nicht musst«, entfährt es mir eingeschnappt.

»Das war eine rhetorische Frage. Was sollte das?«

»Ich habe dem Penner oft genug gesagt, dass er seine Finger von Savannah nehmen soll, und er tut es nicht. Dann hatte es nun mal Konsequenzen. So einfach ist das.«

»Ich fasse es nicht«, murmelt er und fährt sich durch die kurz rasierten Haare. »Du kannst dich so nicht aufführen und das Team im Stich lassen. Verstehst du das, Paco?«

Die Lippen zu einer schmalen Linie zusammengepresst, sitze ich da. Natürlich verstehe ich das und mir ist das auch alles bewusst, aber Jasper nervt mich einfach. Darum sitze ich jetzt auch hier und höre mir Daltons Moralpredigt an.

»Vermutlich will sie das auch«, murre ich unzufrieden.

»Will sie was?«, fragt Dalton. »Scheinbar hat meine Verletzung mich so sehr gekickt, dass ich gar nichts mehr mitbekommen habe. Was läuft zwischen Savannah und dir?«

»Jetzt nichts mehr, seitdem ich Jasper eine reingehauen habe und suspendiert wurde.«

»Dann frage ich anders«, erwidert Dalton seufzend. »Was lief zwischen Savannah und dir?«

»Wir waren ... zusammen«, murmle ich. »Irgendwie ... so was in der Art. Sie wollte es nicht offiziell machen, weil ich immer noch einer der Spieler bin. Dennoch haben wir viel Zeit miteinander verbracht und es sah auch alles gut aus. Bis letztes Wochenende.«

»O Mann«, stöhnt Dalton und reibt sich über die Stirn. »Von allen Frauen, die in deine Shorts wollen, muss es Savannah Belfast sein?«

»Scheinbar«, antworte ich und ein Lächeln schleicht sich auf meine Lippen. Nervös reibe ich meine Hände aneinander und schaue Dalton an. »Ich weiß, dass ich Scheiße gebaut habe, aber sie ist großartig.«

»Puh«, stößt er die angehaltene Luft aus und klopft mir auf die Schulter. »Ich weiß ja nicht, ob ich mir Sav freiwillig ins Haus holen würde.«

»Das würde deiner Frau nicht gefallen und mir nebenbei gesagt auch nicht«, antworte ich zwinkernd.

Dalton grinst mich an und wir richten unseren Fokus auf den Platz unter uns, wo die Nationalhymne gespielt wird und gleich darauf der Kick-Off startet.

Die Offense der Bees kommt aufs Feld und startet überraschend gut ins Spiel. Binnen weniger Minuten sind sie in Field Goal Range und die altbekannten Probleme tauchen wieder auf. Von hier oben hat man eine andere Sichtweise auf das Spiel und die Fehler, die Cody macht, sind unglaublich.

»Das darf doch wohl nicht wahr sein!«, rufe ich und springe auf. Dalton, der aufgrund seines Knies dazu gezwungen ist sitzen zu bleiben, schaut nur nickend zu mir rauf.

»So ist es jedes Spiel«, murmelt er. »Bis auf die drei, die leider eine Ausnahme waren.«

»Unglaublich«, antworte ich und setze mich hin.

Mein Ersatzspieler George kommt aufs Feld und am liebsten würde ich mir die Augen zuhalten. Es sind noch knapp dreißig Yards bis in die Endzone und für Kicker mehr als machbar. Im Stadion ist es heute windstill. Trotzdem weiß ich nicht, ob George die Nerven behält.

Der Snap wird durchgeführt, Paxton hält den Ball und George setzt zum Kick an.

Meine Finger krallen sich in die Lehnen des Stuhls, als der Ball durch die Luft fliegt und mittig zwischen den Torpfosten landet.

»Sehr gut!« Die rechte Hand zu einer Faust geballt springe ich auf und juble laut mit. »Weiter so!«

»Ist da jemand ein Fan?«, frotzelt Dalton und ich verdrehe die Augen und setze mich wieder.

Es sind erst knapp sieben Minuten von der Uhr genommen, das Spiel ist noch lang. Dennoch erleichtert es mich, dass George das erste Field Goal getroffen hat.

Nach dem ersten Viertel liegen wir mit zehn zu drei vorne, was vor allem an dem über dreißig Yards Running Touchdown liegt, den Desmond erlaufen hat. Da hat es nicht mal Dalton auf seinem Platz gehalten, um seinem besten Freund zuzujubeln.

Natürlich steht man immer selbst lieber auf dem Feld, als aus der Loge zuzusehen, was die Kollegen machen, doch die Jungs spielen heute wirklich verdammt gut. Cody steigert sich von

Drive zu Drive, sodass wir mit einer soliden siebzehn zu zehn Führung in die Halbzeit gehen.

»Willst du was trinken?«, frage ich an Dalton gewandt.

»Wasser, bitte«, sagt er und ich nicke und mache mich auf den Weg zur Bar, die sich in unserer Loge befindet. Ich bestelle zwei Flaschen Wasser bei dem Barkeeper.

»Hey«, sagt jemand neben mir und ich drehe den Kopf.

»Hi«, begrüße ich Savannahs Schwester.

»Alles klar?«

»Klar und bei dir?«

»Bei mir wäre nicht so viel klar, wenn ich den General Manager verprügelt hätte und meine Schwester nicht mehr mit mir redet.«

Ich schnaube und greife nach den beiden Wasserflaschen, die man mir hingestellt hat.

»Wie gut, dass ich nicht du bin, oder?«, antworte ich genervt.

»Rede mit Savannah«, meint Mila und sieht mich bittend an. »Sie kann jetzt nicht auf dich zukommen, Paco. Das würde ihr Gesicht …«

»Erzähl mir nichts von Savannahs Gesicht, okay?«, zische ich. »Ja, ich habe Jasper eine reingehauen und ja, ich habe meine Strafe dafür bekommen, oder nicht?« Mila presst die Lippen zusammen und schweigt. »Savannah kann nicht zwischen beruflichem und privaten unterscheiden.«

»Ach, und du kannst das?«, zischt sie. »Indem du den General Manager verprügelst. Du spinnst doch.«

»Wie gut, dass das alles nicht in deinem Ermessen liegt.«

Damit lasse ich Mila endgültig stehen und gehe zurück zu Dalton.

»Hier«, sage ich und drücke ihm die Flasche in die Hand.

»Alles okay?«, fragt er.

»Wie man es nimmt«, brumme ich und drehe das Wasser auf. »Mila meint, dass ich nachsichtiger mit Savannahs Situation sein sollte und mich noch mal bei ihr entschuldigen. Dabei brauchte sie Abstand. Für mich war es nach der Strafe gegessen und ich habe es akzeptiert.«

»Vielleicht schafft sie es wirklich nicht, zwischen dir als ihr Freund und dir als ihr Angestellter zu unterscheiden.«

»Ja, scheinbar«, murmle ich.

*

Ich stehe in der Tiefgarage des Stadions und warte darauf, dass Savannah sie betritt, um doch noch mal mit ihr zu reden. Auch wenn ich eigentlich weiterhin der Meinung bin, dass ich dazu nicht verpflichtet bin. Sie hat beschlossen, dass sie Abstand braucht, nicht ich. Wenn ich jetzt nicht nochmals auf sie zugehe und ihre Nähe suche, wird das nichts mehr zwischen uns.

Die Tür in die Tiefgarage wird geöffnet und Savannah kommt in Begleitung ihrer Schwester und zwei Bodyguards heraus. Sofort stoße ich mich von meinem Auto ab und gehe auf sie zu.

»Hey«, sage ich, die Hände in die Taschen meiner Jeans vergraben.

»Hey«, meint Mila.

Savannah antwortet mir nicht, stattdessen weicht sie meinem Blick aus. Das klappt alles ganz hervorragend. Sie kann mich weder ansehen noch mit mir sprechen. Wie sollen wir denn so ein Gespräch führen und uns wieder vertragen?

»Savannah«, sage ich. »Hast du einen Moment?«

Jetzt, wo ich sie persönlich angesprochen habe, muss sie den Kopf heben und mich ansehen. Das tut sie auch. Die Lippen fest aufeinandergepresst, versucht sie mir gegenüber keinerlei Regung zu zeigen. Doch ich kenne sie mittlerweile lange genug, um zu wissen, dass selbst in diesem Blick hunderte Emotionen stehen.

»Was gibt es denn?«, will sie schüchtern wissen. »Wir wollen noch mit unseren Eltern essen gehen.«

»Echt?«, fragt Mila und ich ziehe die Augenbrauen hoch, während Savannah ihr einen bösen Blick zuwirft.

»Netter Versuch«, wende ich ein und gehe auf sie zu. »Können wir reden? Ich bringe dich danach auch zu eurem Essen.«

Savannah presst die Lippen zusammen. Ohne mir zu antworten, nickt sie ihren Bodyguards und ihrer Schwester zu. Dann geht sie ohne weiteren Kommentar an mir vorbei zu meinem Auto.

»Bis dann«, verabschiede ich mich von Mila, die mir zuzwinkert und schließe mein Auto per Knopfdruck auf. Erneut kommentarlos steigt Savannah auf der Beifahrerseite ein.

Ich setze mich ebenfalls in den Wagen und lehne meinen Kopf zurück.

»Wenn du überhaupt keine Lust hast, mit mir zu reden«, sage ich. »Wieso bist du hier?«

»Meine Schwester scheint ganz offensichtlich auf deiner Seite zu stehen«, murrt Savannah. »Und sie würde mich sowieso nur nerven, dass ich nicht mit dir rede.«

»Ich zwinge dich nicht zu einem Gespräch, Sav«, lasse ich sie angespannt wissen. »Wenn du keine Lust hast, steig aus. Was soll ich denn machen? Du ignorierst mich seit Tagen. Findest du das fair?«

»Findest du es fair, mich in so eine unmögliche Situation zu bringen?«, schießt sie zurück. »Also ich nicht.«

»Ich habe meine Strafe bekommen«, erwidere ich. »Was ist denn dein Problem?«

»Mein Problem ist …« Sie holt tief Luft und sieht mich wieder an. »Dass ich es nicht kann. Ich kann nicht zwischen dem Mann den ich … dir … und meinem Spieler unterscheiden. Es fällt mir schwer und ich … ich dachte, dass ich die Situation nutze, um es zu beenden.«

Eigentlich sollte ich ihr böse sein, aber ich kann nicht. Dass sie wirklich glaubte, dass sie mich so loswird, ist süß. Lächelnd greife ich nach ihrer Hand.

»Netter Versuch, Baby«, flüstere ich. »Dir ist wohl klar, dass das nicht funktioniert, oder?«

»Ich weiß nicht.« Sie zuckt mit den Schultern. »Vielleicht doch.«

Ein zartes Lächeln ziert ihre Lippen, was mich leise lachen lässt. Vorsichtig drücke ich ihre Hand und beuge mich zu ihr vor.

»Es tut mir leid, Savannah«, entschuldige ich mich ein weiteres Mal. »Ich bin völlig durchgedreht letzte Woche. Es nervt mich einfach, dass er ständig in deiner Nähe ist und ja, ich weiß, dass sich das nicht ändern lässt.«

»Paco«, meint sie seufzend. Ihre Fingerspitzen streichen über meine Wange und bescheren mir eine Gänsehaut. »Ich … es ist okay. Wahrscheinlich würde ich auch ausflippen, wenn eine andere Frau ständig in deiner Nähe wäre. Momentan ist einfach alles etwas viel, weil ich nicht weiß, was richtig ist.«

»Schon gut«, flüstere ich und drücke ihr einen sanften Kuss auf die Lippen. »Nimmst du meine Entschuldigung an?«

»Ja«, sagt sie und mein Herzschlag setzt für einen Moment aus, um im nächsten doppelt so schnell weiterzuschlagen. »Wie kommen wir jetzt ungesehen hier raus?«

Savannah sieht aus dem Fenster und dann mich wieder an. Mist! Darüber habe ich nicht nachgedacht, als ich wollte, dass sie zu mir ins Auto steigt. Ich drehe mich herum und taste auf der Rückbank nach einem Hoodie.

»Zieh den an«, bitte ich sie.

»Den?« Savannah faltet ihn auseinander und sieht mich skeptisch an. »Ich weiß ja nicht.«

»Hast du eine bessere Idee?«, frage ich.

»Nein«, murmelt sie und zieht den Pullover über. Er ist ihr viel zu groß. Sie könnte ihn locker als Kleid tragen.

»Steht dir gut«, sage ich und küsse sie sanft. Savannah erwidert den Kuss und legt ihre Hand in meinen Nacken, um mich weiter zu sich zu ziehen. Mit meiner Zungenspitze teile ich ihre Lippen und bitte um Einlass. Seufzend schmiegt sie sich an mich und wir genießen den Kuss.

Diese Frau ist unglaublich und ich will sie nie wieder in meinem Leben missen.

Ich starte den Motor und parke meinen Wangen aus, während Savannah sich die Kapuze weit ins Gesicht zieht. Die Schranken öffnen sich, sodass ich rausfahren kann. Es ist früher Abend in Berkeley. Die Fotografen säumen links und rechts die Ausfahrt der Tiefgarage.

»Duck dich noch weiter«, sage ich und sie nickt und taucht fast vollkommen ab. Das wird morgen viel Gerede geben, wer sich in meinem Auto befand.

Nach einigen Meilen bin ich mir sicher, dass die Fotografen abhängt sind.

»Du kannst dich wieder normal hinsetzen«, sage ich und Savannah richtet sich auf. Sie schiebt die Kapuze von ihrem Kopf und richtet ihre Haare.

»Ätzend«, meint sie.

Ich lache leise, was mir einen bösen Blick ihrerseits einbringt. Dann greife ich nach ihrer Hand und verschränke unsere Finger miteinander. Mein Herz schlägt schneller und ich freue mich wahnsinnig darüber, mit ihr gemeinsam nach Hause zu fahren.

»So sollte es nach einem Heimspiel immer sein«, sage ich und werfe ihr einen Blick zu. »Vorzugsweise wenn ich selbst auch spiele.«

»Das hast du dir ganz allein eingebrockt und ich will über das Thema nicht mehr reden«, antwortet sie. »Überhaupt will ich nicht mehr über irgendwelche geschäftlichen Dinge sprechen.«

»Das wird schwierig.«

»Wieso?«

»Weil wir beide Football lieben, Baby.«

19. KAPITEL

Savannah

San Francisco, eine Woche später

Heute findet die Spendengala von Sophies Eltern auf ihrem Landgut in der Nähe von San Francisco statt. Es ist das erste Mal, dass sie es auf ihrem Anwesen stattfinden lassen und nicht in einem angemieteten Hotel. Dennoch habe ich mich dazu entschlossen, in ein Hotel in der Nähe einzuchecken. Zwar gab es das Angebot die Nacht auch auf dem Landgut zu verbringen, aber diese habe ich dankend abgelehnt. Von den Berkeley Bees sind außer mir und natürlich Damien, der mit Sophie kommt, noch Paco, Desmond und Jackson anwesend. Dalton hat sich aufgrund seines Knies entschuldigt.

Ich schließe die Riemchen meiner Sandalen und richte mich wieder auf. Das bodenlange dunkelblaue Kleid mit dem tiefen Ausschnitt, der meine Brüste zur Geltung bringt, schmiegt sich perfekt an meinen Körper.

Das Klopfen an der Zimmertür lässt mich zusammenzucken. Hoffentlich ist das nicht noch mal die Stylistin, die meine Haare hochstecken möchte. Ihrer Meinung nach passt es besser zu einer Gala, aber ich fühle mich mit den offenen Haaren deutlich wohler.

Doch hinter der Tür steht nicht die Stylistin, sondern Paco.

»Hey«, stoße ich aus. »Was ... was machst du hier?«

Er grinst mich an und deutet mit einem Nicken auf das Innere meines Hotelzimmers.

»Darf ich reinkommen?«

»Natürlich.« Sofort mache ich ihm Platz, sodass er eintreten kann. Mit einem letzten Blick auf den Flur vergewissere ich mich, dass ihn keiner gesehen hat und schließe die Tür hinter uns. Mich macht die ganze Heimlichtuerei mit ihm noch verrückt. Kaum, dass die Tür ins Schloss gefallen ist, packt Paco mich an der Hüfte und zieht mich an sich.

»Hey Baby«, raunt er gegen meine Lippen und verschließt sie anschließend mit meinen. Ich schlinge meine Arme um seinen Hals und erwidere den Kuss.

»Hi«, antworte ich, nachdem wir uns voneinander gelöst haben. »Was machst du hier?«

Mit einem Schritt nehme ich Abstand von ihm und greife in den Revers seines Sakkos, um ihn zu betrachten. Der maßgeschneiderte dunkelblaue Anzug schmiegt sich ebenfalls perfekt an seinen durchtrainierten Körper. Dazu die schwarze Fliege und dem kleinen Anstecker der Bees, den ich all meinen Spielern auferlegt habe.

»Meine wunderschöne Freundin sehen, bevor es alle anderen tun«, sagt er und streicht mit seinen Händen über meine Hüften. Meine Haut kribbelt und mein Herz schlägt schneller. Lächelnd vergrabe ich meine rechte Hand in seinen Haaren und ziehe seinen Kopf zu meinem.

»Deine wunderschöne Freundin, hm?«, hake ich nach.

»Sexy ist sie natürlich auch«, redet er weiter. »Und dieser Ausschnitt …« Völlig schamlos starrt er auf meine Brüste und leckt sich über die Lippen. »Ficken wir noch mal, bevor es losgeht und ich so tun muss, als wäre ich irgendwer?«

Ich lache lacht und schubse ihn weg.

»Nein, wir ficken nicht mehr«, stelle ich klar.

Ich will an ihm vorbeigehen, doch Paco greift nach meiner Hand und zieht mich ein weiteres Mal an sich.

»Komm schon, Babe«, meint er und küsst meinen Hals. »Ich mache auch schnell.«

»Paco, nein.« Lachend schubse ich ihn erneut von mir und gehe zum Tisch, um meine Clutch zu holen. Dieses Mal bleibt er an Ort und Stelle stehen.

»Vielleicht nehme ich dich heute Nacht mit auf mein Zimmer«, biete ich ihm mit einem Augenzwinkern an, als ich zu ihm zurückgehe.

»Wieso nur vielleicht?«, fragt er.

»Kommt auf meine Stimmung an.«

»Deine Stimmung?«, raunt er und binnen Sekunden verwandelt sich sein zuvor noch amüsierter Blick in den eines Raubtiers. Mit einem Schritt ist er bei mir und packt mich.

»Paco!«, kreische ich, doch dieses Mal habe ich keine Chance gegen ihn. Er presst mich mit seinem starken Körper gegen die Tür und drückt seinen Mund leidenschaftlich auf seinen.

»Hör auf damit!«, rufe ich lachend, während er immer noch meinen Hals liebkost.

»Okay, okay«, meint er und tritt zurück. »Du siehst wunderschön aus, Baby.«

»Danke«, sage ich und küsse ihn sanft. »Du siehst auch toll aus.«

Paco schenkt mir ein Lächeln und hält mir anschließend die Tür auf.

»Nach dir«, meint er.

»Danke«, sage ich und verlasse vor ihm mein Zimmer.

Er folgt mir und lässt die Tür hinter mir ins Schloss fallen. Schweigend gehen wir nebeneinanderher zum Aufzug, wo bereits zwei Security Männer warten.

»Ms. Belfast, Mr. Alvarez«, grüßen sie uns mit verschlossener Miene.

Paco weiß es noch nicht, aber mein komplettes Security-Team hat mittlerweile eine Verschwiegenheitsklausel unterschrieben, dass sie nicht über Paco und mich sprechen dürfen.

»Guten Abend«, wünsche ich und betrete den Aufzug.

Paco folgt mir und die Türen schließen sich.

»Weißt du noch, unser erstes Mal?«, fragt er und mein Herzschlag setzt für einen Moment aus. Bilder, wie er mich im Aufzug in der Facility fickt, flackern vor meinem inneren Auge auf.

»Sieh mich an, Savannah.«

Langsam hebe ich den Kopf und sein Blick kreuzt meinen.

»Das war heiß«, fährt er fort. »Ich wusste schon damals, dass einmal niemals ausreichen wird, um genug von dir zu haben.«

Ich lächle und Paco tritt vor mich. Sanft legt er seinen Zeigefinger unter mein Kinn und drückt es nach oben.

»Du bist meine Traumfrau«, flüstert er und ich bin in Begriff, dass meine Beine unter mir nachgeben.

*

»Ms. Belfast.«

»Mr. Alvarez«, erwidere ich und trinke von meinem Cocktail. »Wie gefällt Ihnen der Abend?«

Die letzten verbleibenden Fotografen verlassen allmählich die Gala, was mir ein Gefühl der Entspannung gibt. Normalerweise habe ich kein Problem mit der Presse, aber seitdem das mit Paco läuft, ist in mir so eine Grundanspannung, die ich nicht ablegen kann. Obwohl in den meisten Fällen, in denen sie uns vor die Linse bekommen, nichts zwischen uns ist, dass sie an eine Beziehung denken lässt.

»Gut und Ihnen?«, fragt er und trinkt von seinem Whiskey.

»Mir auch«, sage ich. »Es sind viele Spenden zusammengekommen, darüber freue ich mich sehr.«

»Ich mich auch«, meint Paco. »Was ist das für eine Stiftung, die du vorgestellt hast?«

»Meine«, entgegne ich.

»Deine?«, fragt er. »Das wusste ich gar nicht.«

Vor einigen Jahren habe ich mich dazu entschieden, eine Stiftung für benachteiligte Kinder in Mexiko zu gründen, die vor allem in Yucatán tätig ist. Der Staat, in dem ich geboren wurde, liegt mir besonders am Herzen. Natürlich fördere ich vor allem Adoptionen in die USA und bezahle viele Dokumente und leiste finanzielle Unterstützung für die Eltern, die ein Kind zu sich nehmen möchten, aber nicht das nötige Kleingeld haben, um die Kinder letztendlich bei sich aufzunehmen.

»Du weißt einiges nicht über mich«, antworte ich und zwinkere ihm zu. »Die Wohltätigkeitsarbeit, die ich mache, hat nichts mit meiner Arbeit bei den Bees zu tun. Darum stehe ich auch nicht in den offiziellen Papieren der Stiftung. Es ist völlig egal, ob ich die Stiftung leite und finanziell unterstütze oder wer auch immer.«

»Denkst du nicht, dass dein Name noch mehr Türen öffnen würde.«

»Bestimmt«, sage ich. »Aber darum geht es mir nicht.«

»Okay«, meint er und lächelt mich an. »Du musst mir bei Gelegenheit mehr erzählen.«

»Das mache ich.«

»Möchtest du tanzen?«, fragt er plötzlich und ich sehe ihn mit großen Augen an.

»Wa … was?«

»Tanzen«, wiederholt Paco. »Mit mir.«

»Ich kann nicht mit dir tanzen, das ist unprofessionell.«

»Wieso das denn schon wieder?«, fragt er und nimmt mir mein Getränk ab, um es auf dem Stehtisch neben uns abzustellen. »Was ist denn schon dabei?«

»Alles«, zische ich. »Das geht nicht, ehrlich.«

»Gut«, meint er. »Dann tanze ich eben mit jemand anderem.«

»Mach das«, erwidere ich so desinteressiert wie möglich.

»Passt du auf meinen Whiskey auf?«, bittet Paco mich.

»Sicher«, entgegne ich genervt.

Dass wir miteinander tanzen, ist eine bescheuerte Idee und Paco weiß das auch. Aber bitte, dann soll er eben mit einer anderen tanzen, wenn ihm das so wichtig ist. Es gibt mir die perfekte Gelegenheit, ihm zu zeigen, dass ich nicht so eifersüchtig bin wie er. Ich stehe nämlich über den Dingen und weiß, dass er mir gehört.

Tue ich doch, oder?

Lässig schlendert er auf Damien, Sophie und ihre Freundin zu. Das rote bodenlanges Kleid von Sophies Freundin schmiegt sich an ihren Körper und ihre dunklen Haare sind am Hinterkopf mit einer Spange zusammengesteckt.

Sie sieht Paco überrascht an, aber nach kurzem Zögern lässt sie sich auf die Tanzfläche führen. Sophie nutzt die Gunst der Stunde und zieht Damien hinter sich her. Natürlich sucht er immer wieder meinen Blick, während er mit ihr lacht und plaudert. Sie amüsieren sich gut.

Genervt, dass es mich doch mehr juckt, als es sollte, greife ich nach meinem Cocktail und trinke einen großen Schluck davon.

Paco ist ein guter Tänzer, was ich ihm gar nicht zugetraut hätte. Schwungvoll führt er die junge Frau übers Parkett und sie hat auch sichtlich Spaß mit ihm. Immer wieder wirft sie ihm flirtende Blicke zu. Ihre Finger krallen sich einen Tick zu fest in seine Oberarme, die aber auch verdammt sexy sind und geradezu dazu einladen, sich an ihnen festzuhalten. Umso länger sie tanzen, desto mehr schmiegt sie sich an ihn. Sie umgarnt ihn und Paco? Dem scheint das alles nichts auszumachen. Zu guter Letzt beugt er sich auch noch zu ihr runter und flüstert ihr etwas ins Ohr.

Ok, wow!

Das reicht. Definitiv. Das schaue ich mir auch nicht mehr länger an. Vielleicht gehe ich mal zur Toilette und pudere mir die Nase. Wenn ich zurückkomme, sind die beiden sicherlich fertig mit ihrem lächerlichen Tänzchen.

Schnellen Schrittes verlasse ich den Saal, in dem die Party stattfindet und betrete den langen Flur, der zu den Sanitärräumen führt.

»Wohin des Weges?«, ruft mir jemand nach und ich fahre herum.

Paco kommt grinsend auf mich zu.

»Ich muss mal«, lüge ich.

»Ah«, macht er und legt die letzten Meter zu mir zurück. »Du bist nicht gegangen, weil du eifersüchtig bist und eigentlich viel lieber mit mir getanzt hättest?«

»Nein.«

»Sicher?«

»Ja.«

»Du lügst«, sagt er mit einem Grinsen auf den Lippen. »Du warst eifersüchtig. Immerhin ist Jamie eine schöne Frau.«

»Wenn du sie so schön findest, dann geh doch zurück zu ihr«, maule ich ihn an.

»Und sie tanzt echt gut«, fährt er fort und ich balle die Hände zu Fäusten. Er will mich nur provozieren, und das gelingt ihm auch verdammt gut. Scheiße! Dabei wollte ich mir und ihm beweisen, dass ich nicht eifersüchtig bin. Dass er der Part in unserer Beziehung ist, der unnötig ausflippt. Andererseits habe ich Jamie nicht niedergeschlagen so wie er Jasper. Das wäre auch eine großartige Story, hätte ich Sophies Freundin niedergeschlagen auf der Charity-Gala ihrer Eltern!

»Du bist eifersüchtig«, sagt er und drängt mich zurück. Ich gehe immer weiter und stoße schlussendlich mit dem Rücken gegen die Wand. »Gib es zu.«

»Nein«, halte ich dagegen. »Da musst du dich verguckt haben.«

»Oh, doch«, erwidert er. »Und wie eifersüchtig du bist.«

»Du Arsch«, fauche ich. »Als wüsstest du das nicht, als würdest du es nicht provozieren.«

»Schuldig im Sinne der Anklage«, meint er plötzlich und beugt sich zu mir runter. »Ja, ich wollte dich eifersüchtig machen. Mehr aber auch nicht.«

»Du bist wirklich so ein …«

»Arsch?«, rät er. »Ich weiß.«

Ich rolle mit den Augen und schlage ihm mit der Hand auf die Brust.

»Darf ich dich jetzt endlich küssen?«, raunt er gegen meine Lippen. »Egal wie nett ich Jamie finde und wie gut sie tanzt. Du bist meine Traumfrau.«

Mein Herz schlägt schneller und mein Magen kribbelt verdächtig. Ah Mist.

»Nur ein kleiner Kuss«, lege ich fest.

»Niemals«, antwortet Paco und legt seinen Mund sehnsüchtig auf meinen.

Kaum, dass unsere Lippen einander berühren, schlinge ich meine Arme um seinen Hals und erwidere den Kuss.

»Mach das nie wieder«, nuschle ich zwischen zwei Küssen. »Verstanden?«

»Was?«

»Mich eifersüchtig«, sage ich. »Das tut man nicht.«

»Aha.«

»Ich meine es ernst«, entgegne ich. »Bitte Paco.«

»Okay«, antwortet er und hebt mich plötzlich hoch. Ich schreie überrascht auf, was er mit einem Kuss dämpft. Mein Kleid rutscht nach oben, bis zu meiner Hüfte und er drängt sich zwischen meine gespreizten Beine.

»Wie hoch ist die Chance, dass wir hier erwischt werden?«, fragt er zwischen zwei weiteren Küssen und öffnet seinen Gürtel.

»Keine Ahnung«, antworte ich und versuche in dem dunklen Gang etwas zu sehen. »Vermutlich nicht sehr hoch, wenn wir uns clever anstellen.«

Was rede ich denn da für einen Schwachsinn? Auf gar keinen Fall wird er jetzt wie ein Neandertaler über mich herfallen und mich ficken.

»Reicht mir aus, Baby«, meint er. »Du musst verdammt leise sein.«

»Wieso denn nur ich?«, will ich wissen, als seine Gürtelschnalle klackt und er seinen Schwanz wenige Sekunde später aus seiner Hose zieht.

»Wir wissen beide, wie gut ich dich zum Schreien bringe, Sav.«

Ich schüttle den Kopf und lege meinen Mund wieder auf seinen. Paco zieht den Steg meines Höschens beiseite und fährt mit seinen Fingern durch meine Spalte.

»Paco«, wimmere ich gegen seinen Mund. »Bitte.«

Er positioniert sich an meinem Eingang und dringt mit einem Stoß in mich ein. Der raue Putz der Wand hinter mir bohrt sich in meinen Rücken, als er anfängt in mich zu stoßen. Ich klammere mich an ihn, kann es kaum erwarten, dass er wieder tief in mich stößt.

Das ist so gut.

Eifersüchtig sein hat sich definitiv ausgezahlt.

20. KAPITEL

Savannah

Die Hand auf meiner Hüfte streicht allmählich nach unten, bis sie sich unter den Bund meines Shirts schiebt.

»Schläfst du noch?«, flüstert Paco mir ins Ohr.

»Hm«, murmle ich.

»Sicher?«

»Nein.« Ich schlage die Augen auf und sehe ihn an. »Ich bin wach.«

»Perfekt«, erwidert er und drückt mir einen sanften Kuss auf die Lippen. Lächelnd schmiege ich mich an ihn. Drücke meinen Hintern gegen seine Mitte und reibe mich an ihm.

»Du Biest«, zischt er und hält mich an der Hüfte fest, sodass ich mich nicht weiterbewegen kann.

»Wieso?«, will ich grinsend wissen. »Magst du es nicht?«

Nur um ihn zu ärgern, bewege ich meinen Hintern noch mal in kreisenden Bewegungen an ihm.

»Du weißt genau, dass ich es mag«, sagt er und küsst meine Wange. »Mehr als das, aber wir haben jetzt keine Zeit dafür.«

Daraufhin schiebt er mich von sich und steigt aus dem Bett. Ich drehe mich auf den Rücken und betrachte den wunderschönen Mann, der gerade aus meinem Bett gestiegen ist. Nur in einer engen Boxerbriefs steht er da und streckt sich. Dabei zucken die festen Muskelstränge in seinem Rücken und ich lecke mir über die Lippen.

»Komm wieder ins Bett«, bitte ich ihn.

»Ich muss zum Training«, erinnert er mich.

Stöhnend drehe ich mich auf die Seite, stütze mich auf den Ellenbogen und betrachte ihn. Pacos Sixpack ist unverkennbar und ich lecke mir erneut über die Lippen, wenn ich daran denke, wie ich sein Sixpack küsse und mit meiner Zungenspitze die Furchen seiner Muskeln nachfahre.

»Als deine Chefin gebe ich dir frei«, entscheide ich, was ihn lachen lässt.

»Sorry Baby, aber wir haben am Wochenende ein wichtiges Auswärtsspiel in Cleveland.«

»Wir sind nicht mal einen Monat zusammen und du stellst schon alles über den Sport«, necke ich ihn.

»Das hättest du dir überlegen müssen, bevor du einen Footballspieler datest«, meint er. »Wenn du später noch Zeit hast, lecke ich dich in deinem Büro.«

Seine Büro-Sex-Fantasien sollte ihm wirklich jemand austreiben, aber ich glaube, das wird so schnell nicht passieren.

»Bekomme ich wenigstens noch einen Kuss?«, frage ich und er lächelt.

Paco beugt sich zu mir herüber. Die Fäuste auf der Matratze abgestützt, lehnt er sich zu mir vor und drückt seinen Mund federleicht auf meinen. Ich erwidere den Kuss sogleich und schiebe meine Hand in seinen Nacken, um ihn noch näher zu mir zu ziehen.

»Ich muss …«, nuschelt er. »… los.«

Seufzend lasse ich von ihm ab. Er steigt in seine Jeans und zieht ein frisches T-Shirt aus der Reisetasche, die er in meiner Wohnung deponiert hat.

Nachdem er angezogen ist, nimmt er sein iPhone vom Nachttisch. Mit einem Mal verändert sich seine Miene merklich. Die zuvor noch heitere Stimmung ist komplett verschwunden. Stattdessen zieren große Falten seine Stirn und er setzt sich aufs Bett.

»Fuck!«, ruft er und fährt sich durch die Haare. »Fuck, fuck, fuck.«

Ich richte mich auf und schaue ihm über die Schulter.

»Was ist denn los?«, frage ich.

Kommentarlos hält Paco mir das Display vor die Nase, und meine Welt bricht in Sekunden zusammen.

»O mein Gott«, keuche ich. »Das … das kann doch nicht wahr sein.«

*

»Wer ist dafür verantwortlich?«, rufe ich und knalle meiner Schwester und dem Rest der Presseabteilung ein iPad vor die Nase, das zahlreiche Artikel darüber zeigt, dass Paco und ich zusammen sind.

»Das wüssten wir auch gern«, erwidert Mila. »Es tut mir leid.«

»Es tut dir leid«, keife ich sie an. »Hast du eigentlich eine Ahnung, was das hier bedeutet?«

Ich tippe auf den Bildschirm. Das Foto von Paco und mir in meinem Büro, wie er mich im Arm hält und wir uns küssen, verhöhnt mich beinahe.

»Sav, beruhig dich!« Denise tritt hinter mich und zieht mich von Mila weg. »Sie kann doch nichts dafür.«

Mein Herz rast erneut in meiner Brust, so wie es das seit Stunden tut.

Die Zeitungen in den USA sind voll mit Paco und mir. Unserem Liebesglück oder vielmehr damit, dass ich mit meinem Spieler ficke. Jeder versucht den jeweils anderen zu übertrumpfen. Sogar von einer geheimen Schwangerschaft und geplanten Hochzeit ist die Rede.

Mein Leben steht absolut Kopf und alles, was ich zu hören bekomme, ist, dass niemand etwas weiß und niemand es gestreut hat. Das glauben die doch wohl selbst nicht.

Es ist schier eine absolute Katastrophe.

»Niemand kann etwas dafür. Und trotzdem ist es in allen Zeitungen«, blaffe ich Denise an und stemme die Hände in die Hüften. »Habt ihr schone eine Gegendarstellung geschrieben?«

»Wie wäre es, wenn wir es bestätigen?«, hakt meine Schwester vorsichtig nach und meine Augenbrauen gleiten in die Höhe.

»Wie bitte?«, frage ich. »Ich habe mich wohl verhört.«

»Na ja«, meint Jasper und sieht zwischen uns hin und her. »Es ist in allen Zeitungen und die Bilder sind, mit Verlaub, wirklich eindeutig.«

Ich presse die Lippen zusammen und stampfe wie ein trotziges kleines Kind auf den Boden auf. Mit einer seriösen Geschäftsfrau, die eine milliardenschwere Franchise führt, hat das sowieso alles nichts mehr zu tun. Dann kann ich mich jetzt auch wie eine Zicke benehmen.

»Jasper hat recht«, meint Paco und ich fahre herum. »Die Bilder sind eindeutig.«

Ja, das sind sie, leider. Während das Bild in meinem Büro vielleicht noch erklärbar ist, ist das auf der Gala von Sophies Eltern schon eindeutiger. Vor oder nach unserem Stelldichein keine Ahnung, aber es spielt auch absolut keine Rolle.

»Hat auch jemand einen sinnvollen Vorschlag?«, frage ich. »Dass wir das ganze dementieren, ist wohl klar.«

Pacos Augenlid zuckt und er stemmt die Hände in die Hüften. Bereits zu Hause hatten wir ein kurzes Wortgefecht darüber, wie wir mit den Nachrichten umgehen.

Meine Linie ist eindeutig leugnen, während er möchte, dass wir zu unserer Beziehung stehen.

»Das ist Schwachsinn«, meint Mila. »Ihr küsst euch. Auf beiden Bildern. Was willst du denn daran leugnen, Savannah. Damit machen wir uns nur lächerlich. Mein Vorschlag wäre, dass wir sagen, dass ihr ein Paar seid und wir bitten, eure Privatsphäre zu akzeptieren.«

»Er ist mein Angestellter!«, rufe ich meiner Schwester in Erinnerung.

»Das hättest du dir vielleicht überlegen sollen, bevor er dich bestiegen hat«, feuert meine Schwester zurück.

Im Raum ist es mucksmäuschenstill. Keiner anderer meiner Angestellten würde so mit mir reden. Mila ist nicht irgendwer, sondern meine Schwester. Sie hat leider recht.

Kopfschüttelnd wende ich mich dennoch von Mila ab.

»So kommen wir nicht weiter«, sagt Jasper. »Lasst das sein.«

»Ich habe hier sowieso das letzte Wort und mein Wort ist, dass wir es dementieren und schreiben, dass das falsch vermittelt wurde. Beides waren für mich Stresssituationen und er hat mich getröstet.«

»Ihr küsst euch!« Mila sieht mich an, als wäre ich völlig bescheuert, dass ich das den Leuten erzählen möchte. »Willst du die Leute absichtlich für dumm verkaufen?«

»Wir machen es, wie ich sage«, bestehe ich auf mein Wort.

»Von mir aus!« Mila wirft die Hände in die Luft. »Dann verkauf die Leute für blöd, statt es strategisch so zu drehen, dass ihr als Power Couple die Bees in eine neue Ära führt.«

Mila verlässt den Raum und knallt die Tür hinter sich zu. Genervt sehe ich in die Runde.

»Seid ihr ihrer Meinung?«, frage ich angepisst.

»Es klingt auf jeden Fall logischer«, meint Jasper und zuckt mit den Schultern.

»Nein, das ist unprofessionell.«

»Alles, was du mit ihm gemacht hast, ist scheiße noch mal unprofessionell!«, ruft meine Schwester vom Flur aus.

Paco sagt die ganze Zeit über nichts.

Die Tür öffnet sich erneut und zu meiner Überraschung kommt mein Dad rein. Mir wird heiß und kalt zugleich und mein Blick geht zu Paco, der direkt den Kopf einzieht. Wenigstens bin ich nicht die Einzige, die über diesen Besuch alles andere als erfreut ist.

»Dad«, stoße ich aus.

»Ich möchte mit Savannah sprechen«, sagt er. »Allein.«

So schnell kann ich gar nicht reagieren, packen alle ihre Sachen zusammen und verschwinden aus dem großen Konferenzraum. Paco schenkt mir ein Lächeln, ehe er nach Denise als Letzter den Raum verlässt.

Mein Herz rast in meiner Brust und ich sehe beschämt zu Boden, weil ich meinem Dad nicht Frage und Antwort stehen möchte. Denn eigentlich betrifft das hier mein Privatleben und geht niemand etwas an. Da Paco aber leider ein Spieler der Berkeley Bees ist und nicht mal irgendeiner, ist der Club sofort mit involviert.

»Setz dich.« Dad deutet auf den Konferenztisch und ich ziehe mir einen Stuhl zurück, um seiner Bitte nachzukommen. Er setzt sich mir gegenüber, faltet die Hände auf der Tischplatte zusammen und sieht mich abwartend an. »Muss ich dir alles aus der Nase ziehen oder erzählst du mir, was an diesen Gerüchten dran ist und wie wir damit umgehen.«

»Wir dementieren es.«

»Und wer soll das glauben?«, fragt er und stellt sich eindeutig auf Milas Seite.

»Sag doch gleich, dass du auf Milas Seite stehst«, entgegne ich zickig und stehe wieder auf. Dieses Rumsitzen behagt mir in dieser Situation überhaupt nicht.

»Ich stehe auf Niemands Seite«, antwortet er. »Denkst du nicht, dass es bei den Bildern albern ist, es zu dementieren. Es sei denn es ist nur … Sex.«

»Dad!«, kreische ich und laufe binnen Sekunden knallrot an. Mein Gott, das Letzte, was ich will, ist mit meinem Vater über mein Sexleben zu sprechen.

»Was denn?« Er zuckt mit den Schultern. »Ich bin vielleicht alt, aber ich bin nicht blöd.«

»Danke für deinen Kommentar«, murre ich und stütze mich auf der Lehne des Stuhls ab.

»Savannah, Schatz«, meint er. »Wenn das eine Affäre ist … war und du es nicht offiziell machen möchtest, dann setzen wir uns dafür ein. Solltest du aber eine Dementierung anstreben, weil du glaubst, dass es für die Bees besser ist, ist das falsch. Bist du glücklich mit Mr. Alvarez?«

Nun muss ich unweigerlich lächeln und mein Dad tut es mir gleich.

»Ja«, antworte ich. »Sehr glücklich.«

»Dann bestätigen wir die Beziehung.«

»Aber ich will nicht, dass das ein schlechtes Licht auf mich wirft, dass sie denken ich bevorzuge Paco … oder so. Das tue ich nicht. Wirklich nicht und …« Völlig entnervt fahre ich mir durch die Haare. »Ich habe nicht mal ein halbes Jahr die Führung der Bees inne und gehe mit einem der Spieler ins Bett. Was sollen denn die Leute denken?«

»Sollen sie doch denken, was sie wollen«, antwortet er. »Das kann dir egal sein, solange du glücklich bist. Er tut dir allen Anschein nach gut. Auch wenn es deine Mutter und mich schon stört, dass wir es durch die Zeitung erfahren haben.«

»O Mist«, entfährt es mir. »Was … was sagt Mom denn?«

In meinem Inneren rumort es, da ich die Reaktion meiner Mutter überhaupt nicht einschätzen kann. Sie mag Paco, denke ich. Aber was weiß ich schon. Ich kann nicht in ihren Kopf reingucken.

»Na ja …« Dad lacht. »Sie meinte nur: Hauptsache nicht dieser Möchtegern General Manager.«

Ich verdrehe die Augen, aber ja, diese Reaktion passt zu meiner Mom.

»Jasper ist doch nett«, verteidige ich ihn, auch wenn das gerade völlig nebensächlich ist.

»Was ist jetzt mit Mr. Alvarez?«, wechselt mein Dad wieder das Thema. »Wie steht er dazu?«

»Frag ihn«, sage ich. »Aber bitte blamier mich nicht.«

»Wie würde ich dich denn blamieren?«, fragt er und seine Mundwinkel ziehen sich schelmisch nach oben.

»Das weißt du ganz genau«, murre ich und kneife die Augen zusammen. »Bitte Dad.«

»Na schön«, meint er und nickt zur Tür.

Zu meiner Überraschung sind nur noch Mila, Paco und Denise da.

»Jasper und Mr. Fox mussten etwas anderes klären«, sagt Mila und ich nicke.

Sie gehen an mir vorbei in den Raum.

»Alles gut?«, fragt Paco bei mir angekommen. »Muss ich mir einen neuen Verein suchen?«

»Nein«, sage ich und greife nach seiner Hand. »Zumindest nicht, wenn es nach meinem Dad geht.«

Paco haucht mir einen Kuss auf die Wange. Mein Herz schlägt schneller und meine Finger vergraben sich in seinem Shirt.

»Ich habe dir gesagt, dass ich an dich glaube als Eigentümerin dieses Clubs und das bleibt auch so«, flüstert er mir zu. »Wenn du im Sinne der Bees entscheidest, stehe ich hinter dir, Savannah.«

»Kommt ihr?«, ruft mein Dad und ich verdrehe die Augen. »Oder dauert es noch länger?«

»So viel dazu, dass er mich nicht blamiert«, nuschle ich.

Paco lächelt mich an und legt seine Hand auf meinen unteren Rücken. Gemeinsam betreten wir den Konferenzraum, wo wir mit großen Augen angesehen werden.

»Mr. Alvarez«, sagt mein Dad. »Was sagen Sie zu den Schlagzeilen?«

»Dad!«, kiekse ich und werde rot. »Bitte.«

»Schon gut«, meint Paco und drückt meine Hand. »Savannah und ich ... wir sind zusammen und wir ... wir wollten nicht, dass es so rauskommt. Es tut mir leid, dass wir Sie hintergangen haben, Sir.«

»Hm.«

»Und jetzt müssen wir das Beste aus der Situation machen«, setzt Paco nach.

»Und was ist das Beste, Mr. Alvarez?«, hakt mein Dad weiter nach. »Für meine Tochter.«

»Ich denke, das kann Savannah selbst entscheiden«, antwortet er selbstbewusst, was mich grinsen lässt. Er darf meinem Dad auf keinem Fall Oberwasser geben, das bestärkt ihn nur darin, uns in Verlegenheit zu bringen.

»Nein, das kann sie nicht«, erwidert mein Dad. »Savannah stellt ihr persönliches Glück hinten an, wenn es um die Bees geht.«

Wieso hört mein Dad jetzt nicht auf zu reden? Er hat mir doch versprochen, dass er Paco nicht in Verlegenheit bringt, und er stachelt es als weiter an.

»Dad, hör auf!«, gehe ich dazwischen. »Können wir bitte einfach eine Pressemitteilung rausgeben?«

»Und was steht da drin?«, fragt er.

»Dass wir zusammen sind«, entscheide ich und greife nach Pacos Hand. »Und darüber hinaus um unsere Privatsphäre bitten.«

Mila macht große Augen und auch Denise schnappt nach Luft. Waren meine Worte vorhin noch das Gegenteil, habe ich mich nun dazu entschieden, zu der Beziehung mit Paco zu stehen.

»Ich wusste, dass du zur Vernunft kommst.« Mila klatscht in die Hände. »Ich leite sofort alles in die Wege.«

»Ruf Sophie an!«, rufe ich meiner Schwester nach, die zum Glück noch den Daumen hebt, während sie aus dem Raum stürmt.

»Bist du sicher, Savannah?«, fragt Denise noch mal nach und sieht mich eindringlich an.

»Ja, absolut«, bestätige ich und schmiege mich an Paco. »Alles andere macht keinen Sinn.«

»Wie du meinst«, murmelt sie. »Ich kümmere mich um die Anfragen, die kamen und leite sie an Mila weiter.«

Denise verlässt den Raum ebenfalls, sodass nur noch mein Dad, Paco und ich übrigbleiben.

»Meine Frau und ich würden uns freuen, wenn Sie zum Abendessen kommen, Mr. Alvarez.«

Okay wow … er macht nahtlos weiter.

»Zum … Abendessen?«, stottert Paco.

»Morgen Abend?« Dad wirft einen Blick auf seine Uhr. »Ich muss los. Ein wichtiges Golfmatch wartet auf mich. Spielen Sie Golf, Mr. Alvarez?«

»Nein, Sir.«

»Dann fangen Sie gefälligst damit an«, meint er und gibt mir einen Kuss auf die Wange. »Bis morgen Abend, Schatz.«

»Bis morgen, Dad«, verabschiede ich mich von ihm und er verlässt schnellen Schrittes den Konferenzraum.

Nachdem er die Tür hinter sich geschlossen hat, sacke ich in mir zusammen.

Paco fängt mich auf und drückt mich fest an sich.

»Wir schaffen das, Baby«, flüstert er mir zu. »Aber wieso in aller Welt soll ich Golf spielen?«

»Ist das dein Ernst?«, zetere ich. »Wir sind haarscharf an einer absoluten Katastrophe vorbei geschlittert und dein einziges Problem ist Golf?«

»Na ja«, wiegelt er ab und stielt sich einen Kuss von mir. »Dein Dad hat doch gesagt …«

»Halt die Klappe«, sage ich und küsse ihn.

21. KAPITEL

Paco

Der Ferrari wird vor Savannahs Apartment-komplex langsamer, bis er in der zweiten Reihe schließlich zum Stehen kommt. Nachdem gestern alles über uns zusammengebrochen ist, habe ich nicht damit gerechnet, dass ich bereits heute Abend ihre Eltern kennenlerne. Ehrlich gesagt behagt es mir nicht, aber ich habe mich auch nicht getraut Mr. Belfasts Einladung abzulehnen. Das wäre nicht nur unhöflich gewesen, sondern hätte meinen Stand als zukünftiger Schwieger-sohn nicht unbedingt untermauert. Zwar haben Savannah und ich noch nie darüber gesprochen, wie die Zukunft aussieht, aber ich bin mir sicher, dass sie die eine für mich ist. Wenn sich der aktuelle Trubel um unsere Personen erst mal gelegt hat und wir in ein deutlich entspannteres Privatleben zurückkehren, werden wir sicher noch einmal darüber sprechen.

Das Licht über der Eingangstür schaltet sich ein und ich setze die Warnblinkanlage ein und steige aus, um Savannah entgegenzugehen.

Augenblicklich nehme ich zahlreiche Schatten hinter den parkenden Autos auf der anderen Straßenseite wahr und stöhne auf. Es war klar, dass die Paparazzi sich nicht nur vor meinem Haus, sondern vor allem auch vor Savannahs Zuhause positionieren. Meine Wohngegend ist so gut abgeriegelt, sodass es schwierig wird zu fotografieren, wenn man nicht Hausfriedensbruch begeht. Savannah aber wohnt mitten in der Stadt.

Sie tritt lächelnd auf mich zu.

»Hi«, sagt sie. »Seit wann bist du so ein Gentleman und holst mich an der Tür ab?«

»Seitdem es egal ist, ob man uns sieht oder nicht«, entgegne ich und ziehe sie an mich.

Das Klicken der Kameras hallt in der sonst so stillen Abenddämmerung wider.

»Wie viele sind es diesmal?«, fragt sie und klingt erschöpft.

»Ich weiß es nicht«, murmle ich und umfange ihr Gesicht mit meinen Händen. Dann beuge ich mich zu ihr runter und drücke meine Lippen sanft auf ihre. Savannah schmiegt sich an mich und seufzt in den Kuss hinein. »Versuch sie zu ignorieren.«

»Was meinst du, was ich seit gestern Nachmittag tue«, murmelt sie.

Wir verschränken unsere Finger miteinander und gehen zurück zum Auto. Die Paparazzi haben sich mittlerweile aus ihren Verstecken getraut und kommen offensiv auf uns zu. Savannah hält sich die Hand vors Gesicht, um ihre Augen vor den grellen Blitzen zu schützen. Ich versuche es zu ignorieren und sie sicher zum Auto zu führen.

»Steig ein«, sage ich und öffne ihr die Tür.

Savannah gleitet ins Auto und zieht ihre Handtasche auf ihren Schoß. Dann schließe ich die Tür hinter ihr und umrunde den Wagen.

»Mr. Alvarez!«, ruft mir einer zu. »Ist es wahr, dass Sie im selben Kinderheim in Tulum waren wie Ms. Belfast?«

Ich sehe ihn mit großen Augen an. Mit so einer Frage habe ich bei aller Liebe nicht gerechnet. Woher wissen die das? Ja, es stimmt, wir waren im selben Kinderheim in Tulum und mit etwas Recherche kann man das auch rausfinden. Aber es gibt Hunderte Dinge, die für die Presse aktuell interessanter sind als die Jahre unserer Kindheit.

Genervt reiße ich die Fahrertür auf und steige ein.

»Alles okay?«, fragt Savannah und ich schalte den Motor ein und setze den Blinker, um von hier wegzukommen.

»Alles bestens.« Lächelnd nehme ich ihre Hand in meine und führe sie zu meinem Mund, um einen sanften Kuss darauf zu hauchen. »Es wird alles gut.«

»Wenn du das sagst«, murmelt sie und lehnt ihren Kopf zurück.

»Komm schon«, halte ich sie an. »Was soll schon noch passieren?«

»Gute Frage.« Savannah lächelt mich an. »Erst mal müssen wir den Abend bei meinen Eltern überstehen.«

Mein Magen zieht sich schmerzhaft zusammen und ich schlucke sichtbar. So schlimm wird es nicht werden, oder? Es ist dieser eine Anstandsbesuch, den ich über mich ergehen lassen muss. Dass Mr. Belfast bis vor einem halben Jahr mein Boss war, ignoriere ich.

»Wie schlimm wird es schon werden?«, witzle ich.

»Du hast keine Ahnung«, murmelt sie und ich schlucke.

*

Das Anwesen der Belfasts ist übermächtig. Allein die Einfahrt bis zum Haus fast einen Kilometer lang. Fuck, das ist echt das krasseste Anwesen, das ich jemals gesehen habe. Mein Haus ist schon nicht klein aber das …

»Wow«, stoße ich aus, als in den Ferrari hinter einer schwarzen Limousine parke.

»Schön, oder?«, fragt Savannah und sieht zu mir rüber.

»Ja, absolut«, bestätige ich.

Gemeinsam steigen wir aus dem Wagen und ich umrunde ihn, und nehme ihre Hand in meine. Savannah lächelt mich erneut an, aber es hilft mir nicht, meine Nervosität in den Griff zu bekommen. Allein dieses Haus ist so verdammt einschüchternd, dass ich nicht glaube, dass ihre Eltern es besser machen.

»Willst du auch mal so ein großes Haus haben?«, frage ich beiläufig als wir die riesige Treppe zur Haustür nach oben gehen, die es locker mit der Rathaustreppe jeder Kleinstadt aufnehmen kann. Allgemein ähnelt das Haus im Kolonialstil mehr einem Staatsgebäude als einem Privathaus.

»Ganz so groß nicht«, antwortet Savannah und schmiegt sich an mich.

»Wie beruhigend«, murmle ich.

Ich verdiene wirklich viel und gutes Geld bei den Bees, aber dieses Haus ist über zwanzig Millionen Dollar wert. Davon es zu unterhalten, will ich gar nicht erst anfangen. Als Kicker sind meine Möglichkeiten an Verträge zu gelangen irgendwann ausgeschöpft. Sie werden mir nicht viel mehr zahlen, als ich aktuell verdiene. Neue Werbeverträge flattern auch nicht ins Haus, wie bei Dalton. Ob Savannah meine Freundin ist oder nicht, ist vollkommen egal. Die Großverdiener bei den Bees sind Dalton und Desmond, gefolgt von Jackson. Dazwischen kommen noch ein paar weitere Spieler der Offense und Defense, bis ich an der Reihe bin.

»Da seid ihr ja!« Die Stimme reißt mich aus meinen Gedanken und ich hebe den Kopf. Savannahs Mom steht in der Tür. Die Arme ausgebreitet, kommt sie auf uns zu. Mrs. Belfast ist sehr elegant gekleidet, in einem knielangen beerenfarbenen Kleid mit schwarzen Pumps macht sie auf mich mehr den Eindruck, als lädt sie zu einem Geschäftsessen ein und nicht zu einem Dinner mit der Familie.

»Hallo Mom.« Savannah löst sich von mir und lässt sich von ihrer Mutter in die Arme nehmen.

»Hallo mein Schatz«, begrüßt Mrs. Belfast sie.

»Hallo«, sage ich und reiche ihr die Hand. »Ich bin Paco.«

»Esther Belfast«, erwidert sie und schüttelt meine Hand. »Es freut mich sehr, dass Sie unserer Einladung gefolgt sind.«

»Dad hat ihm keine Wahl gelassen«, wendet Savannah kichernd ein.

»Ich bin wirklich freiwillig hier, Mrs. Belfast.«

»Esther ist in Ordnung«, meint sie und ich nicke.

»Dann bin ich Paco«, erwidere ich und lege meinen Arm um Savannah.

»Kommt doch rein.« Savannahs Mom dreht sich herum und schreitet zurück ins Haus.

Wir folgen ihr und bereits die Eingangshalle hat absolut nichts mit einem Haus zu tun. Das hier ist ein Palast. So weitläufig und groß, dass ich keine Ahnung habe, wie man sich hier drin orientieren kann.

»Hallo Savannah.« Eine Frau im Alter ihrer Mom kommt auf uns zu und drückt Savannah.

»Hallo Evi«, meint meine Freundin und zeigt stolz auf mich. »Das ist mein Freund Paco.«

»Hallo«, sagt sie. »Ich bin Evi. Die Haushälterin der Belfasts. Ich kenne Savannah schon, seit sie ein kleines Mädchen war.«

»Evi hat bei uns angefangen, als ich ungefähr sechs war.«

»Ich bin Paco«, sage ich. »Freut mich.«

»Mich auch«, trällert sie. »Dein Vater und Mila warten im Salon. Dort habe ich auch eingedeckt.«

Ich lächle, habe aber eigentlich gar keinen Plan, wovon sie redet. Essen die Belfasts normalerweise nicht im Salon? Wieso zur Hölle hat dieses Haus einen verdammten Salon? Mein Elternhaus hat ein Wohnzimmer mit angrenzendem Esszimmer, das ist auch völlig ausreichend. Mehr hat mein Haus auch nicht. Zwar in doppelt so großer Ausführung, aber ein fucking Salon? Wow.

Savannah zieht mich hinter sich her. Sie gibt mir so kaum Zeit, mich im Haus richtig umzusehen. Dann betreten wir durch eine große Doppeltür aus Holz den Salon. Er ist riesig. Mit einem großen Esstisch, der bereits für fünf Personen eingedeckt ist und einem Billardtisch mit Sitzecke, erinnert er mich sofort an einen Salon, wie man ihn sich in den alten Filmen vorstellt.

Dieses Haus wirkt für mich mehr und mehr wie eine Kulisse als ein Wohnort.

»Da seid ihr ja.« Mr. Belfast erhebt sich aus seinem Sessel und schreitet auf uns zu. Mein Herz schlägt schneller und ich drücke Savannahs Hand wohl ein Tick zu fest, denn sie wirft mir einen fragenden Blick zu.

»Schön, dass Sie es einrichten konnten, Mr. Alvarez.«

»Natürlich doch«, antworte ich und schüttle seine Hand. »An meinem Handicap konnte ich leider noch nicht arbeiten.«

Er lacht und ich bin erleichtert, dass er meinen kleinen Witz gut auffasst.

»Dann nächste Woche?«, bietet er an. »Sie können uns gern begleiten. Sav ist eine ausgezeichnete Golfspielerin.«

»Bist du?«, frage ich an meine Freundin gewandt, die die Augen verdreht.

»Er übertreibt«, meint sie und wird rot.

»Er übertreibt nicht«, sagt Mila. »Savannahs
Handicap ist besser als Dads und er spielt jede
Woche. Hi Paco.«

»Hi«, begrüße ich Mila mit einem Kuss auf die
Wange.

»Setzen wir uns doch, ja?« Savannahs Mom
tritt neben ihren Dad und lächelt uns an. »Du
möchtest sicher neben Savannah sitzen, nicht?«

»Ja, gern«, krächze ich.

Wir setzen uns an die reichlich gedeckte Tafel
und ich lege meine Hand auf Savannahs Bein.
Sie sieht zu mir rüber und lächelt mich glücklich
an. Mein Herz schlägt schneller, als sie mich ansieht.

Evi, gemeinsam mit einer weiteren Angestellten der Belfasts, verteilt das Essen. Anfangs
ist es mir ein wenig unangenehm, mich wie in
einem Restaurant bedienen zu lassen. Ich kann
mir selbst Kartoffeln und Fleisch auf den Teller
machen. Dafür brauche ich niemand. Für die
Belfasts, da spreche ich auch für Savannah, ist es
selbstverständlich.

»Möchtest du mit meinem Dad einen Scotch
trinken?«, fragt Savannah und zieht meine Aufmerksamkeit wieder auf sich. »Dann fahre ich
zurück.«

»Ihr könnt auch hier schlafen«, biete Esther an.
»Evi wird euch ein Zimmer im Gästeflügel fertig
machen.«

»Nein, nein«, wende ich ein. »Ich muss morgen früh zum Training und mein Boss schätzt es, dass ich pünktlich und ausgeschlafen bin.«

»Ausgeschlafen vor allem«, meint Mila.

Ich sehe sie angespannt an, was sie mit einem Grinsen kommentiert.

»Wir fahren zurück, Mom«, meint Savannah. »Möchtest du einen Scotch probieren?«

»Gern«, antworte ich, da ich schätze, dass es ihrem Dad gefällt.

»Wunderbar!« Mr. Belfast klatscht in die Hände. »Zwei Scotch, bitte.«

Evi nickt und ich lächle sie an, da mir das alles immer noch nicht richtig zusagt.

Nachdem das Essen ausgegeben wurde und die Angestellten sich zurückgezogen haben, fühlt es sich gar nicht mehr so an, als würde ich bei einer Milliardärs Familie dinieren. Sie unterhalten sich genau so, wie wir es als Familie tun.

»Hast du Geschwister Paco?«, fragt Esther.

»Ja, einen Bruder, Pedro«, antworte ich. »Er ist zwei Jahre jünger als ich.«

»Schön«, meint sie. »Ist er auch adoptiert?«

»Ja«, sage ich. »Er stammt aus Kolumbien so wie meine Eltern.«

»Pacos Eltern sind Ärzte«, mischt Savannah sich ein. »So haben sie ihn kennengelernt.«

»Wir schätzen uns auch sehr glücklich, dass unsere Charity-Arbeit uns unsere Mädchen gegeben hat.«

Esther sieht zwischen Savannah und Mila hin und her. Man sieht ihr sofort an, wie sehr sie die beiden liebt und glaubt ihr jedes Wort. Genau so geht es meiner Mom auch, wenn sie Pedro und mich betrachtet.

Damit ist das Thema Adoption schon vom Tisch und ich erzähle ihnen von meiner Kindheit in New York und meinem Weg zum Profifootballer, der vor allem Mr. Belfast sehr interessiert.

»Ich sage es dir Esther«, meint er. »Schon beim Combine wusste ich, dass ich ihn in meinem Team haben muss.«

»Sie bauen ziemlich viel Druck auf, Mr. Belfast«, wende ich ein und trinke von meinem Scotch.

»Druck ist der beste Weg zum Erfolg«, erwidert er. »Nicht wahr?

»Es kommt drauf an«, antworte ich. »Druck schadet nie, klar. Doch wenn er aber überhandnimmt, ist es nicht mehr sinnvoll.«

»Hm.«

»Vielleicht sprechen wir mal nicht über den Sport und das Familiengeschäft?«, wendet Esther ein und ich nicke ihr dankbar zu. Mit Savannahs Dad über Druck und Erfolg zu diskutieren, wo wir allen Anschein nach, unterschiedliche Meinungen haben, ist keine gute Idee.

»Es gibt in dieser Familie aber kaum andere Themen«, meint Mr. Belfast.

»Von mir aus können wir weiter über Football reden und darüber, was für eine ausgezeichnete Eigentümerin Savannah ist.«

»Schleimer«, meint sie und lehnt sich an mich. »Wusstet ihr, dass Paco den Field Goal Rekord im College Football hält?«

»Wirklich?«, fragt Mr. Belfast interessiert. »Ich sage ja, dass ich ein Händchen für gute Spieler habe.«

»Ich wohl nicht«, murmelt Savannah.

»Quatsch«, wende ich ein und drücke ihre Hand. »Das darfst du nicht denken, Baby.«

»Ich weiß nicht«, meint sie.

»Jetzt wechseln wir wirklich das Thema«, beschließt Esther. »Fliegen wir in der Off-Season in die Karibik oder nach Hawaii?«

»Karibik!«, ruft Savannah.

»Hawaii!«, meint Mila. »Bitte Mom. Ich will nicht wieder in die Karibik. Die Hotels dort haben nur vier Sterne, aber geben sich als fünf Sterne aus.«

Grinsend betrachte ich meine Freundin, die sofort in die lebhafte Diskussion mit ihrer Schwester einsteigt.

»Kommen Sie, Mr. Alvarez«, sagt Mr. Belfast. »Ich zeige Ihnen noch ein paar gute Tropfen.«

Zögerliche sehe ich ihn an, dann Savannah.

»Geh nur«, meint sie. »Die Diskussion dauert noch.«

Mit einem Nicken deutet sie auf Mila, die die Augen verdreht.

Ich drücke ihr einen sanften Kuss auf die Lippen und folge Mr. Belfast mit meinem Glas in der Hand durch das riesige Erdgeschoss des Hauses in den Keller.

»Das Haus ist aus dem Jahr 1830«, erzählt er mir. »Es beherbergt einen der größten Wein- und Whiskeykeller der USA, die bis heute in Privatbesitz sind.«

Ich sehe mich in dem riesigen Gewölbe um und lasse meinen Blick immer wieder an den Regalen mit Flaschen hinaufgleiten. Wann in aller Welt wollen sie all diesen Wein trinken.

»Also …«, meint er und zieht eine Flasche hervor. »Da Sie wohl mein Schwiegersohn werden, schlage ich vor, dass wir dieses alberne Sie beiseitelegen. Ich bin Roger.«

»Paco«, sage ich und schüttle seine Hand.

»Freut mich, Paco«, meint er. »Passen Sie gut auf Savannah auf.«

Nachdenklich sieht er mich an und trinkt von seinem Scotch. Ich tue es ihm gleich.

»Sie ist manchmal leicht zu beeinflussen, obwohl sie weiß, dass ihr Weg der richtige ist«, redet er weiter. »Ich bin mir sicher, dass sie es schafft, doch es schadet nicht, wenn ihr ab und zu jemand zur Seite steht.«

»Keine Sorge«, verspreche ich. »Ich passe auf Savannah auf.«

22. KAPITEL

Savannah

New York, zwei Wochen später

In den nächsten zwei Wochen gleicht mein Leben einem Spießrutenlauf. Der Hype um Paco und meine Beziehung ebbt nicht ab. Jeden Tag tauchen neue aberwitzige Schlagzeilen auf, die etwas Neues herausgefunden haben. Von einer Hochzeit über ein Baby bis zum gemeinsamen Liebesnest war schon alles dabei. Langsam kann ich mein eigenes Gesicht nicht mehr sehen. Egal welche Zeitung, Onlineportal oder Social Media App ich öffne, ich sehe mich.

Heute haben die Berkeley Bees ein Auswärtsspiel bei den New York Skyliners. Auf dem Papier haben wir die deutlich bessere Mannschaft, aber durch das aktuelle Formtief, dass die Mannschaft diese Saison begleitet, ist das Spiel noch nicht gewonnen.

Delia begleitet mich nach New York. Wir sind zwei Tage eher geflogen, da wir einen kleinen Mädelstrip daraus machen wollten. Auf Melissa und Kyra können wir leider nicht mehr zählen, seitdem sie Kinder haben und bei diesen zu Hause in Berkeley bleiben. Kinder ist sowieso ein Thema, über das die Presse mehr als gern berichtet. Vor allem unsere Kinder, denn mit Paco habe ich nun auch den richtigen Mann an meiner Seite. Dabei sind Kinder absolut und überhaupt kein Thema für uns. Des Weiteren will ich aktuell nichts anderes, als meine Karriere vorantreiben und die Bees zu Erfolgen führen. Was soll ich mit einem Kind? Entweder würde dieses darunter leiden, weil ich mich mehr um die Bees kümmere oder andersrum. So oder so wird das noch ein Thema sein, das mich sehr beschäftigt. In ein paar Jahren, denn vorher will ich nicht an Kinder denken.

Delia und ich treten an die Absperrung der Sideline und schauen den Spielern beim Aufwärmen zu. Gemeinsam mit den Familien der anderen Spieler. Sophie ist heute auch dabei, weil Damien aus New York stammt und sie seine Familie besuchen.

Paco und ich haben noch nicht den richtigen Weg gefunden mit der Situation umzugehen, wie wir uns vor Spielen verhalten sollen. Die Frauen und Freundinnen der anderen Spieler, die aus Berkeley mitgereist sind, küssen und herzen ihre Männer. Machen Fotos mit ihnen und genießen die Zeit. Ich hingegen bin angespannt bis in die Haarspitzen und hoffe einfach nur, dass dieser Trubel um unser Privatleben sich nicht auf irgendeine Art und Weise auf Pacos Leistungen ausübt. Demnach liegt es mir völlig fern, ihm um den Hals zu fallen, so wie Sophie es gerade bei Damien tut und ihn abzuknutschen. Auch wenn ich das vielleicht gern tun würde.

»Komm, wir machen ein Foto«, meint Delia und stellt sich neben mich. »Würden Sie bitte?« Mein Bodyguard Lance nimmt ihr das iPhone ein wenig irritiert ab. »Danke.«

Lächelnd stelle ich mich neben Delia und schaffe es tatsächlich für einen Moment den Rummel um meine Person zu vergessen, bis es um uns herum unruhig wird und die Fotografen ihre Objektive auf mich halten.

Was ist denn jetzt schon wieder los? Genervt drehe ich mich herum und sehe mich Paco gegenüberstehen.

»Hey«, meint er.

»Hey«, erwidere ich schüchtern und Delia gibt mir doch tatsächlich einen Schubs in seine Richtung.

»Hey Delia«, sagt Paco und begrüßt sie mit einem Kuss auf die Wange. »Danke, dass du sie begleitest.«

»Gerne doch«, antwortet meine beste Freundin und ich bin überrascht, dass die beiden einander wirklich mögen. Normalerweise versteht Delia sich nicht so gut mit anderen Menschen. Vor allem mit Männern. Woran das liegt, weiß ich nicht. Sie ist eine wunderschöne Frau und an Angeboten mangelt es ihr nicht. Es könnte an ihrer indischen Erziehung liegen, die sehr konservativ geprägt ist, und ihr sicherlich nicht immer zum Vorteil war. Dann denke ich wieder daran

wie, sie pausenlos ihre Dienste als Scheidungsanwältin anpreist und Jackson Paroli bietet. Das
steht auch in einem harten Kontrast zu dem guten Benehmen, das ihre Eltern von ihr erwarten.

»Hey Baby«, wendet Paco sich noch mal an
mich. »Alle Augen liegen auf uns.«

»Was du nicht sagst«, nuschle ich und verdrehe die Augen.

»Bekomme ich einen Kuss von meiner Freundin«, fragt er und grinst mich spitzbübisch an.
Mein Herz schlägt schneller und ich erwidere
seinen Blick verliebt.

Großer Gott, ich bin wirklich sehr verliebt in
diesen Mann.

»Ich ...«, stammle ich und suche nach einer
Ausrede, wieso das jetzt nicht geht und unprofessionell ist, als Delia mir in die Parade fährt.

»Natürlich bekommst du den«, mischt sie sich
ein und ich werfe ihr einen bösen Blick zu. »Ja,
was denn? Darauf warten doch alle.«

Grinsend hält sie ihr iPhone in die Höhe, was
mich die Augen verdrehen lässt. Anschließend
wende ich mich an Paco und lächle ihn erneut
schüchtern an.

»Aber nur einen Kuss«, warne ich ihn.

»Nur ein Kuss«, sagt er und zieht mich an der
Hüfte zu sich. Er beugt sich zu mir runter und
legt seinen Mund federleicht auf meinen. Seufzend erwidere ich den Kuss, und öffne meine
Lippen für ihn.

Um uns herum flippen alle völlig aus. Es wird
geklatscht, die Kameras klicken immer heftiger
und die Fans schreien seinen Namen.

»So ein schönes Paar«, sinniert Delia neben uns.

»Viel Glück«, flüstere ich ihm zu, und schmiege mich an ihn. Paco schließt mich noch einmal fest in die Arme, und hält mich an sich gedrückt. Mit den Protektoren, die er bereits trägt, ist das alles andere als angenehm, aber ich will mich nicht beschweren.

»Wir müssen los«, meint Paco und gibt mich frei. Mit einem Nicken deutet er auf Jackson, der neben ihm steht. Dessen Aufmerksamkeit springt aber erst auf mich, als ich ihn anspreche. Vorher sieht er unentwegt Delia an.

»Hi«, sage ich. »Viel Glück.«

»Danke Boss«, meint er und zwinkert mir zu.

»Idiot«, brummt Delia neben mir, nachdem die beiden sich herumgedreht haben und zurück in Richtung Kabinen laufen.

»Diesmal hat er sich doch wirklich benommen«, wiegle ich ab und nehme ihn in Schutz.

»Jackson benimmt sich nie«, resümiert Delia und ich ziehe die Augenbrauen hoch.

»Dafür, dass du ihn so scheiße findest, springst du ganz schön auf ihn an.«

»Weil er ein Idiot ist, Savannah«, sagt sie mit Nachdruck. »Und so kindisch. Ich meine … Jackson ist so weit von einem Mann entfernt wie … wie du von einem privaten Privatleben.«

»Lass uns gehen«, murmle ich. »Damit ich vielleicht wirklich mal so was wie ein Privatleben habe.«

*

Das Spiel ist hart umkämpft, aber die Bees schaffen es immer wieder vorn zu liegen. Mal mit einem Field Goal, mal mit dem Extrapunkt nach dem Touchdown. Paco spielt fantastisch und ich springe nach jedem verwandelten Field Goal und jedem Extrapunkt auf, um ihn zu bejubeln. Leider haben das auch die Kameramänner im Stadion verstanden, und schwenken jedes Mal auf mich, wenn Paco gespielt hat.

»Es ist krass, wie sehr sie euch feiern«, meint Delia. »Als hättet ihr das Gegenmittel für eine Krankheit entschlüsselt.«

»Schön wär's«, brumme ich und verschränke die Arme vor der Brust. »Mir geht dieser ganze Hype nur noch auf die Nerven und ich wünschte, dass sie endlich begreifen, dass an unserer Beziehung absolut nichts ungewöhnlich oder toll ist.«

»Allein, dass du du bist und er er, reicht denen«, sagt Delia. »Möchtest du noch was trinken?«

»Nein«, sage ich und halte den Blick weiterhin auf das Spielfeld gerichtet.

Die Offense der Bees kommt aufs Feld und bespricht sich. Ich reibe meine Hände nervös ineinander in der Hoffnung, dass dieser Drive zu einem Touchdown führt und nicht wieder frühzeitig mit einem Field Goal beendet werden muss. Die Spieler gehen in Position und Cody gibt das Kommando, das dafür sorgt, dass sie sich in Bewegung setzen. Er hat ungewöhnlich viel Zeit in der Pocket, was mich schon wieder schier wahnsinnig macht. In den letzten Wochen hat sich nämlich herausgestellt, dass Cody und

Zeit in der Pocket keine guten Komponenten sind, um Erfolg zu haben. Das Gegenteil ist eher der Fall. Doch heute passt alles mal ausgesprochen gut, denn er schafft den perfekten Pass auf Desmond, der den Ball an sich drückt und losläuft.

Das neue First Down ist geschafft.

»Wie sieht es aus?«, fragt Delia.

»Neues First Down.«

»Sehr gut«, meint meine Freundin und trinkt von ihrem Wasser.

Erneut steht Cody gut in der Pocket und wirft den Ball diesmal zu Jackson, der völlig freisteht. Wie in aller Welt kann die Defense von New York das nur übersehen haben. Mir ist es allerdings egal, denn er läuft los und macht einen Touchdown. Delia und ich springen auf und jubeln. Jackson lässt sich von den mitgereisten Fans feiern und danach von seinen Teamkollegen.

Paco klatscht mit ihm ab und geht in Position für den Extrapunkt. Der Snap kommt und er trifft den Ball perfekt. Mitten durch die Torstangen bewegt er das Leder.

Die Schiedsrichter zeigen auch an, dass der Extrapunkt gut ist und zählt.

»Sehr gut!« Ich balle die Hand zu einer Faust und Paco lässt sich von seinen Kollegen beglückwünschen. Auch dieses Mal schwenken die Kameras auf mich. Ich lächle und klatsche professionell, aber ich bin mir sicher, dass sie meinem Gesicht so viel mehr ablesen können.

Die Bees gewinnen das Spiel mit siebenundzwanzig zu siebzehn.

Die Stimmung in der Loge ist gut und ausgelassen, bis auf einmal alle Blicke auf mir liegen.

»Was ist denn jetzt schon wieder?«, frage ich an Delia gewandt, die mit den Schultern zuckt.

»Vielleicht ist euer Kuss erneut auf den Videowänden«, entgegnet sie kichernd.

»Bitte nicht«, nuschle ich und verdrehe die Augen.

»Nichts zu sehen«, meint Delia, nachdem sie sich herumgedreht hat. »Dann muss es etwas anderes sein.«

»Und was?«

»Savannah!« Jasper kommt eilig auf uns zu. Sein iPhone in der Hand und sieht mich fassungslos an.

»Was denn?«, frage ich und mein Magen zieht sich zusammen. Wenn er mich mit solch einer Dringlichkeit ansieht, kann es nichts Gutes heißen, was er mir gleich mitteilen wird.

»Ich … ich weiß gar nicht, wie ich es dir sagen soll«, stottert er.

»Mir was sagen?«, frage ich und sehe zwischen ihm und Delia hin und her.

»Das.« Jasper hält mir den Bildschirm seines Smartphones genau vor die Nase. »Jemand hat ein Sexvideo von euch geleakt.«

»Was?«, schreie ich und nun sehen uns wirklich alle an.

Tatsächlich ist auf dem Video sehr gut zu erkennen, dass Paco mich gegen die Wand drückt. Die eindeutigen Stoßbewegungen seines Beckens sind ebenfalls zu erkennen. Das Video ist von unserem Stelldichein auf der Gala von Sophies Eltern. So eine verdammte Scheiße! Wir dachten wirklich, dass wir ungesehen waren.

»Das ist wohl ein Witz«, sagt Delia und dreht den Bildschirm zu sich.

»Leider nein«, murmelt Jasper mit zusammengezogenen Augenbrauen.

Ich bekomme nur noch halb mit, wie Jasper und Delia darüber diskutieren, ob das Video echt ist oder nicht. Mir hat die Info allein die Kehle zugeschnürt und ich glaube, dass mir gleich die Beine versagen. Mein Atem beschleunigt sich und ich renne an ihnen vorbei zur Toilette. Die Tür fliegt auf und ich stürze über der weißen Porzellanschüssel zusammen. Dann entlädt sich mein gesamter Mageninhalt in dieser.

Tränen schießen mir in die Augen und ich habe nicht die Kraft aufzustehen.

Ein Sexvideo.

Im Internet ist ein Sexvideo von Paco und mir.

Schlimmer geht es wohl nicht mehr.

Schluchzend sitze ich vor der Kloschüssel in der VIP-Loge im New Yorker Stadion und kann nicht begreifen, was in den letzten Minuten passiert ist.

Vielleicht sind es auch Stunden, ich weiß es nicht.

Das Einzige, was ich weiß, ist, dass es jemand gibt, der mir ganz empfindlich schaden will. Denn diese Aufnahmen sind nicht zufällig entstanden. Genauso die Fotos im Büro.

»Savannah!«, ruft Delia. »Sie ist hier, Jasper!«

Jemand, vermutlich Delia, berührt mich am Rücken.

»Kannst du aufstehen?«, fragt sie.

»Weiß nicht«, flüstere ich und wische mir mit der Hand über den Mund. Pfui.

»Ich helfe dir«, bietet sie mir an.

Langsam erhebe ich mich mit Delias Hilfe und lasse mich von ihr in den Vorraum führen, wo Jasper mit einer Flasche Wasser auf uns wartet.

»Ich verstehe das nicht«, murmle ich völlig von der Rolle. »Wer … wer tut so was?«

»Das finden wir heraus«, erwidert mein General Manager. »Und dann wird diese Person dafür zur Rechenschaft gezogen. Unsere Rechtsabteilung ist bereits mit dem Video betraut.«

»Ich muss hier weg«, sage ich und gehe gar nicht weiter auf Jaspers Worte ein.

Wieso auch? Das bringt doch gar nichts. Da draußen ist jemand, der mich so sehr hasst, dass er mein ganzes Privatleben in der Öffentlichkeit breittritt und das auf die mieseste Art und Weise.

»In der Tiefgarage steht ein Wagen«, sagt Jasper. »Delia begleitet dich.«

»Okay«, flüstere ich.

»Sollen wir Paco Bescheid geben?«, fragt meine Freundin und ich schüttle den Kopf. »Bist du sicher?«

»Ich will ihn nicht sehen«, flüstere ich. »Alles, was mit mir und unserer Beziehung zu tun hat, tut ihm nicht gut. Ich zerstöre sein Leben, seine Karriere.«

»Savannah, das darfst du nicht denken«, erwidert Delia und Jasper nickt.

»Ich will nach Hause«, antworte ich ausweichend.

»Bringen wir dich erst mal in die Tiefgarage und zum Flughafen«, meint sie und legt ihren Arm um mich.

23. KAPITEL

Paco

Ein paar Tage später

Seitdem irgendwer dieses Sexvideo geleakt hat, ist Savannah ein Wrack. Es zerreißt mich innerlich sie so sehr leiden zu sehen. Zwar haben unsere Anwälte es geschafft, das Video so gut es ging aus dem Internet zu verbannen, aber insgeheim ist uns klar, dass es im Darknet immer noch kursiert und sicherlich auch auf einigen privaten Geräten heruntergeladen und gespeichert wurde. Darüber hinaus reißt auch die Berichterstattung über unsere Beziehung nicht ab. Vor allem Savannah steht im Fokus der Medien, und sämtlicher Bullshit wird auf ihr abgewälzt. Sie ist an allem Schuld, sie bekommt nichts auf die Reihe und insgeheim wusste sowieso schon immer jeder, dass diese Situation passieren musste.

Die blutjunge NFL-Eigentümerin angelt sich einen Spieler.

Es macht mich so wütend und gleichzeitig fühle ich mich so hilflos, weil ich der Frau, die ich liebe, nicht die Unterstützung geben kann, die sie verdient. Nach außen hin versucht Savannah stark zu sein, macht ihren Job als Eigentümerin der Bees tadellos, aber innerlich ist sie kaputt. Diese Menschen haben sie zerstört und ich würde am liebsten jeden einzelnen von ihnen mit seinen eigenen Lügen foltern. Damit sie sehen, wie schlecht es Savannah geht.

Ich weiß nicht, was ich tun soll. Natürlich will ich ihr helfen und gleichzeitig rausfinden, wer dafür verantwortlich ist, dass dieses Video geleakt wurde. Immer noch Hauptverdächtiger für mich ist Jasper, aber das macht eigentlich keinen Sinn. Er hat seine Niederlage bei Savannah hingenommen und er versucht genauso wie wir alle sie zu beschützen und war stets auf meiner Seite, wenn ich etwas öffentlich machen wollte und sie nicht. Andererseits kann es auch ein Trick gewesen sein. Dennoch glaube ich nicht, dass er Savannah so sehr schadet. Gerade was ihren Job als Eigentümerin angeht. Lieber kehrt Roger zurück, als dass er irgendwem anderes außer seiner Tochter die Bees überträgt.

Aus Jaspers Sicht macht es nur Sinn nach Dreck über mich zu suchen und diesen in Umlauf zu bringen. Immerhin würde Savannah sich dann von mir trennen.

Ich kann mir noch so lange den Kopf darüber zerbrechen, wer für das alles verantwortlich ist, es bringt nichts. Am Ende ist es ein Teenager, der gut im Hacken ist. Was weiß ich denn, obwohl keines der Fotos entstanden ist und das Video schon gar nicht, ohne, dass das jemand aufgenommen hat.

»Hey Baby.« Savannah sitzt auf der Couch, ihr MacBook auf ihren Schoß und sie durchforstet einen Online-Shop.

»Hi«, sagt sie und ich drücke ihr einen Kuss auf den Kopf. Anschließend setze ich mich seitlich auf die Rückenlehne der Couch.

»Was machst du?«, frage ich.

»Zeit vertreiben«, murmelt sie und legt den Kopf in den Nacken, um mich anzusehen.

»Lass uns etwas unternehmen«, schlage ich vor.

»Nein«, kommt es prompt von ihr und ich stöhne auf.

»Savannah.«

»Ich will nicht, okay?«, zischt sie und klappt das MacBook zu. »Lass mich.«

Wie auch in den letzten Tagen springt sie beinahe auf und rennt davon.

»Savannah!«, rufe ich ihr nach. »Rede mit mir!«

»Und was soll das bringen?«, entgegnet sie. »Ich … ich bin an allem Schuld.«

Völlig verzweifelt sieht sie mich an und fährt sich durch die Haare.

»Woran bist du Schuld?«, frage ich. »Baby, das ist totaler Bullshit und das weißt du auch.«

»Wäre ich nicht ich …«

»Wer bist du denn?«, zische ich und verliere allmählich die Geduld. »Hör auf, dir die Schuld daran zu geben, dass es da draußen irgendeine kranke Person gibt, die uns das Leben zur Hölle macht. Genau das will diese Person doch erreichen.«

»Was meinst du?«, fragt sie.

Ich gehe auf sie zu, aber bleibe in sicherer Distanz vor ihr stehen, da ich das Gefühl habe, dass sie meine Nähe nicht möchte. So ist es seit Tagen. Dabei rede ich nicht mal von Sex. Savannah meidet meine Nähe, fühlt sich zu einfachsten Berührungen genötigt. Manchmal habe ich das Gefühl, dass sie innerlich beginnt, mit der Beziehung abzuschließen und versucht uns die Trennung so zu erleichtern.

»Dass wir uns trennen«, antworte ich. »Dass du die Bees abgibst.«

»Wäre das nicht besser?«, murmelt sie.

»Nein!«, sage ich entschieden. »Das wäre nicht besser oder willst du das?«

»Ich will meine Ruhe«, wispert sie und lässt mich mal wieder stehen.

»Savannah!«, rufe ich. »Bitte. Du kannst doch nicht jedes Mal weglaufen.«

Doch die Wohnungstür fällt bereits ins Schloss und sie ist weg.

*

Frustriert lege ich die Hantel zurück in die Halterung und setze mich auf. Schweiß läuft mir übers Gesicht, den ich mir mit dem Handtuch abwische. Nachdem Savannah abgehauen war, bin ich ins Gym ihrer Wohnung gegangen, um ein paar Gewichte zu stemmen. Irgendwie muss ich mich doch ablenken, wenn meine Freundin keinen Wert darauf legt, mit mir zu sprechen.

Meine Überlegung, vielleicht ihre Mutter anzurufen und sie zu bitten, mit Savannah zu reden, habe ich auch schnell verworfen. Das würde sie nicht wollen und ganz nebenbei will ich das auch nicht. Am Ende macht Savannah noch mehr dicht.

Ich erhebe mich von der Hantelbank und gehe zum Regal in der Ecke, um mein iPhone vom Strom zu nehmen und die Musikbox auszuschalten. Savannah hat in dem Regal Handtücher und einige Zierpflanzen stehen, um den Raum zu verschönern. Meiner Meinung nach totaler Blödsinn. Das ist ein Gym und kein Massagezimmer zum Entspannen. Hier dröhnen harte Beats durch die Lautsprecher und keine weichen Klänge.

Ich ziehe das iPhone vom Strom und schalte die Musikbox aus, als mir etwas auffällt, das zwischen den beiden Blumentöpfen hervorlugt. Es sollte mir egal sein, was Savannah zwischen ihren Blumentöpfen versteckt, aber ich bin zu neugierig.

Schnell schiebe ich die beiden Töpfe auseinander und mache große Augen. Dazwischen liegt eine ungefähr daumengroße Kamera, die auf den Raum gerichtet ist. An der oberen Seite leuchtet ein rotes Licht, aber ich weiß nicht, ob das bedeutet, dass sie eingeschaltet ist oder nicht.

Wieso versteckt Savannah eine Kamera zwischen den Blumentöpfen in ihrem Gym? Nimmt sie ihre Sessions damit auf, sodass sie sich diese später noch mal anschauen kann? Welchen Sinn hat das? Dann kann sie auch ihr Smartphone aufstellen. Letztendlich mache ich ein Foto von der

Kamera und schicke es Delia. Savannah selbst will ich damit erst mal nicht konfrontieren. Denn wenn sie diese nicht aufgestellt hat, heißt das womöglich, dass jemand Kameras in ihrer Wohnung installiert hat.

Das wäre mehr als nur scheiße.

Delia als Anwältin hat doch sicher Erfahrungen mit solchen Geräten.

Paco:
Hey Delia, hast du so
eine Kamera schon mal gesehen?

Ich schicke das Foto ab und sammle meine Sachen zusammen, um das Gym zu verlassen. Bereits auf der Hälfte der Treppe vibriert mein Handy. Hastig ziehe ich es heraus.

Delia:
Hey Paco, ja das sind WIFI-Kameras,
die vor allem Privatdetektive nutzen,
um Wohnungen zu überwachen.
Sie sind superklein und passen in jede Ecke.
Wo hast du die her?

Fuck! Die ist definitiv nicht von Savannah. Ich wähle Delias Nummer und sie geht auch sogleich rein.

»Hi«, nimmt sie das Gespräch entgegen.

»Hi«, krächze ich im Obergeschoss angekommen. »Ist Sav bei dir?«

»Nein, wieso?«

»Später«, murmle ich und setze mich auf die Lehne der Couch. »Ich war gerade in ihrem Gym und wollte mein Handy holen und die Musikbox ausschalten. Dabei ist mir die Kamera zwischen den Blumentöpfen im Regal aufgefallen. Erst dachte ich, dass Savannah sie vielleicht aufgestellt hat, um sich bei einer Session zu filmen.«

»Das macht sie mit ihrem iPhone«, meint Delia und ich fluche leise. »Du meinst ... die hat jemand dort positioniert?«

»Ja«, erwidere ich und fahre mir durch die Haare. »Scheiße, Delia. Ich ... ich weiß gar nicht, was ich glaube. Ehrlich gesagt traue ich mich auch gar nicht, das überhaupt laut auszusprechen. Wenn Savannah erfährt, dass ihre Wohnung heimlich videoüberwacht wird oder verwanzt ist ...«

»Ich weiß«, schneidet Delia mir das Wort ab. »Ich komme vorbei. Wir stellen die Bude auf den Kopf. Wenn im Gym eine ist, ist da auch eine zweite oder dritte. Vorzugsweise im Wohnzimmer, Küche und Schlafzimmer.«

»Wir können doch nicht ihre Wohnung auf links drehen!«, rufe ich aus. »Bist du irre?«

»Hast du eine bessere Idee?«, fragt sie. »Wollen wir es Savannah erst sagen und um Erlaubnis bitten.«

»Ich ...« Mit einem Mal springe ich auf und renne auf die Terrasse. »Was ist, wenn die Person, die die Kameras hier versteckt hat, durch unser Gespräch gewarnt ist.«

»Das war sie schon in dem Moment, in dem du die Kamera entdeckt hast.«

»Fuck!«, entfährt es mir lautstark. »Lass uns die Dinger finden und dann mit Savannah reden.«

281

»Ich finde mal heraus, wo sie ist und sorge dafür, dass es noch länger dauert.«

»Bis gleich«, sage ich und lege auf.

Dann gehe ich wieder in die Wohnung und sehe mich im Wohnzimmer um. Wo würde ich Kameras verstecken, wenn ich welche positioniere.

Tatsächlich weiß ich nicht wirklich, wo ich anfangen soll zu suchen. Also bleibt mir nichts anderes übrig, als auf Delia zu warten. Um nicht komplett nutzlos rumzusitzen, dusche ich mich notdürftig ab, mache uns Kaffee und stelle Wasser bereit. Mein Gott, ich traue mich schon gar nicht mehr zu sprechen, weil ich das Gefühl habe, dass die Person uns hört.

Eine halbe Stunde später klingelt es und ich öffne Delia die Tür.

»Hi«, begrüße ich sie. »Komm rein.«

Freundlich nicke ich dem Mann hinter ihr zu.

»Das ist Alec Fletcher«, stellt sie mir den Mann bei sich vor. »Ihm gehört eine Detektei in San Francisco, die für mich untreue Ehemänner aufspürt. Er ist Profi für Kameras und war zufällig bei mir, als du angerufen hast.«

So sehr Jackson Delias Humor hasst, so sehr mag ich ihn. Sie hat es faustdick hinter den Ohren und lässt es nur sehr selten unkommentiert, was ihre Profession ist. Obwohl ich manchmal sogar glaube, dass es eine Passion ist. »Alec, das ist Paco Alvarez. Savannahs Freund.«

»Hallo«, sagt er und schüttelt meine Hand.

»Hallo«, erwidere ich. »Kommt rein.«

Sie betreten die Wohnung und sehen sich im Wohnzimmer um.

»Die Kamera, die du gefunden hast, war im Gym?«, fragt er und reckt den Hals.

»Ja, genau«, antworte ich. »Zwischen zwei Blumentöpfen ganz oben im Regal.«

»Sieht Savannah die?«, fragt er und ich schüttle den Kopf.

»Das glaube ich nicht«, antworte ich und auch Delia verneint.

»Ist die Kamera noch dort?«, will er nun wissen.

»Ja«, sage ich. »Willst du sie sehen?«

»Auf jeden Fall«, antwortet er und wir gehen gemeinsam in Savannahs Gym, wo ich dem Detektiv die Position der Kamera zeige.

»Wie groß ist Savannah?«, fragt er.

»Bisschen größer als ich«, antwortet Delia.

Alec nimmt die Kamera in die Hand und schaut sie sich an.

»Es ist eine WIFI-Kamera, die auf Bewegungen reagiert. Sie hat nur aufgenommen, wenn jemand im Raum war. Seht ihr diesen kleinen Strich?« Delia und ich nicken. »Das ist der Sensor. Es ist eine typische Kamera, die wir benutzen, um Wohnungen zu observieren.«

»Kann die auch Gespräche aufzeichnen?«

»Ja.«

»Fuck«, murmle ich.

»Hattet ihr Sex hier?«, will Delia neckend wissen und ich schnappe nach Luft. »Das ist wohl ein Ja.«

»Natürlich hatten wir den hier«, maule ich sie an. »Können wir bitte schauen, ob wir noch mehr finden?«

»Klar«, meint Alec und wir gehen wieder nach oben.

In der nächsten Stunde finden wir noch eine weitere Kamera in der Küche und zwei im Wohnzimmer. Beide waren deutlich besser versteckt, als die im Gym, sodass ich sie niemals gefunden hätte. Für Alec, der Profi auf dem Gebiet ist, war es jedoch ein Leichtes.

»Das darf doch wohl nicht wahr sein«, knurre ich, als er mit einer aus Savannahs Schlafzimmer kommt. »Wie oft hat diese kranke Person sie gefilmt?«

»Das geht schon in Richtung Stalking«, sagt Alec und wirft auch die Kamera aus dem Schlafzimmer auf den Esstisch. Mir ist speiübel. Wie oft lagen wir in ihrem Bett, wie oft haben wir miteinander geschlafen und wie oft hat diese Person uns dabei beobachtet. Selbst ich fühle mich total unwohl, obwohl es nicht meine Wohnung ist. Wie schlimm muss es dann erst für Savannah sein?

Fünf Stück liegen hier. Ob es noch weitere gibt, kann Alec nicht sagen. Da sie aber für einen Profi wie ihn schnell gefunden waren, glaubt er nicht, dass es noch mehr sind. Alle wichtigen Räume waren abgedeckt.

»Ich … ich weiß nicht, wie ich ihr das beibringen soll«, flüstere ich und schließe die Augen. »Sie wird völlig fertig sein.«

»Sie soll froh sein, dass du die eine entdeckt hast«, meint Alec ganz der Profi. »Wer weiß, wie lange das noch so gegangen wäre. Gibt es denn jemand, der ihr so sehr schaden möchte.«

»Mir fällt nur Jasper ein«, antworte ich. »Jasper Brown. Er ist der zukünftige General Manager der Bees und unglücklich in Savannah verliebt.«

»Glaubst du wirklich?«, fragt Delia. »Ich war dabei als er uns das Sexvideo gezeigt hat, Paco. Er war wirklich betroffen und hat sich große Sorgen um Sav gemacht.«

»Wer soll es denn sonst sein?«, fauche ich. »Der Pissbacke ist es ein Dorn im Auge, dass wir zusammen sind.«

»Ich glaube nicht, dass es hier um eure Beziehung geht«, meint Delia. »Sie macht Savannah nur angreifbarer als ihr Job bei den Bees. Da unterstützt Jasper sie. Du weißt genauso gut, wenn nicht besser als ich, dass wenn er sie dort ausbooten möchte, dass er dann keine Kameras in ihrer Wohnung aufhängen muss.«

»Im Büro sind bestimmt auch Kameras«, wirft Alec nun ein.

»Bestimmt«, brumme ich und fahre mir durchs Gesicht. »Da kommen wir ohne Savannahs Erlaubnis nicht rein, das weiß ich. Wir müssen es ihr sagen.«

Alec und Delia sehen sich an, dann nicken sie.

»Möchtest du, dass wir dabei sind, wenn du es ihr sagst?«, fragt sie.

»Es wäre mir lieb, ja«, antworte ich. »Ihr könntet es ihr noch mal aus professioneller Sicht erklären.«

»Okay, gut«, meint Delia. »Sie war vorhin etwas abholen und meinte, dass sie gegen halb fünf zurück ist. Wir haben uns zum Face-Time verabredet.«

Ich werfe einen Blick auf meine Smartwatch.

»Es zwanzig nach vier«, sage ich. »Sie wird jeden Moment kommen.«

»Wir sollten die Kameras erst mal wegräumen«, schlägt Alec vor. »Sie direkt damit zu konfrontieren, wird ihre Panik nur noch größer machen. Ihr müsst euch vorstellen, dass diese Person sie vielleicht über Wochen, wenn nicht Monate, in ihrem Zuhause beobachtet hat. Einem Ort, an dem man sich gerade in ihrer Situation sicher fühlen möchte.«

Ich räume die Kameras zusammen und bringe sie in die Küche, um sie dort in eine Schublade zu räumen. Eine nimmt Alec an sich, und steckt sie erst mal in die Hose.

Dann heißt es für uns auf Savannah warten.

24. KAPITEL

Savannah

Ich schließe die Tür zu meiner Wohnung auf und weiß, dass ich mich bei Paco entschuldigen muss für mein Verhalten. Nicht nur heute, sondern in den vergangenen Tagen bin ich einfach zu weit gegangen. Mich immer weiter von ihm zu distanzieren, obwohl er mir nur helfen möchte, ist nicht richtig. Das liegt aber vor allem daran, dass ich einfach nicht mehr weiß, wie es weitergehen soll. Nicht nur mit uns, sondern auch mit dem Club und meiner Rolle als Eigentümerin. Doch Paco von mir zu stoßen, ist absolut der falsche Weg.

»Paco!«, rufe ich. »Schatz, wo bist du?«

Ich stelle meine Tasche im Flur ab und gehe ins Wohnzimmer, wo ich meinen Freund, meine beste Freundin und einen mir unbekannten Mann vorfinde. Stutzig bleibe ich stehen und mustere sie. Delia und ich wollen uns später über Face-Time austauschen. Darum bin ich auch nach Hause gefahren, um ihren Anruf nicht zu verpassen. Nachdem ich mich bei Paco entschuldigt habe. Dass sie hier ist, irritiert mich.

Was zum Teufel macht Delia hier?

»Hallo?«, frage ich und sehe zwischen ihnen hin und her.

Eilig kommt mein Freund auf mich zu.

»Hey«, sagt Paco. »Gut, dass du wieder da bist.«

Er drückt mir einen sanften Kuss auf die Lippen, doch ich bin nicht in der Lage, dazu diesen zu erwidern. Vielmehr wandert mein Blick wieder zu Delia und dem Mann.

»Was ist denn los?«, frage ich, als Paco mich zur Couch führt und mir andeutet mich zu setzen. Ich komme seinem Wunsch nach und er setzt sich neben mich.

»Versprich mir, dass du mich erst zu Ende erzählen lässt und nicht ausflippst.«

»Paco«, murmle ich und ein ungutes Gefühl macht sich in mir breit.

»Bitte Savannah!«

»Okay«, flüstere ich und sehe zwischen den Dreien hin und her.

»Zuerst einmal, das ist Alec Fletcher«, meint er. »Er arbeitet als Privatdetektiv in San Francisco.«

»Ein … ein Privatdetektiv?«, stammle ich. »Was macht ein Privatdetektiv … in meiner Wohnung?«

Fassungslos schaue ich Paco an, der die Lippen zu einer schmalen Linie zusammengepresst hat und dann Delia, die genauso schweigend dasitzt.

»Nachdem du gegangen bist, bin ich ins Gym gegangen, um ein wenig Frust abzulassen«, meint er. »Ich wollte auf dich warten, aber nicht untätig rumsitzen. Dort habe ich mein Handy geladen und die Musikbox im Regal benutzt. Als ich fertig war, ist mir im obersten Fach des Regals, zwischen deinen Blumen, etwas Schwarzes ins Auge gefallen.«

»Etwas Schwarzes?« Ich ziehe die Augenbrauen zusammen. Zwischen den Blumentöpfen steht nichts und wenn ... Was ist daran so interessant?

»Ich war neugierig, was es ist«, fährt er fort, meine Nachfrage ignorierend. »Es war eine Kamera.«

Meine Augen weiten sich und ich schnappe nach Luft. Paco hat eine Kamera in meinem Gym gefunden? Das ist wohl ein Scherz. Bitte sag irgendwer, dass das ein Scherz ist. Wieso zur Hölle gibt es dort eine Kamera?

Mein Herz rast und zig aberwitzige Gedanken schießen durch meinen Kopf, die alle darin enden, dass mich jemand in meiner Wohnung beobachtet. Wofür braucht man sonst eine Kamera, die definitiv nicht von mir ist. Hastig schnappe ich nach Luft und lege meine rechte Hand auf mein Herz, um es zu beruhigen.

»Eine ... eine Kamera?«, stottere ich.

»Ja«, mischt sich der Privatdetektiv ein. »Hier.«

Er zieht besagte schwarze Kamera aus seiner Hosentasche und reicht sie mir. »Kennen Sie die?«

»Nein«, antworte ich sofort. »Ich kenne keine Kamera … Delia, was ist hier los?«

»Ganz ruhig, Sav«, meint meine Freundin, aber es beruhigt mich nicht im Geringsten, wenn sie so redet. Es wühlt mich nur noch mehr auf.

»Ich wollte dich nicht beunruhigen, vielleicht hast du die Kamera selbst dort platziert«, erklärt Paco.

»Hast du sie noch alle?«, fauche ich. »Ich platziere doch keine Kamera in meinem Gym und sage es dir nicht. Geschweige denn sitze so schockiert hier.«

»Das ist wohl ein Nein«, stellt er fest.

»Natürlich ist das ein Nein«, echauffiere ich mich über seine Annahme, dass das Ding von mir ist.

»Auf jeden Fall habe ich Delia angerufen und sie gefragt, ob sie so eine Art von Kamera kennt«, erzählt Paco weiter.

Sofort schaue ich zu meiner besten Freundin.

»Das ist eine WIFI-Kamera, die vor allem für die Observation von Privaträumen genutzt wird«, erklärt sie mir. »Alec ist Profi auf dem Gebiet, darum habe ich ihn gebeten mitzukommen und sich das Ganze anzusehen.«

»Und?«, wispere ich und greife nach Pacos Hand. Er rückt näher an mich und schließt seinen Arm um meine Schultern. Es gibt mir den Halt, den ich brauche, denn ich befürchte, dass das nicht alles war.

»Delias Vermutung, was die Kamera angeht, hat sich bestätigt«, erklärt mir Mr. Fletcher ruhig. »Die Kamera hat einen Sensor.« Er zeigt mir die Stelle unterhalb der Linse, die rötlich schimmert, wenn er sie gegen das Licht dreht. »Wenn jemand den Raum betritt, startet die Aufnahme und wenn er geht, stoppt sie. So nimmt sie nicht Nonstop auf und die Person, die Bilder braucht, schaut zwanzig Stunden ins Leere. Sie hat direkt die Bilder, die sie will vor sich.«

»Wow«, keuche ich. »Kann ... kann die Kamera auch Ton aufnehmen?«

»Ja.«

»O Gott!« Ich fahre hoch, weil mich nichts mehr auf der Couch hält. Dann beginne ich unwirsch im Wohnzimmer auf und abzulaufen. »Gibt es noch mehr?«

Mir ist klar, dass wenn da eine Kamera ist, ist da auch eine zweite oder dritte. Meine Kehle schnürt sich zu, bei dem Gedanken, dass Kameras in meiner Wohnung waren, die mich nicht nur beobachtet haben, sondern auch Gespräche aufgezeichnet. Mich in den intimsten Momenten beobachtet. Schlimmstenfalls auch in der Dusche, beim Umziehen, beim Sex mit Paco.

»Es waren Kameras in insgesamt vier Räumen«, sagt Paco. »Gym, Wohnzimmer, Küche und im Schlafzimmer.«

»Im Schlafzimmer«, kreische ich und Hitze steigt in mir auf.

»Es tut mir leid«, flüstert er und kommt auf mich zu.

Paco schlingt seine Arme um mich und ich schmiege mich vertrauensvoll an ihn. Wie immer ist er mein Fels in der Brandung, und als ein Schluchzer meine Kehle verlässt, wünschte ich, wir wären allein.

»Wir haben die Kameras entfernt«, sagt Mr. Fletcher.

»Wo waren sie?«, will ich wissen und sehe mich um. Panik macht sich in mir breit, dass sie nicht alle Kameras gefunden haben. Was ist, wenn die ganze Bude verwanzt ist? Gott, ich kann keine Sekunde länger hierbleiben.

»Sie waren gut platziert«, erklärt er mir. »In der Küche, wie auch im Gym, zwischen den Blumentöpfen im Regal. Sie konnten Sie nicht sehen. Die im Wohnzimmer war auf die Couch gerichtet und in der Vitrine neben dem TV versteckt.«

»Und die im Schlafzimmer?«, frage ich und schaue zu Paco.

»Frontal gegenüber vom Bett«, meint er und wir wissen beide, was das bedeutet.

»Ich kann nicht hierbleiben!«, rufe ich panisch aus. »Ich … ich bin nicht sicher … in … in meiner eigenen Wohnung.«

»Das wirst du auch nicht«, antwortet Paco mit fester Stimme. »Du kommst mit zu mir.«

Ich nicke.

»Hast du eine Idee, wer das war?«, fragt Delia vorsichtig nach.

»Nein«, sage ich. »Was weiß ich denn …«

»Sicherlich die gleiche Person, die auch all die Informationen über euch der Presse gesteckt hat«, fährt sie fort. »Somit jemand aus deinem … eurem engsten Kreis.«

»Jasper«, grollt Paco. »Er war das.«

Ich schiebe Paco von mir und sehe ihn an. Dass es Jasper war, glaube ich nicht. Welchen Sinn hat das denn? Ja, er mag Paco nicht und ja, die beiden haben in gewisser Weise um mich gebuhlt, was Paco für sich entschieden hat. Dennoch würde Jasper meine Wohnung nicht verwanzen. Er würde auch niemals den Bees schaden.

»Jasper hat nicht mal Zutritt zu meiner Wohnung«, sage ich ruhig. »Er würde den Bees nicht so schaden wollen.«

»Das lässt sich leichter arrangieren, als Sie denken, in Ihre Wohnung zu gelangen, Ms. Belfast«, meint Mr. Fletcher und zuckt mit den Schultern. »Und dass er den Bees nicht schadet, kann sein großer Vorteil sein.«

»Nein, das glaube ich nicht«, halte ich dagegen. »Er war das nicht.«

»Ich stimme ihr zu«, sagt Delia. »Er war das nicht.«

»Euer Wort in Gottes Ohr«, murrt Paco genervt und stemmt die Hände in die Hüften. »Ich bleibe bei meiner Meinung. Er war das. Punkt.«

Delia verdreht die Augen und wendet sich an Mr. Fletcher.

»Was schlägst du vor, wie wir jetzt weiter vorgehen?«, fragt sie.

»Die Person ist in jedem Fall gewarnt, da wir alle Kameras in der Wohnung entfernt haben«, sagt er. »Ich gehe davon aus, dass in Ihrem Büro noch welche sind, Ms. Belfast.«

Natürlich macht es Sinn, dass auch in meinem Büro Kameras sind, aber ich will das alles einfach nicht glauben. Es macht mir Angst und stellt meine Sicherheit, die ich durch meine Bodyguards immer gewährleistet sah, in ein ganz anderes Licht.

»Wirklich auch Kameras oder eher Wanzen?«, fragt Delia. »Wenn wir davon ausgehen, dass es jemand aus ihrem näheren Kreis ist, machen Kameras im Büro Sinn?«

»Kameras sind immer effektiver«, antwortet Mr. Fletcher.

Delia nickt und sieht mich an.

»Können wir in dein Büro fahren und dort nachsehen?«

»Natürlich«, antworte ich hektisch. »Wir können sofort los.«

Umso schneller wir die Kameras entfernen, die eventuell noch in meinem Büro sind, desto besser.

Das macht die ganze Situation nicht weniger schlimm und auch nicht, wie scheiße ich mich fühle. Aber die Hauptsache ist, dass die Kameras entfernt werden. Dass jemand mich in meiner Wohnung beobachtet hat, macht mich fertig. In den letzten Wochen ist so viel über mich hereingebrochen, dass ich nicht mehr weiß, wo mir der Kopf steht. Ich habe doch niemand etwas getan, oder? Vielleicht außer Jasper, der sauer ist, dass ich mich für Paco entschieden habe. Bisher zielten die Angriffe immer auf unsere Beziehung ab. Bei den Bees ging zwar auch viel schief, aber das kann nicht von einer Person allein gesteuert werden. Egal wie viel Einfluss und vor allem Einsicht in Geschäftsunterlagen sie hat.

*

Ich krieche zu Paco ins Bett, der mich sogleich an seine Brust zieht. Seine Wärme empfängt mich und ich schmiege mich noch weiter an ihn.

Sanft küsst er meine Stirn und seine Fingerspitzen streicheln meinen Arm.

Mr. Fletcher und Delia haben in meinem Büro zwei weitere Kameras gefunden. Außerdem noch im Vorraum meines Büros, wo Denise sitzt. Zu meiner Überraschung hat Mr. Fletcher mich gebeten, die Kameras im Büro nicht zu entfernen. Er sagte mir, dass das sicherer sei sie zu behalten, sodass die Person, die sie in meiner Wohnung eingebaut hat, nicht weiter gewarnt ist. Dafür bestellte er seine Frau in die Facility, die ein vorgetäuschtes Vorstellungsgespräch hatte. Während ich einen Anruf entgegennahm und das Büro verließ, hat sie mein Büro durchsucht. Für die Person, die mich überwacht, soll es so aussehen als wäre sie verdammt neugierig. Als ich zurückkam, haben wir das zuvor eingeübte Gespräch geführt.

Weiterhin bat Mr. Fletcher mich mit niemand über die Angelegenheit zu sprechen und ihm eine Liste mit all meinen Angestellten zu geben. Ich fand es wirklich übertrieben, aber Paco bestand darauf. Auch Jasper und meine Schwester sind potenziell verdächtig, was mir noch mehr aufstieß. Mila würde so was niemals tun, aber Mr. Fletcher antwortete mir lahm, dass man diese Leute nur in den aller engsten Reihen suchen darf. Schlussendlich habe ich zugestimmt und erwarte seine Entscheidung in einigen Tagen. Bis dahin muss ich im Büro weiterhin so tun, als wäre alles in Ordnung.

»Was, wenn es wirklich einer meiner Mitarbeiter ist?«, flüstere ich.

»Dann hast du Gewissheit.«

»Und wenn es mehrere Personen sind?« Ich drehe den Kopf, um Paco anzuschauen. Er seufzt leise.

»Wir werden die Person finden und wenn es mehrere sind, finden wir sie alle«, flüstert er. »Ich verspreche dir, dass sie die Hölle auf Erden erleben werden, dass sie dich so in Angst versetzen.«

»Paco«, erwidere ich seufzend. »Sei nicht so dramatisch.«

Gedankenverloren streiche ich über seine Brust, auf der sich einzelne Haare tummeln, die er nicht rasiert hat.

»Wo bin ich denn dramatisch?«, fragt er. »Was sie dir antun, ist nicht richtig, Babe.«

Ich setze mich auf und schaue auf ihn hinab. Sein Kopf lehnt an einem der großen Zierkissen in seinem Bett. Er ist angespannt.

»Was denkst du?«, flüstere ich.

»Ich weiß nicht, aber ...« Er holt tief Luft. »Jasper war das nicht.«

»Sag ich doch.«

»Ja, aber wer dann?«, murrt er und schließt die Augen für einige Sekunden. Als könne er so seine Gedanken besser zusammenhalten. »Wer tut dir das an, wenn nicht er. Er hat das perfekte Motiv.«

»Ah, und was?«

»Verletzter Stolz«, sagt Paco. »Männer hassen es die Beute zu verlieren.«

»Beute?« Meine Augenbrauen schießen in die Höhe. »Hast du mich gerade als Beute bezeichnet.«

»O ja«, raunt er und wackelt mit den Augenbrauen. »Und was für eine heiße Beute ...«

Paco betrachtet mich und streicht mit dem Zeigefinger über den Saum meines Negligés.

»Du Spinner!«, rufe ich.

Er lacht und schleudert mich herum, sodass ich unter ihm liege. Er lässt sein Becken leicht sinken, damit es meine Mitte berührt. Unsere Blicke treffen sich und ich strecke meine Hand aus und fahre durch seine Haare.

»Ich liebe dich«, sage ich.

Mein Herz rast in meiner Brust. Seit meiner Highschool-Zeit habe ich diese drei Worte nicht mehr gesagt, aber bei Paco empfinde ich genau das.

Ich liebe ihn.

»Ich liebe dich auch«, antwortet er. »Und wir finden diese Person, das verspreche ich dir.«

»Glaubst du das wirklich oder sagst du das nur, um mich zu beruhigen?«, wispere ich.

»Auf jeden Fall«, antwortet er und senkt seinen Mund sanft auf meinen. »Und ein bisschen, um dich zu beruhigen.«

Ich erwidere den Kuss und schmiege meinen Körper an seinen. Pacos große Hände umschließen meine Hüften, drücken sie tiefer in die weiche Matratze, während sein Becken an meinem kreist.

»Ich will dich«, nuschle ich in den Kuss hinein. Er lässt von mir ab und sieht mir in die Augen. »Lieb mich.«

Pacos Mund verzieht sich zu einem Lächeln, ehe er sich wieder zu mir runterbeugt und genau das tut.

25. KAPITEL

Paco

Privatdetektei Fletcher, zwei Wochen später

Heute morgen kam endlich der Anruf von Mr. Fletcher, dass sie eine Spur zu der Person haben, die Savannah ausspioniert, aber vorher noch einmal mit ihr sprechen möchten. Nach dem Training haben wir uns auf den Weg nach San Francisco gemacht.

Savannah ist ein Nervenbündel seitdem die Kameras gefunden wurden. Noch mehr als zuvor, aber ich bin auch wahnsinnig stolz auf sie, wie gut sie es in der Facility überspielen kann und ihren Job macht. Die letzten beiden Spiele haben wir gewonnen. Das eine knapp mit einem Field Goal in der letzten Sekunde und das andere deutlich mit vierzehn Punkten. Auch diese Entwicklung entspannt meine Freundin und wenn wir jetzt noch die Person finden, die uns und vor allem ihr das Leben zur Hölle macht, noch besser. Hoffentlich kehrt dann mal so was wie Normalität in unser Leben ein, und wir können unsere noch frische Beziehung endlich genießen.

Dass Savannah mir ihre Liebe gestanden hat, macht mich immer noch wahnsinnig glücklich und zeigt mir, dass ich mich auf dem richtigen Weg befand, als ich sie nicht aufgeben wollte. Ich wusste, dass Savannah und ich zusammengehören. Diese drei Worte aus ihrem Mund waren die reinste Bestätigung.

»Ich liebe dich«, entfährt es mir.

»Wie kommst du denn jetzt darauf?«, erwidert sie und sieht zu mir herüber.

»Darf ich meiner Freundin nicht sagen, dass ich sie liebe?«

»Doch natürlich.« Ihre Wangen färben sich rosa. »Ich liebe dich auch.«

Ich lächle sie an und drücke ihre Hand. Savannah erwidert es und schaut aus dem Fenster, während ich den Wagen von der San Francisco Oakland Bay Bridge in Richtung Innenstadt von San Francisco lenke, wo sich Mr. Fletchers Büro befindet.

»Hoffentlich ist es keine falsche Fährte«, meint Savannah.

»Das glaube ich nicht«, antworte ich. »Vielleicht nicht die entscheidende, aber ich bin mir sicher, dass die auch noch kommt.«

»Was, wenn ich nicht helfen kann?«, fragt sie weiter. »Total nutzlos bin für sie.«

»Das bist du nicht, Babe«, beruhige ich sie und fahre mit meinem Daumen über ihren Handrücken. »Mr. Fletchers Leute arbeiten sehr gründlich und gewissenhaft, das hat Delia auch immer wieder betont. Sie finden die Person.«

»Oder die Personen«, murmelt Savannah.

»Bitte mach dir nicht so viele Sorgen«, flüstere ich. »Das wird schon alles.«

»Und wenn nicht«, schießt sie zurück. »Wenn sie sie nie finden … wenn … wenn wir uns in etwas verrennen, dass es jemand aus meinem engsten Umfeld ist und …«

»Savannah!«, unterbreche ich sie barsch. »Hör auf damit! Wir suchen weiter. Bitte, das macht dich nur kaputt.«

Schweigend wendet sie ihren Blick von mir ab, das kann ich aus dem Augenwinkel erkennen.

Es liegt mir fern mit ihr zu streiten, mehr als das. Manchmal bringt sie mich einfach zur Weißglut mit ihren Zweifeln. Ich will doch auch, dass die Schuldigen so schnell wie möglich gefasst werden, aber dieses hysterische Reinsteigern bringt nichts. Sie wohnt jetzt bei mir und die Kameras im Büro richten keinen weiteren Schaden an, weil sie dort nur noch mit ausgewählten Menschen spricht. Wenn ich da bin, verhalten wir uns normal.

Nach weiteren fünfzehn Minuten parke ich den Wagen in einem Hinterhof im San Franciscos Financial District, unweit von Delias Kanzlei.

»Da seid ihr ja«, begrüßt Savannahs beste Freundin uns mit offenen Armen.

»Hey«, sagt Savannah und umarmt sie. Ich gebe Delia einen Kuss auf die Wange.

»Seid ihr bereit?«, will sie wissen und hält uns die Tür zum Gebäude auf.

»Ja«, flüstert Savannah.

»Sav«, meint Delia, als wir auf den Aufzug warten. »Ich habe noch nicht weiter mit Alec gesprochen. Bitte sei nicht zu enttäuscht, wenn sie die finale Spur nicht haben.«

»Bin ich nicht«, flüstert sie.

Delia wirft mir einen Blick zu und ich nicke. Wir wissen beide, dass Savannah maßlos enttäuscht wäre. Sie erhofft sich von der Arbeit der Privatdetektive so verdammt viel.

Die Türen des Aufzugs öffnen sich und wir treten heraus. Alec erwartet uns bereits.

»Hallo Delia«, begrüßt er sie mit einem Kuss auf die Wange.

»Hallo Paco, Ms. Belfast«, meint er und schüttelt unsere Hände. »Folgt mir.«

Er bringt uns in einen kleinen Konferenzraum und deutet uns an, gegenüber von sich und Delia Platz zu nehmen. Ich rücke Savannah den Stuhl zurück, was sie grinsen lässt. Normalerweise bin ich nicht so ein Gentleman, aber heute darf es ruhig mal sein. Dann setze ich mich neben sie und greife sofort nach ihrer Hand. Meine Anspannung steigt nun allmählich auch.

»Schön, dass ihr da seid«, eröffnet Alec das Gespräch. »Wir haben in den vergangenen Wochen intensiv alle Personen aus Ihrem Umfeld unter die Lupe genommen und einige interessante Dinge rausgefunden.«

Savannah schluckt und ihre Hand schließt sich fester um meine.

»Anhand der Produktnummer auf den Kameras, die ich aus Ihrer Wohnung mitgenommen habe, konnten wir über die Firma den Käufer ermitteln. Das war nicht ganz einfach, aber es ist uns gelungen.«

»Dann haben Sie die Person!«, ruft Savannah freudig aus.

»Nicht ganz«, dämpft er sogleich ihre Euphorie. »Die Kameras wurden von einem Harvey Stone gekauft. Sagt Ihnen der Name etwas?«

»Nein«, sagt Savannah sofort und auch ich schüttle den Kopf.

»Das haben wir uns gedacht. Mr. Stone ist fünfunddreißig Jahre alt und arbeitet als Buchhalter in Oakland.«

»Das macht doch keinen Sinn«, meint Savannah.

»Wen Sie aber kennen, ist seine Schwester«, fährt Alec fort. »Denise Hastings.«

Ein ungutes Gefühl durchfährt mich, aber ich versuche mir vor Savannah nichts anmerken zu lassen. Rückblickend habe ich mich doch das ein oder andere Mal über Denises Verhalten gewundert, aber dem nichts weiter beigemessen. Ich war so auf Jasper eingeschossen, dass ich ihre Assistentin – wenn sie es denn war – außen vor gelassen habe.

Ihre fucking Assistentin!

»Denise ist meine Assistentin«, murmelt Savannah sichtlich schockiert.

»Richtig«, meint er. »Ms. Hastings ist verheiratet und daher der andere Nachname.«

»Was hat Denise damit zu tun?«, fragt Savannah. »Ja, wir waren in den letzten Monaten immer mal unterschiedlicher Meinung. Das ist doch kein Grund, mich so dermaßen fertigzumachen.«

Mir erschließt sich das Ganze auch noch nicht, darum höre ich Alec weiterhin geduldig zu.

»Wir haben uns mal ein wenig über Denise Hastings, früher Stone, erkundigt und einige sehr interessante Dinge über sie herausgefunden.«

Mein Blick wandert zu Delia, die bisher auch nichts von den Vorkommnissen weiß und wieder zu Savannah. Ihre Anspannung ist kaum auszuhalten.

»Denise Hastings wurde 1990 als Dionisia Sanchez Gómez in Tulum geboren und im Alter von zwei Jahren, 1992, ins Waisenhaus von Tulum gegeben.«

Mein Schock sitzt so tief, dass ich für einige Sekunden vergesse zu atmen. Denise ist keine Amerikanerin und ihre Eltern sind nicht ihre leiblichen Eltern. Heilige Scheiße, das hätte ich niemals erwartet. Fuck, fuck, fuck. Alles zieht viel weitere Kreise, als wir es uns hätten ausmalen können. Dass Jasper das alles wegen seinem verletzten Stolz abzieht, erscheint mir auf einmal viel reizvoller. Doch das … wow.

»Hier.« Alec schiebt uns ein Bild rüber. »Das ist Denise oder Dionisia 1996 im Alter von sechs Jahren im Heim. Das kleine Mädchen, dass sie auf dem Schoß hat …«

»Das bin ich!« Savannah reißt das Bild an sich. »Hundertprozentig. Diese Hose hat meine Mom immer noch. Ich trug sie am Tag, als sie mich abholten. Sie war eins von wenigen Kleidungsstücken, die ich besaß.«

Savannah ist unglaublich niedlich mit ihren Locken und der schrecklichen lila Cord-Latzhose, die die 90er geprägt hat wie kaum ein zweites Kleidungsstück. Wäre die Situation nicht so schockierend, würde ich ihr gern sagen, wie süß ich sie finde und wie sehr ich mir wünsche, dass unsere Tochter eines Tages mal so aussieht. Himmel, was ist dieser Gedanke gerade fehl am Platz. Da draußen läuft ein Irre rum, vermutlich ihre eigene Assistentin, und ich träume von unseren Kindern.

»Wir waren uns nicht sicher, ob Sie das sind«, spricht er weiter. Ich nehme Savannah das Foto ab und betrachte es. »Da es jetzt bestätigt ist, müssen wir ihr Motiv rausfinden.«

»Wir könnten meine Mutter anrufen«, schlägt Savannah vor. »Vielleicht kann sie etwas dazu sagen. Sie weiß viel von damals und wenn ich engen Kontakt zu Denise … Dionisia hatte, dann weiß sie das.«

Savannah ist auf einmal ganz aufgekratzt und rutscht auf ihrem Stuhl hin und her.

»Warte mal kurz«, sage ich. »Wenn Denise im selben Kinderheim war, wie wir … Wieso hat sie nie was zu dir gesagt?«

»Vielleicht möchte sie es hinter sich lassen?«, erwidert Savannah. »So wie viele andere auch.«

Sie spricht es nicht aus, aber im Grunde will sie sagen »So wie du« und ich kann es verstehen. Ich will auch nichts mehr damit zu tun haben. Mit dem ganzen System, das mich meiner Mom wegnahm. Ich liebe meine Eltern, aber trotzdem wüsste ich gern, ob sie versucht hat, mich zurückzubekommen und an mich denkt.

Trotzdem erklärt das nicht, wieso Denise nie etwas gesagt hat.

»Wir sollten Mrs. Belfast kontaktieren und ihr das Foto zeigen«, schlägt Delia vor. »Umso schneller, desto besser.«

»Gut«, entscheidet Alec. »Können Sie Ihre Mutter herbitten?«

»Natürlich«, sagt Savannah und steht auf, um ihre Mutter anzurufen.

Als sie außer Hörweite ist, wende ich mich an Delia und Alec.

»Ich will mich nicht zu weit aus dem Fenster lehnen, aber ich habe einige Situationen miterlebt, in denen ich das Gefühl hatte, dass Denise absichtlich nicht getan hat, was Savannah ihr aufgetragen hat. Als Dalton sich das Kreuzband gerissen hat, habe ich es ihr gesagt, weil ich dachte, Savannah weiß es bereits. Sie wusste es aber nicht. Bevor Savannah entscheiden konnte, wie wir weiter vorgehen, war es in der Presse. Das kann auch ein Zufall sein, aber es war nur wenige Minuten nachdem ich Denise Bescheid gegeben habe.«

»Das ist in der Tat merkwürdig.«

»Ich bin mir mittlerweile auch sicher, dass das Foto von uns im Büro von ihr ist«, rede ich weiter. »Sie wusste, dass wir dort allein sind. Außerdem kann ich mir gut vorstellen, dass sie als ihre Assistentin Zutritt zur Gala der Turners hatte und ganz einfach Zutritt zu ihrer Wohnung bekam.«

»Du meinst, sie hat auf so eine Situation gehofft?«, fragt Delia und ich balle die Hand zu Fäusten. Ich komme mir so unsagbar dumm vor.

»Wie bringen wir das mit Tulum zusammen?«, frage ich. »Denn so wie es aussieht, wurde Denise auch adoptiert.«

»Das müssen wir rausfinden«, meint Delia und Savannah kommt zurück. Sie stellt sich hinter mich und legt ihre Hände auf meine Schultern.

»Meine Eltern sind auf dem Weg«, sagt sie.

Eine Stunde später

Esther und Roger sitzen am Tisch und lassen sich alles noch einmal von Alec erzählen. Die beiden sind zutiefst bestürzt über das, was vorgefallen ist. Vor allem Esther ist den Tränen nahe.

»Kennen Sie dieses Mädchen, Mrs. Belfast?«, fragt Alec.

Savannahs Mutter nimmt das Foto an sich und lächelt.

»Ja«, sagt sie. »Das ist Dionisia. Sie war damals Savannahs … Schwester … ich weiß nicht, wie ich es anders formulieren soll. Sie waren immer zusammen. Was ist mit ihr?«

»Mom, das ist Denise«, presst Savannah hervor. »Meine Assistentin Denise.«

»Mein Gott!« Sichtlich schockiert legt sich Esther die Hand auf die Brust. »Was hat das zu bedeuten?«

»Wir glauben, dass Mrs. Hastings die Kameras montiert hat und einen Rachefeldzug gegen Ihre Tochter plant. Über das Motiv können wir bisher nur spekulieren. Vielleicht Neid, nachdem sie herausgefunden hat, in welche Familie Savannah adoptiert wurde.«

Ich presse die Lippen zusammen und lege meine Hände auf ihre Schultern. Ja, Savannah hat sicherlich den absoluten Jackpot abgeräumt, wenn man adoptiert wird. Ihre Eltern lieben sie und Mila nicht nur über alles, sondern sind auch so verdammt reich, dass sie ihr alles bieten können. Das ruft schnell Neider auf den Plan.

»Wir haben Dionisia kennengelernt, als wir anfingen Savannah zu besuchen«, erzählt Esther. »Sie war immer in ihrer Nähe. Als für uns klar wurde, dass Savannah zu uns kommt, haben sie begonnen Savannah und sie zu trennen. Damit der Abschiedsschmerz für Savannah nicht so groß wird. Ich weiß noch, dass Dionisia immer ein Auge auf uns hatte, wenn wir mit Savannah allein waren.«

»Haben Sie nach der Adoption noch mal etwas von ihr gehört?«

»Ich habe mich immer wieder nach ihr erkundigt und ihr Kleidung geschickt. Sie hat sich gut um Savannah gekümmert. Für uns war aber klar, dass wir sie nicht adoptieren werden.«

Man hört deutlich heraus, wie schwer Esther die Worte fallen.

»Wir konnten doch nicht jedes Kind dort adoptieren, oder?«, flüstert sie.

»Natürlich nicht«, mischt Roger sich ein. »Am ersten Tag, an dem wir das Kinderheim besucht haben, ist Savannah aus dem Haus gerannt gekommen. Ich habe meine Frau damals angesehen und wir haben uns stumm gesagt, dass sie es ist. Bei ihrer Schwester Mila war es ähnlich. Wir haben keinen langen Prozess geführt, das perfekte Kind auszusuchen, sondern danach entschieden, welches Kind unsere Herzen berührte.«

Fuck, die Ansprache ist wirklich hart und ich wende mich für einige Sekunden ab. Ihre Eltern lieben sie so sehr. Meine mich auch, aber wenn ich an all die Kinder denke, die nicht von so wunderbaren Menschen adoptiert wurden, zerreißt es mich. Das ist nicht fair.

»Welches Motiv könnte sie haben?«, fragt Savannah aufgebracht und steht auf. »Ich verstehe es nicht.«

»Neid«, wirft Alec ein. »Wir haben noch ein wenig weiter recherchiert: Mrs. Hastings wurde 1997 mit sieben Jahren adoptiert und kam nach Oakland. Gar nicht weit weg von Ihnen. Ihre Eltern haben solide Jobs. Aber sie lebten immer am Minimum, um alle Kosten zu decken, das Haus abzubezahlen und fürs College für sie und ihren Bruder zu sparen. Mrs. Hastings wird rausgefunden haben, dass Sie zu Milliardären gekommen sind und sie nicht. Obwohl sie sich immer um Sie gekümmert hat. Jetzt will sie Sie scheitern sehen, so wie sie damals gescheitert ist, als Ihre Eltern im Kinderheim waren.«

»Das ist doch krank!«, ruft Savannah aus.

Ich schlinge meine Arme um Savannah und ziehe sie an mich.

»Wir stoppen sie«, flüstere ich ihr zu und hauche ihr einen Kuss auf die Wange. »Ich verspreche es dir.«

»Und wie?«, fragt sie und fährt herum. »Wie wollt ihr sie stoppen? Sie war in meiner Wohnung und hat dort Kameras installiert. Die ist doch nicht mehr ganz dicht.«

»Savannah«, meint Esther. »Schatz, bitte beruhig dich. Delia und Mr. Fletcher haben sicher einen Plan.«

»Ich stelle sie jetzt zur Rede«, entscheidet Savannah völlig kopflos. »Dafür brauche ich keine Anwälte und Privatdetektive.«

Sie reißt sich von mir los und stürmt aus dem Konferenzraum.

Fassungslos schaue ich in die Runde, sie sind ebenso schockiert wie ich. Das darf doch wohl nicht wahr sein.

»Savannah!«, rufe ich und stürme aus dem Konferenzraum, aber von meiner Freundin ist nichts zu sehen. »Fuck!«

»Weißt du, wo sie wohnt?«, fragt Roger und sieht mich an.

»Nein, verdammt …«, erwidere ich und fahre mir durch die Haare. Fieberhaft überlege ich, wer ihre Adresse kennt.

»Jasper!«, ruft Delia. »Er kennt ihre Adresse sicher.«

»Ich rufe ihn an«, sagt Roger. »Lass uns schon mal zum Auto gehen. Ich nehme an, dass Savannah den Wagen genommen hat, den ihr hattet als ihr hergekommen seid.«

Ich nicke.

Wir setzen uns in Bewegung in der Hoffnung, dass wir Savannah von etwas wirklich Dummen abhalten.

26. KAPITEL

Savannah

Oakland, halbe Stunde später

Dank des hohen Verkehrsaufkommens in der Rushhour brauche ich fast eine halbe Stunde bis Oakland. Normalerweise sind es nicht einmal fünfzehn Minuten. Das sorgt nicht unbedingt dafür, dass meine Anspannung und Wut auf Denise weniger werden.

Ganz im Gegenteil. Was geht nur in ihrem Kopf vor, dass sie mich derart hintergeht und mir das Leben über Wochen zur Hölle macht? Ich kapiere es nicht und ich behaupte, dass ich Dinge eigentlich ziemlich schnell kapiere.

Was verspricht sie sich davon? Dass irgendwer die Adoption rückgängig macht und sie dann mein Leben hat? Das ist doch krank.

Sie kennt mich nicht mal richtig. Maximal eine Version von mir, an die ich mich selbst nicht mal erinnere. Ich war zwei Jahre alt und sie sechs.

Meine gesamten Erinnerungen an die Zeit im Kinderheim sind nicht existent.

Außerdem frage ich mich, wie sie in meine Wohnung gekommen ist. In mein Büro, okay, das ist mir absolut klar. Als meine Assistentin hat sie einen Schlüssel für mein Büro und darf dort auch rein, wenn ich nicht da bin. Aber meine Wohnung? Das ist mehr als gruselig. Vor allem, wenn ich daran denke, wie oft sie dort gewesen sein muss. Bestimmt einige Mal, um all die Kameras zu positionieren.

Wahrscheinlich hat sie auch meine privaten Sachen durchsucht und alles genaustens unter die Lupe genommen. Ekel erfasst mich und ich presse die rechte Hand vor meinem Mund, um ein Würgen zu unterdrücken. Die ganze Situation ist so furchtbar. Als Person des öffentlichen Lebens bin ich seit Jahren so einiges gewöhnt, aber das ist echt die Höhe. Noch dazu von einer Person, der ich eigentlich vertraue und von der ich dachte, dass sie dieses nicht missbraucht.

Immer wieder gehe ich im Kopf durch, ob ich nicht hätte merken müssen, wer sie ist und vielleicht einen besseren Background-Check durchführen. Doch das ist alles totaler Quatsch. Ihre Bewerbungsunterlagen waren tadellos, darum habe ich sie eingestellt.

Vor ihrem Haus werde ich langsamer. Denise lebt in einer beschaulichem Vorstadtgegend, die an das Stadtgebiet von Berkeley grenzt, aber noch zu Oakland gehört.

Ich parke Pacos SUV in einer freien Parklücke und steige aus dem Wagen. Mit einem Summen verriegelt das Fahrzeug sich und ich mache mich auf den Weg zur Haustür. Das Haus besteht aus hellblauen Holzlatten, mit einer kleinen Veranda, dessen weißer Anstrich schon bessere Tage gesehen hat.

Ich straffe die Schultern, um mir meine Unsicherheit nicht anmerken zu lassen und gehe weiter auf die Haustür zu. Es gibt keinen Grund, dass ich unsicher bin, denn was Denise getan hat, ist unentschuldbar.

Die Stufen zur Veranda knarren unter meinen Füßen, als ich sie erklimme. Vor der Haustür bleibe ich stehen und atme zweimal tief ein und aus, ehe ich anklopfe.

»Einen Moment!«, ruft Denise und mein Herz schlägt bis zum Anschlag.

Was ist, wenn Mr. Fletcher sich geirrt hat und ich mich gerade komplett zur Idiotin vor Denise mache? Wenn sie gar nichts getan hat? Das muss ein unglaublicher Vertrauensbruch für sie sein.

Denise öffnet die Tür und sieht mich überrascht an.

»Savannah«, entfährt es ihr. »Was machst du hier?«

Hektisch sieht sie sich um, als würde sie sichergehen wollen, dass ich allein bin.

»Hallo«, sage ich so freundlich wie möglich. »Hast du kurz Zeit?«

»Eigentlich nicht, nein«, meint sie und weicht meinem Blick aus.

»Nur kurz?«, drängle ich.

»Nein, tut mir leid«, entgegnet sie. »Ich habe wirklich keine Zeit.«

Während sie das sagt, versucht sie die Tür immer ein Stückchen weiter zuzuschieben.

»Tja«, schnappe ich. »Ich will aber mit dir reden.«

Bevor sie reagieren kann, stemme ich mich gegen die Tür und dringe in ihr Haus ein. Denise schreckt zurück, da sie mit einer solch heftigen Reaktion nicht gerechnet hat und ich stehe in ihrem Haus.

Ihrem verdammt kleinen Haus. Holy Shit. Soweit ich das überblicken kann. Es hat nur ein Unter- und Obergeschoss. Die Treppe liegt gegenüber der Haustür, sowie eine Wohn– Essecke mit Küche in die ich spähen kann. Vermutlich noch ein Bad, aber das war es. Das ganze Ding ist nicht größer als mein Kleiderschrank. Wieso zur Hölle lebt sie nicht in einem besseren Haus? Ob ich Denise so schlecht bezahle, dass sie hier leben muss? Sollte an den Vorwürfen etwas dran sein, wird sie bald auch dieses Häuschen nicht mehr bezahlen können.

»Was willst du?« Ihr Ton ist deutlich schärfer und ich drehe mich zu ihr herum.

»Nett hast du es hier.«

»Danke«, meint sie. »Was kann ich für dich tun? Ich habe keine Zeit, das habe ich dir auch schon gesagt.«

»Als ob du das nicht wüsstest …«, murmle ich vor mich hin und verschränke die Arme vor der Brust.

»Nein, das tue ich nicht«, erwidert sie angepisst. »Sag mir, was du willst und verschwinde wieder.«

Ich atme tief durch und versuche mir im Kopf eine Strategie zurechtzulegen, wie ich die Wahrheit aus ihr herauspresse.

»In meinem Büro fehlen wichtige Unterlagen und ich finde sie nicht mehr«, sage ich. »Hast du eine Ahnung, wo sie sind?«

Absichtlich bewege ich mich weiter ins Hausinnere, weil ich hoffe, dass ich hier etwas Verdächtiges finde.

»Würdest du bitte aufhören in meinem Zuhause herumzulaufen?«, fragt sie.

Mir liegt es auf der Zunge sie zu fragen, so wie sie es in meinem getan hat, aber ich schaffe es in der letzten Sekunde die Klappe zu halten.

»Hast du die Unterlagen gesehen?«, frage ich. »Es geht um den Deal mit BayPower.«

»Was ist denn damit?« Neugierig sieht sie mich an. »Das war doch alles unter Dach und Fach – zu deinen Konditionen.«

»Mein Dad will es sehen«, lüge ich weiter. »Also?«

»Nein, Savannah!« Genervt schaut sie mich an und atmet tief durch. »Ich weiß nicht, wo der Ordner ist. Hast du ihn vielleicht verlegt?«

»Das wüsste ich aber.«

»Würdest du jetzt bitte gehen?«, drängt sie erneut. »Ich bekomme noch Besuch.«

Denise geht zur Haustür und öffnet sie. Auffordernd sieht sie mich an.

»Du schmeißt mich raus?«, will ich schockiert wissen.

»Ich habe doch gesagt, dass ich noch Besuch bekomme«, meint sie. »Geh jetzt.«

»Von wem denn?«, setze ich noch einen drauf.

»Was geht dich das denn an, Savannah?«, fragt sie. »Du bist meine Chefin, nicht meine Mutter.«

Ich presse die Lippen aufeinander, um ihr nicht entgegenzuschleudern, dass sie wohl gern meine Mutter hätte.

»Ich dachte nur du ... du wüsstest etwas«, murmle ich. »Über die Unterlagen.«

»Nein«, sagt sie. »Aber ich kann mich darum kümmern, wenn ich wieder im Büro bin.«

»Hm«, mache ich und presse die Lippen aufeinander.

»Bis dann.«

Auffordernd hält sie mir weiterhin die Tür auf und ich habe keine andere Wahl, als zu gehen. Es war eine dumme Idee herzukommen und zu glauben, dass sie mir sofort die Wahrheit sagt.

Mit hängenden Schultern verlasse ich ihr Haus wieder und gehe zurück zum Auto, als ein weiteres Auto zum Stehen kommt. Ein junger Mann steigt aus und nickt mir zu. Ich erwidere es und setze meinen Weg zum Auto fort und steige ein.

Bevor ich losfahre, sehe ich, dass Denise ihm die Tür öffnet. Sie sieht sich mehrfach um, als müsste sie sichergehen, dass niemand sie beobachtet, ehe sie ihn eilig reinbittet. Das geschieht dann auch und versetzt mich erneut in Alarmbereitschaft.

Sie wollte mich loswerden und so merkwürdig, wie sie sich verhalten hat, als der Besuch kam, glaube ich nicht, dass alles in Ordnung mit ihr ist.

Nach kurzem Überlegen steige ich wieder aus und gehe zurück zum Haus, um Denise und den Mann zur Rede zu stellen. Jegliche Gefahren blende ich in diesem Moment völlig aus, weil mich einzig und allein die Wut auf meine Assistentin beherrscht. Auch wenn es immer noch einen kleinen Funken gibt, der dagegenspricht, dass sie es war.

Weit komme ich allerdings nicht, denn ich werde herumgerissen und pralle gegen eine muskulöse Männerbrust. Herbes Parfum steigt mir in die Nase und ich seufze wohlig auf.

»Was tust du da?«, zischt Paco und hält mich an sich gepresst fest.

»Ich will wissen, was sie vorhat und wer der Kerl ist«, antworte ich und sehe ihn an.

»Savannah bitte …«, meint er und atmet tief durch. »Wir sollten das offizielle Stellen klären lassen.«

»Sie macht mir seit Wochen das Leben zur Hölle und ich will wissen wieso«, antworte ich sauer. »Offizielle Stellen tun sowieso nichts.«

Paco überlegt hin und her und dreht das ein oder andere Mal seinen Hals, um zu meinem Dad, Delia und Mr. Fletcher zu schauen.

»Fein«, gibt er nach. »Was hast du gesehen?«

Trotz meiner Gegenwehr, weil ich so schnell wie möglich zum Haus von Denise will, zerrt Paco mich hinter sich her zu den anderen.

Wir verstecken uns hinter den massigen SUVs, die sie benutzt haben, um herzukommen.

»Du dumme Kuh«, wirft Delia mir an den Kopf. »Wir wissen nicht, wie gefährlich sie ist und wie sehr sie es auf dich abgesehen hat. Du spazierst hier hin als wäre nichts.«

Betreten sehe ich sie an. Denn langsam wird mir auch klar, wie gefährlich mein Verhalten war.

»Tut mir leid«, nuschle ich und weiche ihren Blicken aus. Besonders dem meines Dads.

»Was hat Mrs. Hastings zu dir gesagt?«, fragt Mr. Fletcher.

»Ich habe versucht ihr vorzugaukeln, dass Dokumente aus meinem Büro verschwunden sind. Nachdem ich mich ins Haus gedrängt habe, weil sie mich nicht reinlassen wollte.«

»Lassen Sie mich raten«, schnaubt er. »Sie hat die Dokumente nie gesehen und Sie rausgeworfen?«

»Ja«, antworte ich betreten. »Aber dann kam dieser Mann und sie hat sich auffällig umgeschaut, als müsse sie sichergehen, dass ich weg bin.«

Er sieht zu Delia und sie nickt.

»Wir gehen zum Haus und schauen, ob wir etwas rausfinden«, sagt meine beste Freundin.

»Ich komme mit.«

»Nein«, widerspricht sie mir.

»Aber …«

»Nein«, zischt Delia. »Du bringst dich unnötig in Gefahr. Bleib hier. Es war sowieso schon saudumm von dir hierherzufahren. Noch ein Alleingang und du kannst was erleben.«

Paco legt seine Hände auf meine Oberarme und drückt leicht zu. Über meine Schulter hinweg werfe ich ihm einen Blick zu, und sehe die Angst in seinen Augen. Angst um mich. Dem Blick meines Vaters will ich erneut nicht begegnen.

»Okay«, flüstere ich. »Wir warten hier.«

Delia und Mr. Fletcher rennen über die Straße und hinter das Haus. Ich lehne mich an Paco und schließe für einige Sekunden die Augen, während er immer wieder beruhigend über meinen Rücken streicht.

»Sie werden etwas finden«, sagt mein Dad. »Du darfst dich nie wieder in so eine Gefahr bringen, Schatz.«

»Tut mir leid«, nuschle ich betreten. »Ich war so in Rage und … und wollte es klären.«

»Völlig planlos?«, fragt Paco und ich stoße genervt Luft aus.

»Ja, sorry«, murmle ich.

»Schon gut«, seufzt er und küsst meine Stirn. »Es ist ja nichts passiert.«

Und dann warten wir. Minuten um Minuten vergehen, in denen Delia und Mr. Fletcher nicht zurückkommen.

Nach fast einer Stunde öffnet sich die Tür und der Mann, der Denise besucht hat, verlässt ihr Haus und geht zu seinem Auto. Sie schließt die Tür hinter sich und er fährt davon. Anschließend kommen Delia und Mr. Fletcher zurück.

Mein Körper wird sofort in Aufruhr versetzt und mein Herz schlägt schneller in meiner Brust.

»Und?«, rufe ich und springe auf meine beste Freundin zu.

»Wir treffen uns am besten in der Facility, um alles zu besprechen. Jasper soll auch kommen.«

»In Ordnung«, antworte ich. »Kannst du mir nichts weiteres sagen?«

»Es wird sich alles aufklären«, meint sie und drückt meine Hand. »Das verspreche ich dir.«

»Also ist Jasper auch beteiligt?«

»Nein«, sagt Delia und ich stoße einen Schwall Luft aus. »Aber wir brauchen seine Hilfe.«

Wir nicken und teilen uns auf die Autos auf.

27. KAPITEL

Savannah

Berkeley Bees Facility, eine Woche später

Ich bin verkabelt, Jasper auch.

Nachdem wir ihn vor einigen Tagen in mein Büro bestellt haben, um ihm mitzuteilen, was wir rausgefunden haben, war er genauso schockiert wie ich. Er berichtete uns, dass Denise immer wieder versucht habe, Informationen aus ihm rauszupressen, was wichtige Interna über Verträge der Spieler und den Kontostand der Bees betraf. Jasper sagte, dass er sich nichts dabei gedacht habe. Nachdem Delia und Mr. Fletcher allerdings rausfanden, dass Denise über Monate hinweg nicht nur mein Privatleben, sondern auch alle Angelegenheiten der Bees überwacht hat, kam außerdem raus, dass sie versucht hatte mit ihrem Adoptivbruder die Konten der Bees zu hacken und uns die Steuerbehörde auf den Hals zu hetzen. Ein genaues Motiv haben wir immer noch nicht, aber es scheint alles daraufhin zu deuten, dass sie eifersüchtig auf mich ist. Weil die Belfasts damals mich adoptiert haben und nicht sie.

Obwohl sie nach ihrer Zeit im Kinderheim eine liebevolle Kindheit hatte und keinerlei Vorkommnisse bei den Jugendämtern verzeichnet wurden, hat sie sich dennoch nie zu einhundert Prozent wohl gefühlt.

»Ich bin nervös«, sage ich zu Jasper.

»Das musst du nicht«, meint er und drückt meine Oberarme. »Sie hat uns alle getäuscht und versucht gegeneinander auszuspielen und auszunutzen.«

»Ich weiß«, antworte ich. »Was ist, wenn wir sie nicht überführen können?«

»Das werden wir«, redet Jasper mir gut zu.

Mr. Fletchers Detektei fand darüber hinaus raus, dass Denise Bruder Mr. Stone Steuerhinterziehung im großen Stil betreibt. Zuerst manipuliert er die Bücher der Firmen, die sich bei ihm als Buchhalter melden. Danach bietet er ihnen einen Deal an, dass er das ganze wieder in die richtigen Bahnen lenken kann, wenn sie seine Bezahlung erhöhen. So schafft er es, dass Gelder fließen, die gar nicht fließen dürfen. Bei den Bees kam er allerdings an seine Grenzen, denn unsere Konten sind erstens geschützt und zweitens würden wir niemals einen Buchhalter aus Oakland beschäftigen. Da bot es sich an, dass ich eine Assistentin suchte. Denise bewarb sich auf die Stelle und wollte ihre eigene Rache.

»Wir schaffen das«, beschwört Jasper mich noch einmal, als es klopft.

»Ja, bitte«, sage ich geschäftsmäßig und Denise tritt ein.

»Du wolltest mich sprechen«, meint sie. »Hi Jasper.«

»Hallo«, sagt er.

Ich setze mich hinter meinen Schreibtisch und Denise kommt auf uns zu. Jasper steht links neben mir und kann mir über die Schulter schauen.

Das Büro ist verkabelt und mit Kameras ausgestattet. Natürlich sind auch die, die Denise installiert hat, immer noch da.

»Wie war dein Urlaub?«, frage ich zunächst. »Hast du etwas unternommen?«

»Der war schön«, meint sie. »Ich habe meine Familie in Oakland besucht.«

»Das klingt gut«, erwidere ich. »Ich freue mich schon auf Februar, wenn die Off-Season beginnt und wir auch endlich Urlaub haben. Paco und ich.«

»Habt ihr schon Pläne?«

»Wir fliegen erst mal nach Hawaii«, erzähle ich. »Meine Schwester hat sich durchgesetzt.«

Ich kann immer noch nicht glauben, dass meine Eltern ihrem Nörgeln mal wieder nachgegeben haben und wir machen, was sie will. Das ist immer so. Dabei sind die Strände in der Karibik viel weißer.

»Savannah?«, räuspert sich Jasper. »Der Plan.«

»O sicher!« Entschuldigend sehe ich ihn an. »Für das kommende Jahr müssen wir einen Haushaltsplan erstellen, der natürlich vom Aufsichtsrat abgesegnet werden muss. Dafür brauche ich alle wichtigen Ein– und Ausgaben, die ich gemacht habe, der letzten Monate. Kannst du die bitte zusammensuchen?«

»Haushaltsplan?«, fragt Denise. »Seit wann kümmerst du dich selbst darum? Das ist Aufgabe des Controllings.«

»Sicher, aber ich bin die Chefin«, erwidere ich. »Alles, was bei den Bees geschieht, geht über meinen ... na ja und irgendwie auch deinen Tisch.«

Denise setzt sich aufrechter hin und sieht mich gespannt an.

»Ich muss wissen, was vor sich geht. Welche Einnahmen es gibt, Ausgaben und wie wir mit der Cap Space umgehen«, fahre ich fort. Die Cap Space stellt uns jedes Jahr vor große Schwierigkeiten, weil wir nur Betrag X für alle Spielergehälter zur Verfügung haben. Gerade in den Jahren, in denen die Topspieler verlängern, ist das ganz schön schwierig. »Einige Spieler stehen vor neuen Verträgen. Darunter auch Dalton Meyers und Paco Alvarez. Unsere Topverdiener.«

»Schön wäre es«, raunt mir Paco durch den Knopf in meinem Ohr zu. Kann er nicht mal die Klappe halten? Natürlich verdient er mehr als gut. Sicher Dalton, Desmond und Damien sind die bestbezahlten Spieler in diesem Team, aber das liegt auch an ihren Positionen.

»Wie hoch ist die Cap Space?«, fragt sie.

»198 Millionen Dollar«, antwortet Jasper und sie schnappt nach Luft.

»Wow das ist ...«

»Zu wenig«, sage ich. »Daher müssen wir schauen, dass wir noch andere eigene Mittel haben.«

Das ist Blödsinn, weil die Cap Space so oder so nicht übertreten werden kann. Doch ich will, dass Denise glaubt, dass ich dazu neige, etwas Illegales zutun.

»Du willst die Liga austricksen?«, fragt sie.

»Natürlich will ich das«, antworte ich mit fester Stimme. »Darum brauche ich alle Zahlen, bei denen ich noch was abknüpfen kann.«

»Kümmerst du dich bitte darum?«, fragt Jasper.

»Ja klar«, sagt Denise. »Noch etwas?«

Ich schaue zu Jasper und er nickt. Dass das alles ein Plan ist, weiß Denise natürlich nicht.

»Ich … also eigentlich wollte ich es noch eine Weile für mich behalten, aber …« Bei dem Gedanken, dass es tatsächlich wahr wäre, wird mir schlecht. Verdammt schlecht, denn das kommt mir aktuell auf keinen Fall in die Tüte. »Ich bin schwanger.«

Denise reißt die Augen auf, hat damit genau die Reaktion, die wir erwartet haben. In der Hoffnung, dass sie so dumm ist und es sofort streuen wird. Mr. Fletchers Team hat sich schon vor Tagen in ihr Handy gehackt und ist über alles, was sie tut im Bilde.

Dass ich schwanger bin und die Liga betrügen will, sind zwei Nachrichten, die Denise nicht ignorieren kann. Die eine wird sie mit ihrem Bruder absprechen, schätze ich. Doch bei der zweiten wird sie sofort eine Kontaktperson bei der Presse anrufen. Bisher wissen wir noch nicht, wer diese Person ist, aber es wird nicht mehr lange dauern, bis wir auch das erfahren haben.

Dass ich von Paco schwanger bin, ist eine absolute Topnachricht, die meinem Image mal wieder empfindlich schadet. Immerhin ist es dann nur noch eine Frage der Zeit, bis ich nicht mehr als Eigentümerin der Bees in Erscheinung treten kann.

»Herzlichen Glückwunsch«, sagt sie. »Ich freue mich für dich … euch.«

»Wer's glaubt«, nuschelt Paco in mein Ohr.

Jasper, der auch alles hört, was am anderen Ende der Leitung gesagt wird, schmunzelt.

»Ich bin erst in der neunten Woche, es ist also noch sehr früh.« Genau genommen ist es gar nicht möglich, dass ich schwanger bin, aber niemand weiß, wie lange wir wirklich bereits miteinander schlafen. »Es war mir nur wichtig, dass du es weißt, sodass du eventuelle Ausfälle in den nächsten Wochen besser händeln kannst.«

»Natürlich doch«, antwortet Denise. »Wir schaffen das schon, Savannah.«

»Danke«, erwidere ich und lächle sie an. »Du kannst gehen.«

Denise erhebt sich von ihrem Platz und nickt uns noch mal zu. Dann verlässt sie mein Büro und geht wieder an ihre Arbeit. Jasper und ich sprechen die kommenden Minuten noch weiter über die Cap Space und meine angebliche Schwangerschaft, ehe wir mein Büro verlassen. Denise weiß, dass in meinem Kalender ein Termin mit meinen Eltern eingetragen ist.

Doch statt zu meinen Eltern zu fahren, gehen Jasper und ich in den Keller der Facility, wo Mr. Fletcher, Delia und Paco auf uns warten.

»Du warst großartig.« Delia schließt mich in die Arme und hilft mir anschließend meine Verkabelung zu lösen. »Tante Delia ... das klingt ziemlich gut.«

»Vergiss es«, erwidere ich und schüttle amüsiert den Kopf. »Nicht in den nächsten Jahren.«

Mein Blick trifft auf Pacos und er sieht alles andere als glücklich über meine Aussage aus. Aber das ist mir egal. Ich will keine Kinder. Zumindest aktuell nicht. Dafür habe ich viel zu hart gearbeitet, um mir jetzt alles mit einer Schwangerschaft zu ruinieren.

Ich gehe auf ihn zu und setze mich auf seinen Schoß. Lächelnd schlinge ich meine Arme um seinen Hals und küsse ihn sanft. Paco erwidert den Kuss und zieht mich nah an sich. Seine Finger streichen sanft über meinen Oberschenkel und das altbekannte Kribbeln schießt durch meinen Körper.

»Du warst großartig«, meint er. »Sie hat dir alles geglaubt.«

»Denkst du?«, frage ich.

»Ja«, meint er und küsst mich ein weiteres Mal. »Ich freue mich schon auf unsere Vertragsverhandlungen.«

»Sehr witzig«, murre ich.

Ein lautes Lachen verlässt seine Kehle und er küsst mich wieder.

»Ich werde dich nicht in den Bankrott treiben.«

»Du vielleicht nicht, aber andere«, murmle ich und lehne meinen Kopf an seine Schulter.

»Baby«, wispert er. »Du schaffst das. Komm schon.«

»Vermutlich hast du recht«, antworte ich und küsse ihn ein weiteres Mal.

»O wow«, meint Mr. Fletcher plötzlich und hat unsere komplette Aufmerksamkeit. »Sie ist wirklich unvorsichtig.«

»Warum?«, frage ich und gehe zu ihm.

»Sie hat bereits ihrem Bruder von deinem Plan mit der Cap Space erzählt.«

Mein Blick fällt auf den Chatverlauf der beiden, während die Überwachungskameras anzeigen, dass sie in meinem Büro ist. Denise durchsucht die Regale und Fächer. Ich kapiere nicht, wieso sie weiterhin an dem Plan festhält, obwohl ich die Kameras in meiner Wohnung gefunden habe und diese abgebaut wurden. Außerdem wohne ich dort nicht mehr, weil ich zu viel Angst habe, dass irgendwo noch weitere sind.

»Warum ist sie so blöd?«, fragt Jasper.

»Ganz einfach«, entgegnet Delia. »Sie bekommt langsam Angst und will den großen Clou über die Bühne bringen. Ich schätze mal, dass sie dann entweder kündigt oder untertaucht.«

»Aber was sucht sie denn?«, frage ich.

»Beweise, dass du die Cap Space umgehen willst«, antwortet Mr. Fletcher. »Einen positiven Schwangerschaftstest wohl kaum.«

Ich verdrehe die Augen bei seiner Bemerkung. Paco tritt hinter mich und legt seine Arme um mich.

»Können wir sie jetzt nicht überführen?«, fragt er. »Sie durchwühlt das Büro. Eindeutig.«

»Erst, wenn sie etwas mitgehen lässt«, antwortet Mr. Fletcher. »Wir müssen etwas in der Hand haben.«

»Na toll«, murre ich und verschränke die Arme vor der Brust. »Das wird sie nicht tun. Wir sollten sie dort zur Rede stellen.«

»Savannah hat recht«, bekräftigt Jasper. »Wir müssen sie zur Rede stellen.«

»Ich bin dagegen«, meint Mr. Fletcher.

»Und ich bezahle Ihnen verdammt viel Geld, dass das jetzt geklärt wird.«

Wir starren uns einen Moment lang an. Paco hat mich bisher zurückgehalten, dem Detektiv Druck zu machen, aber langsam reicht es mir. Es ist doch offensichtlich, dass Denise nicht komplett bescheuert ist. Denn wäre sie das, hätte sie sich vielleicht schon viel früher verquatscht oder wäre in eine Falle getappt. Sie geht sehr gewissenhaft vor und weiß, was sie tut und erreichen will. Letztendlich will ich Antworten auf meine Fragen, was es mit ihrer Vergangenheit auf sich hat und wieso sie sich mir gegenüber nicht zu erkennen gegeben hat.

»Wir gehen jetzt!«, sage ich klar und deutlich.

»Nein!«

»Doch«, entscheide ich erneut. »Ich bin der Boss und ich will das jetzt geklärt haben. Also? Nach Ihnen.«

Mr. Fletcher wirft mir noch einen letzten genervten Blick zu und sieht dann zu Delia, die mit den Schultern zuckt.

Schließlich knickt er ein.

»Sie gehen jetzt nach oben und tun so, als hätten Sie etwas vergessen, okay?«

»Ja«, sage ich.

»Wir warten im Vorraum«, redet er weiter. »Stellen Sie ihr ruhig die Fragen nach Ihrer gemeinsamen Vergangenheit.«

»Mache ich.«

»Sonst nichts.«

»Aber ...«

»Sonst nichts!«

»Na schön«, murmle ich und wir machen uns erneut auf den Weg ins Obergeschoss der Facility.

Als der Aufzug stoppt und die Türen sich öffnen, trete ich heraus und gehe auf mein Büro zu. Mein Puls rast und mit jedem Schritt, mit dem ich näherkomme, wird es schlimmer. Natürlich will ich die Sache geklärt haben, aber irgendwie ängstigt es mich auch, dass sie so lange in meiner Nähe war und wer weiß noch alles geplant hat.

Ich betrete mein Büro und erwische Denise dabei, wie sie in einem Ordner blättert.

»Was machst du da?«, frage ich.

Ihr Kopf ruckt nach oben und sie sieht mich mit großen Augen an.

»Ich ... also ich ...«, stottert sie. »Ich sollte mich doch um die Abrechnung kümmern.«

Ich trete näher an meinen Schreibtisch heran und nehme ihr den Ordner ab, den sie gerade in der Hand hielt.

»Regularien der NFL?«, frage ich. »Ich glaube nicht, dass du da etwas findest.«

»Ich habe mich vergriffen.«

»Ach ja?«, frage ich. »Was tust du wirklich hier?«

»Reißen Sie sich zusammen«, erklingt die Stimme von Mr. Fletcher durch den Knopf in meinem Ohr, aber ich ignoriere ihn.

»Wie gesagt, ich habe gesucht, was du mir aufgetragen hast.«

»Das glaube ich dir nicht«, antworte ich.

»Tu, was du nicht lassen kannst«, murmelt sie und wendet sich von mir ab.

Denise geht um meinen Schreibtisch herum und will mein Büro verlassen, als es aus mir herausplatzt.

»Ich tue, was ich will, Dionisia.«

Ein Zucken geht durch ihren Körper, das Fluchen der anderen durch den Knopf in meinem Ohr ist kaum zu überhören. Mir ist es egal. Ich setze nun alles auf eine Karte.

»Wie hast du mich genannt?«, fragt sie und fährt herum.

Sie ist blass und die Panik steht ihr ins Gesicht geschrieben. Das war wohl ein Volltreffer.

»Dionisia«, wiederhole ich. »So heißt du doch, oder nicht?«

»Nein.«

»Natürlich heißt du so«, fauche ich. »Du wurdest als Dionisia Sanchez Gómez 1990 in Tulum geboren.«

»An dieser Stelle möchte ich mich vorstellen«, sagt Mr. Fletcher und betritt das Büro. Paco, Jasper und Delia folgen ihm.

»Was geht hier vor?«, fragt Denise und sieht sich hektisch um. Paco, der vor der Tür steht, nimmt ihr jegliche Fluchtmöglichkeiten.

»Wonach sieht es den aus«, zische ich. »Es ist vorbei, Denise.«

»Denkst du?«, geht sie in die Gegenoffensive. »Aber ja, ich heiße Dionisia und ja, ich wurde 1990 in Tulum geboren. Genau wie du und Paco war ich im Kinderheim in Tulum, bis ich adoptiert wurde.«

Ich schlucke hart, als ich es zum ersten Mal aus ihrem Mund höre. Paco sieht mich über ihren Kopf hinweg an, aber bleibt stumm.

»Wieso hast du nie etwas gesagt?«, frage ich.

»Das wollte ich«, meint sie. »Bis ich das Ausmaß dessen gesehen habe, was du bekommen hast mit der Adoption.«

»Und dann haben Sie sich gedacht, dass Sie Ms. Belfast das Leben zur Hölle machen?«, mischt Mr. Fletcher sich in das Gespräch ein. Mein Magen zieht sich unangenehm zusammen, wenn ich weiter darüber nachdenke.

»Sie hat es mir doch so einfach gemacht«, meint Denise und besieht mich mit einem hasserfüllten Blick, der mir das Blut in den Adern gefrieren lässt. »Alles ging schief diese Saison, das hat mir natürlich in die Karten gespielt. Ich konnte doch nicht wissen, dass sie zusätzlich so blöd ist und sich in ihren Spieler verliebt. Ja, das habe ich für mich genutzt.«

»Du ...« Ich will auf sie zustürzen, aber Delia hält mich zurück.

»Du bist doch total krank«, meint Paco und geht auf Denise zu. »Ich war ebenfalls im Kinderheim und ich war älter, als ich adoptiert wurde. Mir wurde ebenfalls gesagt, dass wir keine Chance auf eine Familie haben. Dass nur die kleinen ... süßen Kinder adoptiert werden.«

Mein Herz blutet, wenn ich ihn über seine frühe Kindheit sprechen höre. Das hatte er nicht verdient, das hat niemand. »Aber ich wäre doch im Leben nicht auf die Idee gekommen, jemand anderen dafür zu bestrafen.«

»Du hast alles, Paco«, faucht sie. »Darum konnte ich dich auch nie leiden. Der Football hat dich reich gemacht, dir ein unglaubliches Leben geschenkt und ich?«

»Jeder ist seines Glückes Schmied, Denise«, sage ich.

»Das sagst du?«, fragt sie. »Stanford, Harvard, Oxford. Wo haben deine Eltern dich nicht hingeschickt, dass aus dem Kind aus der Gosse was wird.«

»Red nicht so mit ihr«, knurrt Paco. »Also warst du das ... die Meldung über den Kreuzbandriss, das Foto von uns in ihrem Büro, das Video auf der Gala.«

»Es war so einfach«, meint sie hämisch lachend. »Weil Savannah so vertrauensselig ist.«

»Ich hasse dich«, wispere ich.

»No odio nada más que a ti«, flüstert sie auf spanisch.

»Querías destruir su vida«, feuert Paco auf spanisch zurück. »Para qué? Una adopción en la que Savannah nunca pudo influir.«

»Würdet ihr bitte mal auf englisch reden«, meint Delia.

Paco schüttelt nur ungläubig den Kopf.

»Sie hasst dich«, übersetzt er. »Weil du von den Belfasts adoptiert wurdest und sie nicht. Genau wie wir vermutet haben.«

»Hast du auch die Kameras in meiner Wohnung versteckt?«, frage ich mit bebender Stimme, weil mir dieser Umstand so gar nicht gefällt.

»Natürlich«, antwortet sie gleichgültig. »Es war mir ein Vergnügen. Wobei dein Privatleben echt langweilig ist für eine Milliardärin. Na ja … im Grunde bist du gar keine Belfast.«

»Kann bitte irgendwer diese Person aus meinem Büro entfernen?«, frage ich. »Bevor ich sie zerreiße.«

»Mit dem größten Vergnügen«, meint Delia und reißt Denise herum. Ich sehe sie mit großen Augen an, wie sie ihre Arme auf dem Rücken fixiert und ihr Handschellen anlegt. »Die Cops sind auf dem Weg.«

Delia und Mr. Fletcher führen Denise aus meinem Büro. Ich sehe ihr immer noch fassungslos nach.

»Es ist vorbei.« Paco zieht mich an sich. »Es ist vorbei, Baby.«

Als er mich an sich drückt, fällt endlich all die Anspannung der letzten Tage und Wochen von mir ab.

28. KAPITEL

Paco

Tulum Mexiko, vier Monate später

Vier Monate sind seit Denise Überführung in Savannahs Büro vergangenen. Danach kehrte endlich Ruhe in unser Leben ein. Denise und ihr Bruder wurden zu mehreren Jahren Gefängnis verurteilt und wir sahen sie zum Glück nie wieder. Der Prozess ging auch auf Rogers Drängen sowie seine Kontakte sehr schnell von statten. Savannah hat endlich ihre Leichtigkeit wiedergefunden und auch die Probleme der Bees wurden weniger. Wir sind in die Play-Offs gekommen, aber leider in der ersten Runde ausgeschieden. Für das, wie die Saison lief, war es mehr als genug, aber natürlich nicht unser Anspruch. Jetzt ruhen wir uns in der Off-Season aus und freuen uns, nächste Saison wieder anzugreifen.

Unser erster Urlaubs-Stopp führte uns zu meiner Familie nach New York, wo wir einige Tage verbrachten. Leider war das Auswärtsspiel in New York – Dank Denise – so ein Chaos, dass ich Savannah meine Familie nicht vorstellen konnte. Das haben wir nachgeholt. Meine Eltern und mein Bruder mögen sie sehr und haben sie sofort in unseren Familienverbund aufgenommen. Savannah kommt auch sehr gut mit ihnen klar.

Von dort aus ging es in den Belfast Familienurlaub nach Hawaii. Mila hatte sich durchgesetzt und Savannah versuchte das Beste aus der Situation zu machen. In der Regel verließen wir unser Bett nur, um an Aktivitäten teilzunehmen, die Esther geplant hat. Roger führte mich in die Kunst des Golfens ein. Es liegt mir nicht und Spaß macht es auch keinen. Von Hawaii sind wir letzte Woche nach Tulum geflogen, um die restlichen zwei Wochen hier zu verbringen, bis ich wieder ins Trainingslager muss und Savannah sich auf den Draft vorbereitet sowie die neue Saison.

»Hey«, sage ich und trete zu ihr auf die weitläufige Terrasse in unserem Haus. Wir haben uns dazu entschieden, ein Haus in Tulum zu kaufen, weil es doch auch unsere Heimat ist.

»Hi.« Savannah schiebt ihre große Sonnenbrille in ihre Haare und grinst mich an. Ihr gebräunter Körper steht in einem heftigen Kontrast zu dem hellblauen Bikini, den sie trägt. Das knappe Höschen verdeckt ihre Mitte nur spärlich und das Top will ihre festen Brüste auch nicht so recht unter Kontrolle bringen. Mir gefällt es, aber gerade habe ich andere Dinge im Kopf, als über meine Freundin herzufallen.

Hinter Savannahs Rücken habe ich Alec vor ein paar Wochen noch einmal kontaktiert und ihn gebeten mit den Informationen, die ich von meinen Eltern habe, nach meiner leiblichen Mutter zu suchen. Savannah hat recht damit, dass ich sie suchen muss, um mit der ganzen Geschichte meinen Frieden zu machen. Vor allem, wenn es stimmt, dass sie mich nie abgeben wollte. Wenn sie die Frau aus meinen Albträumen ist. Savannah habe ich nichts von meinem Vorhaben erzählt, weil ich nicht wollte, dass ihr Enthusiasmus auf mich abfärbt und ich am Ende enttäuschter bin, als es vielleicht sowieso der Fall ist.

Ich setze mich auf die Liege neben ihrer.

»Was liest du?«, frage ich und deute auf ihren E-Book-Reader. Savannah setzt sich auf und dreht sich zu mir herum.

»Einen Sportroman, in dem sich die Eigentümerin eines Clubs in ihren Spieler verliebt.«

»Haha«, erwidere ich und verdrehe die Augen.

»Nein, wirklich«, meint sie und zeigt mir den Klappentext. Aufmerksam lese ich ihn mir durch und tatsächlich handelt der Roman von einer NFL-Eigentümerin, die sich in ihren Spieler verliebt.

»Wie viel Fantasie die Leute haben«, murmle ich und sie kichert.

»Absolut nicht realistisch«, erwidert Savannah und zwinkert mir zu. »Was hast du da?«

Sie deutet auf den Zettel in meinen Händen und legt den E-Book-Reader beiseite.

Ich atme tief durch und greife nach ihrer Hand.

»Hör mal, Baby«, murmle ich. »Ich habe etwas hinter deinem Rücken gemacht.«

»Was?«, will sie wissen. »Wieso?«

»Ich musste für mich erst mal rausfinden, wie die Dinge stehen.«

»Es geht um deine Mutter, stimmt's?«, fragt sie und keinerlei Wut oder Verbitterung liegt in ihrer Stimme. Savannah klingt vollkommen neutral.

»Es tut mir leid«, sage ich.

»Schon okay«, meint sie und drückt meine Hand. »Was hast du rausgefunden?«

»Ich habe Alec beauftragt mit den Informationen, die ich hatte, nach ihr zu suchen und er ... er hat sie gefunden.«

»Was?«, ruft Savannah und fällt mir um den Hals. »Das ist großartig ...« Sie zögert einen Moment. »Oder nicht?«

»Doch«, sage ich und ziehe sie auf meinen Schoß. »Es ist großartig.«

»Aber?«

»Ich traue mich nicht zu ihr zu fahren«, gebe ich ganz offen zu. »Was ist, wenn es wie bei Mila wird oder sie mich freiwillig abgegeben hat. Wenn sie mich nicht sehen will und ... und mir Vorwürfe macht.«

»Das darfst du nicht denken«, entgegnet Savannah sofort. Liebevoll nimmt sie mein Gesicht in ihre Hände und lächelt mich an. »Du bist so wunderbar, Paco. Sie wird sich glücklich schätzen, dass du diesen Weg gegangen bist.«

»Es ist so lange her ...«

»Na und?« Savannah zuckt mit den Schultern. Sie ändert ihre Position und setzt sich rittlings auf meinen Schoß. »Neulich habe ich eine Serie gesehen, da haben sich Menschen nach einem halben Jahrhundert wiedergesehen.«

»Wieso guckst du so was?«

»Weil ich es schön finde«, meint sie. »Wenn du möchtest, komme ich mit. Wir besuchen sie … zusammen.«

»Ich weiß nicht …«, flüstere ich und streichle ihren Oberschenkel.

Seit Tagen mache ich mir Gedanken ob und wie ich meiner leiblichen Mutter gegenübertreten möchte. Was ich ihr sagen will und … wie ich mit einer Zurückweisung umgehe. Davor habe ich am meisten Angst. Vermutlich dränge ich all die positiven Aspekte deswegen so dermaßen zurück, weil ich mir sicher bin, dass ich enttäuscht werde.

»Warum?«, Savannahs Stimme ist sanft und leise.

»Ich habe Angst«, antworte ich ehrlich.

»Wenn es schiefgeht und sie dich nicht sehen möchte, bin ich da«, verspricht sie. »Deine Eltern, meine Eltern. Wir sind für dich da. Wir sind eine Familie.«

»Du meinst ich soll es wagen?« Mit zittrigen Händen falte ich den Zettel auf, auf dem die Adresse meiner Mutter steht. »Das ist ihre Adresse.«

Ich zeige ihn Savannah, die mich anlächelt.

»Dann fahren wir dahin und lernen sie kennen.«

»Du und dein unerschütterlicher Enthusiasmus«, murmle ich.

»Tja.« Savannah vergräbt ihre Hände in meinen Haaren und zieht ihr Gesicht zu meinem. »Ich liebe dich.«

»Ich liebe dich auch«, sage ich.

Sie küsst mich und ich erwidere den Kuss. Meine Zunge gleitet in ihre Mundhöhle und erforscht sie. Savannah überlässt mir die Führung. Langsam, aber sicher schwillt mein Schwanz an und ich dränge mich gegen sie.

»Raus aus dem Shirt«, meint sie und steht auf. »Lass uns schwimmen gehen.«

Grinsend stehe ich auf, lege den Zettel mit der Adresse auf die Liege und schlüpfe aus meinem Shirt und meiner Hose, bis ich nur noch in einer schwarzen Boxerbrief vor ihr stehe.

»Ich dachte, dass wir nackt schwimmen«, wispert Savannah und öffnet die Schnüre ihres sexy Bikinioberteils. Es fällt zu Boden und entblößt ihre wunderschönen Brüste, die mir sogleich ein Stöhnen entlocken. Als nächstes schlüpft sie aus ihrem Höschen und wirft es mir zu. Lachend fange ich es auf und suche ihren Blick. Das Aufblitzen ihrer Augen verrät mir, dass wir nicht nur schwimmen werden.

Schnell entledige ich mich der Boxershorts und folge ihr zum Pool. Auf halber Strecke hole ich Savannah ein und packe sie. Sie lacht und schreit, als ich mit ihr auf dem Arm in den Pool springe.

»Paco!«, keucht sie, als sie wieder aus dem Wasser auftaucht. »Meine Haare und … und mein Make-up.«

Ich ziehe Savannah an der Hüfte an mich. Wir stöhnen beide auf als mein Schwanz zwischen ihre Beine gleitet.

»Du bist wunderschön«, raune ich ihr zu und wische die verschmierte Mascara weg. »Und ziemlich dämlich, weil du dich im Urlaub schminkst.«

Sie sagt nichts, sondern schlingt ihre Beine um meine Hüften. Mit einem geübten Griff fasse ich zwischen uns, und platziere meine Eichel an ihrem Eingang.

»Bereit?«

»Ich bin immer bereit«, antwortet sie und ich gleite mit einem tiefen Stöhnen in sie hinein.

*

Ich parke den Leihwagen vor dem kleinen Haus mit orangener Fassade. Typisch mexikanisch sieht es aus. Mit verriegelten Fenstern im Untergeschoss und einer kleinen Mauer davor.

»Hier ist es?«, fragt Savannah und sieht zu mir herüber. »Sieht nett aus.«

»Ja«, sage ich. »Tut es.«

Savannah sieht zu mir herüber und greift nach meiner Hand.

»Wir müssen das nicht tun, Paco.«

»Doch«, entscheide ich. »Wir müssen das tun. Ich muss das tun, weil ich meinen Frieden damit finden muss.«

»Wir lieben dich«, verspricht sie mir.

Gestern Abend habe ich lange mit meiner Mom in New York telefoniert und ihr von unseren Plänen erzählt. Irgendwie wollte ich, dass sie mich davon abhält. Natürlich steht sie auf Savannahs Seite und hat mich bestärkt meine leibliche Mutter zu finden. Ich habe ihr mehrfach gesagt, dass ich sie liebe und sie immer meine Mutter bleiben wird.

»Los jetzt!« Savannahs gute Laune ist wieder da. »Lass uns gehen.«

Mit klopfendem Herzen steigen wir aus und gehen auf das Haus zu. Das kleine Tor knarrt, als wir es öffnen. Ich halte Savannahs Hand fest in meiner. Sie gibt mir den Halt, den ich brauche. Ohne sie würde ich das hier niemals durchstehen. Ich weiß nicht, woher sie all diese positive Energie und die positiven Gedanken in Bezug auf unsere Adoptionen nimmt. Vor allem nachdem, was Denise ihr angetan hat. Dafür liebe ich sie umso mehr.

Savannah betätigt den Knauf an der Tür und klopft an. Dann warten wir, bis sich im Inneren des Hauses etwas tut.

Mein Herz rast und ich weiß nicht, wann ich das letzte Mal in meinem Leben so dermaßen aufgeregt war.

Die Tür wird schließlich geöffnet und eine junge Frau steht vor uns. Ich schätze sie auf Anfang zwanzig. Lange schwarze Haare und dichte dunkle Wimpern umrahmen ihre Augen und ihr Gesicht. Sie sieht hübsch aus, und ich frage mich augenblicklich, ob sie vielleicht meine Schwester ist.

»Ja, bitte?«, fragt sie auf Spanisch.

»Hallo«, krächze ich. »Ich bin Paco und … ist Marisol zu Hause?«

»Ja«, antwortet sie. »Was wollt ihr von meiner Mutter? Wer seid ihr?«

Misstrauisch beäugt sie uns. Wieso auch nicht? In diese Gegend von Tulum verirren sich ganz sicher keine Touristen und wenn doch, drucksen sie nicht so blöde herum.

»Das würden wir Ihnen gern in einem ruhigen Gespräch erklären«, mischt Savannah sich auf Englisch ein. »Geht das?«

»Einen Moment«, meint sie und dreht sich herum. Die Tür bleibt einen Spalt offenstehen und ich versuche ins Haus zu linsen, aber der Spalt reicht nicht aus.

Stimmen sind zu hören und im nächsten Moment steht eine Frau in ihren Vierzigern vor mir. So wie die andere Frau hat sie schwarze Haare, die aber nur bis auf die Schultern reichen und dunkle Augen.

»Ja, bitte?«, fragt sie.

»Hallo«, sage ich. »Können wir uns auf englisch unterhalten? Meine Freundin versteht uns sonst nicht.«

»Natürlich«, antwortet sie klar, aber mit deutlichem Akzent.

»Sind Sie Marisol Garcia?«

»Ja«, erwidert sie. »Und Sie sind?«

»Paco«, krächze ich und meine Stimme versagt fast schon wieder. »Pa … Paco Alvarez und das ist meine Freundin Savannah.«

Marisol wird bleich im Gesicht und ihre Hand schließt sich fester um die Tür, sodass ihre Fingerknöchel weiß hervorstehen. Die junge Frau, deren Namen ich immer noch nicht kenne, tritt näher an sie heran und legt ihre Hände auf ihren Schultern.

»Mama«, sagt sie. »Wer sind diese Leute?«

»Das erklären wir dir drin«, antwortet Marisol und gibt den Blick ins Haus frei. »Kommt doch rein.«

Savannah und ich folgen ihr schweigend durch das kleine Haus in die Küche. Sie ist nicht viel größer als zehn Quadratmeter mit einer Küchenzeile, die schon bessere Tage gesehen hat und einem Esstisch.

»Setzt euch«, bietet sie an. »Kaffee, Wasser oder Tee?«

»Wasser«, sage ich und Savannah nickt.

»Valentina«, spricht sie die junge Frau an und wechselt wieder ins Spanische. »Würdest du uns Wasser holen?«

»Sí«, antwortet sie.

Valentina, so heißt sie also, verlässt die Küche wieder und Marisol setzt sich uns gegenüber.

»Du hast deinen Namen noch«, flüstert sie beinahe ehrfürchtig und betrachtet mich. »Was für ein schöner Mann du geworden bist.«

Savannah kichert neben mir und drückt meine Hand.

»Er ist großartig«, ergänzt sie.

»Das sehe ich«, meint Marisol und Valentina kommt mit einer Flasche Wasser zurück. Sie stellt sie auf den Tisch mit vier Gläsern und setzt sich neben ihre … unsere Mutter.

»Klärt mich jetzt bitte jemand auf?«, fragt sie.

»Tina, das ist dein Bruder«, erklärt Marisol mit Tränen in den Augen. »Paco.«

Mir schießen ebenfalls Tränen in die Augen, die ich schnell wegwische, weil ich doch gar nicht so emotional werden wollte. Doch wenn ich den Blick sehe, den Marisol mir zuwirft und dann, wie sie Savannah betrachtet, weiß ich, dass sie mich niemals von sich stoßen wird.

»O mein Gott«, wispert Valentina, die auch fließend englisch spricht. »Das ... das ist unglaublich.«

Sie drückt Marisol und vergießt auch eine Träne.

»Wie hast du uns gefunden?«, fragt Marisol bedächtig.

»Meine Eltern haben mir die Akten gegeben, die sie nach der Adoption erhalten haben«, erkläre ich. »Sie haben mich immer unterstützt dich zu finden.«

»Und du hast uns gefunden.«

»Ja«, krächze ich und weiß nicht so recht, was ich noch sagen soll.

Das Schweigen, was einsetzt, ist nicht unangenehm, aber auch nicht gut. Es stehen viele unausgesprochene Dinge zwischen uns, die aber keiner so richtig ins Rollen bringen möchte.

»Paco hat nur die Informationen, die seine Eltern ihm zur Verfügung stellen konnten.« Savannah drückt meine Hand. »Er weiß, dass er mit drei Jahren ins Kinderheim kam und mit sechs Jahren in die USA adoptiert wurde. Mehr leider nicht. Für die aktuelle Adresse hat er einen Privatdetektiv engagiert.«

»Ich wollte einer anonymen Adoption nicht zustimmen«, sagt Marisol. »Auch wenn man mir damals dazu geraten hat. Mir war wichtig, dass du meinen Namen kennst und mich … uns finden kannst, wenn du es willst.«

»Lange wollte ich es nicht«, erwidere ich ehrlich. »Ich hatte große Angst vor dem, was mich erwartet. Aber Savannah hat mir dazu geraten.«

»Ich weiß«, sagt Marisol. »Jeder in Tulum weiß, dass sie das Mädchen ist, das zu den Belfasts kam.«

»Oh«, macht meine Freundin.

»Es geht euch gut«, redet sie weiter. »Und ihr habt euch gefunden.«

»Ja«, sagt Savannah. »Paco spielt für meinen Verein. Du weißt bestimmt, dass er Football spielt, oder?«

»Tatsächlich, ja«, antwortet sie. »Wir haben deine Karriere verfolgt.«

»Wirklich?«, frage ich. »Aber wie … wie habt ihr rausgefunden, dass ich es bin.«

»Mein Mann Fernando, Valentinas Vater, arbeitet im Rathaus von Tulum und hat heimlich in deine Akte geschaut.«

»Verstehe«, sage ich.

»Könntest du uns vielleicht erzählen, was damals passiert ist und wie dein Leben nach der Adoption verlief?«, fragt Savannah und mein Herz schlägt mir bis zum Hals.

»Sehr gerne«, antwortet Marisol.

29. KAPITEL

Savannah

Es erleichtert mich sehr, dass die ersten Kontaktversuche mit Pacos leiblicher Mutter so gut verlaufen sind, und er sich allmählich entspannt neben mir. Bis zuletzt war ich mir nicht sicher, ob er es wirklich durchzieht. Marisol ist sehr nett und auch Valentinas Skepsis uns gegenüber nimmt langsam ab. Obwohl ich sie absolut verstehen kann. Würde jemand bei uns klingeln, den ich nicht kenne und meine Mom sprechen wollen, wäre ich auch so.

»Ich war fünfzehn, als ich schwanger wurde«, beginnt Marisol ihre Geschichte zu erzählen. »Solange es ging, habe ich die Schwangerschaft vor meinen Eltern geheim gehalten, weil ich wusste, wie sie reagieren. Einige Wochen nach meinem sechzehnten Geburtstag habe ich dich zur Welt gebracht. Es war der bis dato schönste Tag in meinem Leben. Ich habe dich Paco genannt.«

Marisol steht auf und verlässt den Raum. Wir sehen ihr nach, ehe sie mit einem kleinen Fotoalbum zurückkommt, das sie uns zuschiebt.

»Das bist du«, sagt sie. »Kurz nach deiner Geburt. Du warst ein kräftiger, gesunder Junge.«

»Wow«, sage ich und betrachte das Bild.

So wie Paco, habe ich auch keine Babyfotos von mir. Wenn ich mal Kinder habe, werde ich bestimmt so viele machen, dass man ganze Straßenzüge damit zupflastern kann. Das älteste Foto von mir, das ich kenne, ist eines mit fast einem Jahr aus dem Kinderheim.

»Als du drei Monate alt warst, bin ich mit dir in eine Einrichtung für junge Mütter gegangen. Dort haben sie versucht mir zu helfen, aber es war dennoch nicht so einfach. Ich war minderjährig, hatte keine Ausbildung und versuchte alles irgendwie zu schaffen. Es tut mir leid, dass ich dir nicht die Mutter sein konnte, die du verdient hattest.«

»Du musst dich nicht entschuldigen«, sagt Paco und greift nach ihrer Hand. »Niemals.«

»Gracias«, flüstert sie. »Das tut gut zu hören. Nach meinem Schulabschluss habe ich eine Ausbildung zur Übersetzerin gemacht. Danach bin ich arbeiten gegangen und habe versucht, uns durchzubringen, aber es reichte hinten und vorne nicht. Plötzlich stand das Jugendamt vor meiner Tür und sagte mir, dass ich überfordert sei. Es gab Hinweise, dass ich mich nicht gut um dich kümmere und …« Marisol schluchzt auf und wischt ihre Tränen fort. »Sie haben so lange auf mich eingeredet, bis ich ihnen zustimmte. Heute weiß ich, dass es der größte Fehler meines Lebens war. Doch damals … ich dachte wirklich, dass ich es nicht schaffe.«

»Und dann hast du mich weggegeben?«, flüstert er. »Dann bist du die Frau aus meinen Träumen.«

Gedankenverloren starrt Paco ins Leere.

»Du träumst von mir?«, fragt Marisol und sieht ihn an.

»Ja … nein.« Unwirsch schüttelt er den Kopf. »Da ist immer wieder diese Frau, der ein kleiner Junge aus den Armen gerissen wird. Sie schreit und weint, aber … man bringt ihn weg.«

»So ähnlich war es auch«, wispert Marisol verbittert. »Sie standen plötzlich vor meiner Tür. Ohne Vorankündigung oder Frist, dass ich mich verabschieden kann.«

Ich kann nicht glauben, wie die Menschen sich verhalten haben. Dass sie ihr keine Chance gegeben haben, sich um ihren Jungen zu kümmern oder ihre Hilfe angeboten haben. Denn ich sehe in Marisol keine Frau, die sich nicht um Paco gekümmert hat.

»Du wolltest mich nicht weggeben?«, fragt er vorsichtig nach.

»Nie, aber ich wollte auch, dass es dir bessergeht«, sagt sie.

»Ich war fast drei Jahre im Heim«, platzt es aus Paco heraus. »Wieso hast du mich nicht zurückgeholt?«

»Sie sagten mir, dass du adoptiert wurdest und ich … ich hatte keine Rechte mehr. Ich war nicht mehr deine Mutter.«

Plötzlich springt er auf und ich sehe sie entschuldigend an. O Gott, das ist mir unangenehm, weil ich nicht damit gerechnet habe, dass er derart ablehnend reagiert.

»Setz dich bitte wieder«, sage ich.

»Lo siento«, sagt Marisol auf spanisch und dafür reichen meine Kenntnisse auch.

»Sie hat immer von dir gesprochen«, ergreift Valentina das Wort. »Sobald ich es verstand, hat sie mir von dir erzählt. Ich wusste immer, dass es dich irgendwo gibt.«

Paco atmet tief durch und setzt sich wieder neben mich.

»Zwei Jahre nachdem man mich dir weggenommen hat, habe ich Fernando kennengelernt. Ich arbeitete damals als Übersetzerin für die Stadt. Viele Touristen bedeuteten in meiner Branche viele Jobs. Er war neu in Tulum und arbeitete als Standesbeamter. Wir verliebten uns ineinander und heirateten. Zehn Jahre nach dir wurde ich zum zweiten Mal Mutter. Valentina machte unser Glück komplett, aber es fehlte immer was. Ich verstehe, dass du wütend bist und auch, dass du mir gewisse Dinge nicht verzeihen kannst, Paco.«

»Meine Eltern sind großartig«, sagt er und Marisol schluckt sichtlich. »Das sage ich nicht, um dich zu verletzen oder dir ein schlechtes Gewissen zu bereiten. Im Gegenteil. Ich sage es, um dir die Schuld zu nehmen, dass ich kein gutes Leben hatte. Denn das hatte ich … habe ich.« Er drückt meine Hand. »Ich habe eine wundervolle Freundin und eine Familie, die mich liebt. Du …

ihr habt immer zum großen Ganzen in meinem Leben gefehlt.«

»Wir freuen uns sehr, dass du uns gefunden hast«, sagt Marisol. »Wenn ich morgen sterben muss, tue ich es als glückliche Frau.«

»Mama!«, ruft Valentina geschockt. »Du bist nicht mal fünfzig.«

»Es wäre sehr schade, wenn du morgen stirbst«, meint Paco schmunzelnd. »Ich würde mir wünschen, dass wir uns kennenlernen. Richtig kennenlernen.«

»Das wünsche ich mir auch«, sagt sie und streckt ihre Hand aus, um seine fest zu drücken. »Te quiero, mi hijo.«

Paco erwidert es nicht, aber ich weiß, dass er sie auch liebt.

*

»Du bist die großartigste Frau, die es gibt«, sagt er und schlingt von hinten seine Arme um mich.

Wir stehen auf der Terrasse unseres Hauses und schauen auf das Meer hinaus.

»Wieso?«

»Weil du heute immer die richtigen Worte gefunden hast«, murmelt er. »Sobald das Gespräch ins Stocken kam oder beinahe abgebrochen wurde, hast du es wieder aufgenommen und … weitergeführt.«

Ich drehe mich zu Paco herum und sehe ihm in die Augen. Der Vollmond spendet so viel Licht, dass ich jede einzelne Wimper erkennen kann.

»Du bist großartig«, sage ich. »Weil du den Mut hattest sie zu suchen, zu finden und kennenzulernen. Das ist etwas, was dir niemand nehmen kann. Sie liebt dich, genau so wie du es immer wusstest.«

»Sie ist toll«, meint er und schmunzelt. »Und Valentina ... dieses große Bruder Ding könnte richtig was für mich sein.«

Paco drückt imponierend seine Brust nach vorn. Lachend schlinge ich meine Arme um seinen Hals.

Marisol hat uns morgen zum Essen eingeladen, dass wir auch ihren Mann Fernando kennenlernen. Er war heute auf der Arbeit und kam nicht zurück, bis wir gefahren sind.

Die Stunden bei seiner Mutter waren schön. Irgendwann hat Valentina mir angeboten, mir das Haus zu zeigen. Viel zu sehen gab es nicht, aber wir wussten beide, dass Paco und Marisol ein paar Minuten für sich brauchten. Sie erzählte mir, wie sehr ihre Mutter all die Jahre gelitten hat und sich immer gefragt hat, ob Paco ihr verzeiht.

»Was ist mit dir?«, fragt er überraschenderweise nach. »Möchtest du deine Familie auch suchen?«

Darüber habe ich heute immer wieder nachgedacht und bin zu dem gleichen Entschluss gekommen: Nein.

»Nein«, sage ich. »Ich bin glücklich mit meinem Leben. Vielleicht in ein paar Jahren, aber momentan nicht. Im Gegensatz zu dir war ich noch ein Baby, als sie mich abgaben.«

»Wenn du es möchtest, bin ich für dich da«, sagt er und küsst mich sanft.

Dankbar, dass er mich nicht dazu überreden möchte sie zu finden, schmiege ich mich an ihn. Denn nichts in mir verspürt den Wunsch danach, die Leute zu suchen, die mich nicht wollten.

Paco hebt mich hoch und trägt mich zurück ins Schlafzimmer. Vor unserem Bett lässt er mich runter und wir entkleiden uns schweigend. Kein Wort verlässt unsere Münder, bis sie wieder aufeinandertreffen und sich zu einem leidenschaftlichen Kuss verschmelzen.

Paco schiebt mich zurück aufs Bett und gleitet über mich. Seine warme Haut berührt die meine und mit jeder Berührung und jedem Kuss verfalle ich diesem unglaublichen Mann mehr.

Als er mich in dieser Nacht wieder und wieder liebt, weiß ich, dass er sich in den letzten Stunden verändert hat. Dieser Besuch bei seiner leiblichen Mutter war alles, was er brauchte im Leben, um endgültig anzukommen.

Die Sonne geht schon fast wieder auf, als wir völlig ausgelaugt nebeneinander liegen und unseren Herzschlägen lauschen.

»Savannah?«, fragt er mit belegter Stimme.

»Ja?«, erwidere ich.

Paco beugt sich über mich und betrachtet mich.

»Ich weiß, dass das noch kein Thema ist, aber ich möchte, dass wir einem Kind die gleiche Chance geben, wie unsere Eltern sie uns gegeben haben.«

»Was meinst du?« Ich stütze mich auf die Unterarme und sehe ihn mit großen Augen an.

»Natürlich können wir eigene Kinder haben, leibliche Kinder, so Gott will«, flüstert er. »Aber ich glaube auch, dass wir ein Kind adoptieren sollten. Ein Kind, das wie wir nie eine Chance im Leben hätte, die bestmögliche zu geben.«

»Das ist eine schöne Idee«, sage ich und küsse ihn. »Aber bitte vergiss das wieder die nächsten fünf Jahre.«

Er lacht und legt seinen Mund auf meinen, ehe er sich wieder auf mich rollt und zwischen meine Beine gleitet.

»Noch eine Runde?«, frage ich.

»O ja, Baby!« Damit dringt er sanft in mich ein.

30. EPILOG

Paco

Tulum, Mexiko, drei Jahre später

»Papa, Papa!« Ich drehe mich herum und sehe unsere Zwillinge Thiago und Emalia auf mich zustürmen.

Ich hocke mich zu ihnen hinunter und schließe sie in die Arme.

»Wo kommt ihr denn her und wo ist Tante Valentina?«, frage ich, als ich Absätze auf dem Marmorboden klackern höre.

»Ich bin hier«, schnappt sie nach Luft und eilt auf mich zu. »Tut mir leid, aber sie wollten unbedingt zu dir.«

»Schon gut«, sage ich. »Seid ihr aufgeregt?«

»Mama sieht so toll aus«, schwärmt Emalia.

»Das glaube ich dir«, erwidere ich und küsse ihre Stirn. Thiagos ebenfalls. »Seid lieb und bleibt bei Tía Valentina und Abuela Marisol, ja?«

Die beiden sehen einander an und dann noch mal mich, ehe sie dem Drängen meiner Schwester nachgeben und das Zimmer verlassen.

Ich richte mich wieder auf und sehe zu Jackson, der in seinem schwarzen Anzug neben mir steht.

»Bist du aufgeregt?«, fragt mein Best Man und reicht mir einen Whiskey.

»Ich mache mir fast in die Hose, Alter!«

»Mehr als bei deinem Field Goal vor zwei Wochen?«, will er neckend wissen.

»Viel mehr«, antworte ich. »Ich heirate heute. Was interessiert mich ein Field Goal im Super Bowl, in der letzten Sekunde, um meine Frau unsterblich zu machen.«

Jackson grinst breit, denn er weiß genau, wie sehr ich die Hosen voll hatte in diesen Sekunden. Meine Eier hatte ich kurzzeitig definitiv verloren, als ich auf den Punkt zugegangen bin. Denn alles lag in meinem Fuß.

Sieg oder Niederlage.

Super Bowl Champions oder Nichts.

Ich wusste, dass ich dieses Field Goal machen würde. Ehrlich gesagt sah ich sogar den heutigen Tag in Gefahr, wenn ich es nicht mache.

Drei Jahre ist die desaströse erste Saison von Savannah als Eigentümerin der Bees nun her. Drei Jahre, in denen wir uns kontinuierlich gesteigert haben und immer weiter gemacht haben. Ein neuer Head Coach wurde gefunden, neue Spieler kamen und andere verließen uns. Aber wir kämpften uns zurück, weil wir immer wussten, dass wir es wieder können. Dieses Jahr hat es geklappt.

Wir haben den Super Bowl gewonnen.

Es macht mich noch glücklicher, als ich es sowieso schon bin. Savannahs und meine Beziehung hat sich in den letzten Jahren gefestigt. Wir lieben uns und wir wollen für immer zusammenbleiben. Seitdem ich meine Familie in Tulum gefunden habe, bin ich öfters in der Stadt. Die fast dreißig Jahre, die ich meine Mutter nicht hatte, will ich nicht weiter vergeuden. Ihr Mann Fernando ist toll und ich verstehe mich sehr gut mit ihm. Gleiches gilt für Valentina, die zu einer guten Freundin von Savannah geworden ist.

Außerdem datet meine kleine Schwester seit ein paar Monaten Holden, unseren Center. Wie ich das anfangs fand, kann man sich wohl denken. Ziemlich bescheiden. Savannah hingegen war hin und weg von der Beziehung. Sie kann es kaum erwarten, dass Valentina ihr Studium abschließt und in die Bay Area zieht.

Meine Eltern und Pedro freuen sich ebenfalls für mich und mögen Marisol und Fernando sehr. Was mich sehr erleichtert hat, als sie sich auf meinem Geburtstag vor zwei Jahren kennengelernt haben.

Savannah und ich haben viel Charity-Arbeit in Tulum geleistet und so wurden wir vor zwei Jahren auf Thiago und Emalia aufmerksam. Zwar wollte Savannah sich mit der Kinderplanung noch Jahre Zeit lassen, aber als wir die Zwillinge kennenlernten, war es um uns geschehen. Sie waren damals drei Jahre alt. So alt wie ich, als man mich meiner Mutter wegnahm. Vielleicht habe ich auch gerade deswegen sofort einen Draht zu ihnen gefunden. Zwillinge zu vermitteln ist ein Ding der Unmöglichkeit erklärte man uns im Kinderheim. Wir haben uns also zusammengesetzt und viel geredet. Mit unseren Familien, unseren Freunden und schlussendlich miteinander. Savannah hat klargemacht, dass sie die Bees nicht aufgibt für Kinder. Das verstehe ich. Wir haben schließlich zwei Au-Pair eingestellt, die sich um unsere Kinder kümmern. So kamen sie zu uns. Die Anfangsmonate waren schwer. Vor allem Thiago traute uns kaum, wohingegen seine Schwester deutlich aufgeschlossener war. Doch jetzt ist von dem einst schüchternen Jungen nichts mehr übrig. Auch wenn ich weiß, dass er nicht mein leiblicher Sohn ist, erfüllt es mich mit Stolz, wenn er einen Football wirft und jemand sagt: »Wie sein Daddy.«

»Auf geht's!« Jackson reißt mich aus meinen Gedanken. »Du heiratest jetzt mein Freund!«

*

Ich stehe am Ende eines langen Gangs. Unsere Familien und Freunde sitzen dort. Alle sind unserer Einladung nach Tulum gefolgt, wo wir uns das Jawort geben werden.

Heute wird der schönste Tag in unserem Leben werden, das weiß ich. Aus Savannah Belfast wird Savannah Alvarez. Sie wird meine Ehefrau. Damit werden wir hochoffiziell zu einer Familie.

Jackson, mein Trauzeuge, steht neben mir, während Delia, Savannahs Trauzeugin, rechts von uns steht.

Die Musik setzt ein und ich richte meinen Blick auf den langen weißen Teppich, über den meine

Braut schreiten wird. Savannah wollte eine traditionelle Hochzeit mit allem Drum und Dran. Selbstverständlich kenne ich ihr Kleid nicht, weil es Unglück bringt.

Die Gäste erheben sich und dann sehe ich sie zum ersten Mal.

»O Gott«, entfährt es mir.

Savannah sieht wunderschön aus. Roger führt sie zum Altar, so wie sie es sich gewünscht hat. Auch wenn sie nach der Adoption der Zwillinge ihre leiblichen Eltern gesucht hat, sind diese nicht hier. Savannah hat sie nicht eingeladen, weil sie keinen Draht zu ihnen findet. Unsere Kinder haben ihr geholfen über diese Enttäuschung hinwegzukommen. Jetzt zu sehen, wie ihr Vater sie zum Altar führt, bedeutet ihr alles.

Unsere Mütter und Schwestern heulen längst und auch Pedro, auch wenn er es nie zugeben würde, verdrückt eine Träne. Selbes gilt für seine Freundin Hannah sowie Melissa, Sophie, Kyra und die anderen.

Mit jedem Schritt den Savannah näherkommt und ich sie besser sehen kann, pocht mein Herz heftiger in meiner Brust.

Ihr Kleid ist schulterfrei aus feinstem Satinstoff mit Spitze, die auf ihrer gebräunten Haut aufliegt. Sie trägt ihren Schleier über das Gesicht gestülpt, sodass ich ihre schönen Augen noch nicht sehen kann. Der Rock des Kleides ist weit ausgeschnitten und die Schleppe, die mehrere Meter lang ist, wird von Mila getragen.

Ein Schluchzer verlässt meine Kehle und Jackson grinst mich wissend an. Fuck. Ich hätte mich mehr auf diesen Moment vorbereiten sollen.

Savannah kommt bei uns an und Roger legt die Hand seiner Tochter in meine.

»Pass gut auf sie auf, Paco«, sagt er und drückt mich. »Ich kann mir keinen besseren Schwiegersohn vorstellen.«

»Danke«, flüstere ich und sehe meine wunderschöne Frau an.

Savannah dreht sich zu mir herum und ich decke ihren Schleier auf. Zwar wollte sie damit warten bis nach der Trauung, aber ich habe ihr gesagt, dass ich ihr in diesem Moment in die Augen sehen muss. Was sie auch ohne viel Diskussion eingesehen hat. Diskussionen hatte wir eine Menge. Jede einzelne hat sie gewonnen.

»Hey«, flüstere ich.

»Hi«, sagt sie und Tränen stehen in ihren Augen.

Delia reicht ihr ein Taschentuch.

»Bitte nehmen Sie Platz«, bittet der Pastor.

Wir setzen uns hin und ich nehme ihre Hand in meine.

Der Pastor spricht und wir lauschen seinen Worten. Über unser Kennenlernen und einige Anekdoten, die wir erlebt haben. Dazu gehört, wie sie mich im Team Bus abgewiesen hat oder auch meine Schlägerei mit Jasper. Weiter darüber, dass sie manchmal und immer noch den Boss raushängen lässt und dass ich ihr Fels in der Brandung bin und war. Über unsere Vergangenheit und was uns mit Tulum verbindet sowie unsere Kinder, die uns zuwinken.

»So frage ich dich, Paco«, sagt der Pastor. »Möchtest du die hier anwesende Savannah zu deiner Ehefrau nehmen? Dann antworte: Ja, mit Gottes Hilfe.«

»Ja, mit Gottes Hilfe«, antworte ich.

»Möchtest du Savannah, den hier anwesenden Paco zu deinem Ehemann nehmen? Dann antworte auch du: Ja, mit Gottes Hilfe.«

»Ja, mit Gottes Hilfe«, antwortet Savannah, was in einem Schluchzen untergeht.

»Hiermit erkläre ich euch zu Mann …« Er sieht von mir zu Savannah. »Und Frau.«

Thiago und Emalia bringen uns die Ringe, die wir tauschen und laufen aufgeregt zurück zu Valentina.

»Du darfst die Braut jetzt küssen.«

Ich schließe meine Hände um ihr schönes Gesicht, ziehe es zu mir heran und lege meine Lippen auf ihre.

Mein Boss ist meine Frau.

Wer hätte das vor drei Jahren gedacht, als ich zu spät zu ihrer Ansprache kam.

Über die Autorin

Mrs Kristal ist 1993 in Hessen geboren und studierte Medien in Marburg. Sie veröffentlichte viele Jahre unter demselben Pseudonym auf Wattpad, ehe sie 2021 den Entschluss fasste als Autorin durchzustarten. 2022 unterschrieb sie ihre ersten Verlagsverträge und brachte erfolgreiche Sports Romance Reihen heraus.

Mrs Kristal schreibt über Liebe, Freundschaft, Familie und American Football.

Ihre Inspiration erhält sie aus Gesprächen mit ihrer Familie und Freunden. Außerdem reist sie leidenschaftlich gern und nutzt vor allem ihre Urlaube auf dem nordamerikanischen Kontinent für ihre zahlreichen Ideen. Sie lebt von Kindesbeinen an auf dem Land und teilt sich ihre Wohnung mit ihrem Kater.